ANIL'S GHOST

MICHAEL ONDAATJE

安尼尔的鬼魂

〔加拿大〕迈克尔·翁达杰 著　陶立夏 译

人民文学出版社

著作权合同登记:图字 01-2019-4766 号

Anil's Ghost
MICHAEL ONDAATJE

图书在版编目(CIP)数据

安尼尔的鬼魂/(加)翁达杰著;陶立夏译. —北京:人民文学出版社,2016
ISBN 978-7-02-011408-5

Ⅰ. ①安… Ⅱ. ①翁… ②陶… Ⅲ. ①长篇小说-加拿大-现代 Ⅳ. ①I711.45

中国版本图书馆 CIP 数据核字(2016)第 032776 号

责任编辑:卜艳冰　彭　伦　索马里
封面设计:区　杨

出版发行　人民文学出版社
社　　址　北京市朝内大街 166 号
邮政编码　100705
网　　址　http://www.rw-cn.com
印　　制　山东临沂新华印刷物流集团
经　　销　全国新华书店等
字　　数　150 千字
开　　本　890 毫米×1240 毫米　1/32
印　　张　9
版　　次　2016 年 5 月北京第 1 版
印　　次　2019 年 9 月第 3 次印刷
书　　号　978-7-02-011408-5
定　　价　55.00 元

目录

作者题记

二十世纪八十年代中期至九十年代初，斯里兰卡陷入动乱，动乱主要涉及三大阵营：政府，南方的反政府叛军以及北方的分裂派武装。叛乱分子与分裂武装同时向政府宣战。最终，作为回应，合法与非法的政府军队被派遣至全国各地，剿灭叛乱分子与分裂派武装。

《安尼尔的鬼魂》是发生在这一政治局势以及历史时期的虚构作品。小说中的人物和灾难事件都属虚构，但确实存在与书中机构类似的组织，类似的事件也曾上演。

今日，斯里兰卡的战争仍在以另一种方式上演。

M. 翁达杰

来到博卡拉只为谋生
我去往的矿井深又深
前路漆黑啊，无头苍蝇一样忍
只有当我回地面啊
才能得安稳……
保佑井道深处的脚架吧
保佑矿口的滑轮啊
保佑滑轮上的绳索啊……

——斯里兰卡矿工民谣

.001

小组于清晨五点半抵达现场，一两名家属已在等候。安尼尔和其他人工作的时候，他们会一整天都守在现场，从不离开。他们轮流替换，所以总有人驻守，仿佛是为确保证据不会再次丢失。这是场守灵，为死者，为土中这些若隐若现的轮廓。

夜间，挖掘现场会以塑料布遮盖，再用石头和铁块压牢。家属们知道科学家大概抵达的时间。他们会移开塑料布，靠近埋在土中的骨骸，直到听见远处传来汽车行驶的声音。某个清晨，安尼尔在土中发现裸足的印记。另一天，则是枚花瓣。

他们会为鉴证小组煮茶。在危地马拉骇人的炎热时刻，他们还会举起披巾或香蕉叶制造阴凉。

他们总是有那种恐惧，双重的恐惧：既害怕坑里就是他们儿子的骸骨，又怕不是——那意味着他们还将继续搜寻。如果清楚知晓尸体是个陌生人，那么，经过数周的等待之后，这家人会起身离去。他们将前往西面高地上的其他挖掘现场。他们音信全无的儿子可能葬身任何地方。

一天午休时分，安尼尔和其他小组成员去附近的河里消暑。回来时他们看见一个女人坐在墓穴之中。她席地而坐，双肘放在大腿上，盘起的双腿仿佛端正的祈祷姿势，她正垂眸看着两具遗骸。一年前发生在该地区的劫持事件中，她同时失去了丈夫和弟弟。此刻的他俩，像在午后肩并肩共眠于同一张草席之上。她曾是他们之间的温柔牵绊，是她将这两人维系在一起。他们会自田间归返，走进小屋，吃过她做的午饭然后睡一小时。每天下午她都是这段时光的一部分。

即便只是对她自己，安尼尔也想不出有什么词汇可以形容这个女人的面容。但那副肩膀的姿态中因爱而生的悲恸她将无法忘怀，今时今日依旧铭记。听到他们靠近的声音，女人站起身来退后几步，留给他们工作的空间。

塞拉斯

.005

她在三月初抵达，飞机在黎明前降落在卡图纳耶克机场。越过印度西海岸之后，他们就一路加速，所以此刻乘客们在漆黑一片中踏上跑道。

当她走出航站楼时太阳已经升起。在西方生活时她读到过这样的句子：破晓轰响如雷，她知道自己是教室中唯一亲身体验过这种说法的人。但破晓对她来说从来不是突如其来的惊雷。会有诸多声响作为前奏：鸡鸣，车声，清晨恰到好处的雨，或是一个男人在楼里其他房间用报纸擦拭窗户时发出的咯吱声。

她出示联合国浅蓝色条纹的护照清关之后，一个年轻的政府职员随即趋近，走在她身侧。她艰难地拖着行李箱，但他没有提供任何帮助。

“离开多久了？你在这里出生的，是吧？”

“十五年了。”

“你还会说僧伽罗语吗？”

“一点点。这么说吧，科伦坡的路上我不想聊天，请你别介意：我还在倒时差。或许赶早还来得及喝杯托蒂酒。提供头部按摩的加布里埃尔发廊还开着吗？”

“在科鲁皮迪区，还开着。我认识他父亲。”

“我父亲也认识他父亲。”

他一个箱子都没有碰，却指挥别人将箱子装到车上。“托蒂酒！”他大笑一声，继续他的交谈，“十五年后浪子回头，第一件事想的就是托蒂酒。”

“我不是什么浪子。”

一小时后，他在为她租的小房子门外和她大力握手。

“明天要和迪亚瑟纳先生开会。”

“谢谢。”

“你有朋友在本地，是吧？”

“没有。”

安尼尔喜欢独处。有亲戚散落科伦坡各处，但她没有联系他们告知要回来的事。她从钱包里拿出一片安眠药，打开电扇，挑了条纱笼后爬到床上。她最怀念的东西就是电扇。十八岁那年离开斯里兰卡后，她与故土唯一的真正联系是父母每年圣诞节寄来的新纱笼（她会老老实实穿上）和有关游泳集会的新剪报。少年时代的安尼尔是个出众的游泳健将，整个家族一直紧抓这事不放：这项才能在她的余生都与她牵扯不清。在斯里兰卡家庭看来，如果你是个著名的板球手，凭借大力回旋击球或是在皇家公学与托马斯公学的对抗赛中打出著名的一局，就能轻易找个好工作。安尼尔在十六岁那年就赢得了拉维尼亚山酒店举办的两英里游泳比赛。

每年都有一百人冲入海中，游到一英里外的浮标处再折返至同一片沙滩，最快的男女选手会在体育版风光一两天。有张照片拍下了她在那个一月早晨走出波涛的瞬间，《观察者报》使用了这张照片并配上《安尼尔夺冠！》的标题，她父亲把这张报纸收藏在办公室里。照片被各路家族远亲仔细研究（澳大利亚的，马来西亚和英国的，还有那些在斯里兰卡本岛的），不是因为她的成绩，研究她现在以及将来姿色如何。她的髋骨是不是太宽了？

摄影师在照片中捕捉到了安尼尔疲惫的笑容，她正抬起右臂扯下橡胶泳帽，焦距外是一些落后的选手（她曾与他们认识）。这张黑白照片已作为标志性象征在家族中流传太久。

她将被单推到床脚，躺在昏暗的房间里，阵阵清风拂面。在这座岛屿发生的过往已不再困扰她。将年少成名的光环抛诸脑后，她又经历了十五年风雨。安尼尔读过资料和报纸，连篇累牍的悲剧，如今她已去国多年，长久得足够以疏离的目光解读斯里兰卡。但这却已是个道德上更为复杂难解的国度。街道还是那些街道。居民还是那些居民。他们购物，更换工作，大笑。和这里发生的一切相比，最黑暗的希腊悲剧都显得天真。木桩上的头颅。马特莱可可种植园里挖出的骷髅。大学时代安尼尔曾翻译过阿尔基洛科斯①的诗句：出于战时的道义，我们留下死者遗体以获忌惮。但在这里，死者的家人连如此待遇都得不到，甚至连敌人是谁都一无所知。

① 阿尔基洛科斯（**Archilochus**）：公元前 7 世纪中叶生于帕罗斯岛，希腊抒情和讽刺诗人，主要成就包括首创了抑扬格。

第十四号窟曾是山西省诸多佛窟中最美的一座。当你走进其中，却发现它就像是巨大盐块被挪走后留下的废墟。菩萨造像——他们的二十四番轮回——被刀凿斧劈自岩壁砍下，留下殷红印记，标识着伤口所在。

“世事皆无常。”帕利帕纳告诉他们，“那只是场旧梦。艺术品遭焚毁消亡，又被历史的反讽垂青——这都不值一提。”他在第一堂课时就如此对考古系的学生们直言相告。他一直在谈论书籍与艺术，提及“意念的力量”通常是唯一的幸存者。

这是彻头彻尾的凶杀现场。身首异处。砍手断足。没有任何躯体得以留存——一九一八年日本考古学家发现这处洞穴后不出数年，所有的雕像都被盗走，菩萨像旋即被西方博物馆收购。加州的某家博物馆内藏有三尊躯干。一座头像遗落在信德平原①某条河的岸边，朝圣之路近在咫尺。

如此荣耀往生。

① 信德平原（Sind）：位于巴基斯坦东南部，印度洋下游。

抵达后的第二天上午，他们要求安尼尔去与金赛路医院法医系的学生们见面。这本不是她此行的目的，但她同意前往。她还没有见到迪亚瑟纳先生，那名由政府指定要与她在人权调查项目中合作的考古学家。有消息说他出门去了，回到科伦坡后就会尽快与她联系。

他们送进来的第一具尸体死亡不久，人是她抵达后才遇害的。想到事情一定是在她昨天傍晚在佩塔市集散步时发生的，她的手不禁颤抖起来。两个学生面面相觑。她一般从不将死亡时间与私人生活联系到一起，但她依旧在计算着案发时伦敦的当地时间，圣地亚哥的当地时间。时差五小时三十分钟。时差十三小时三十分钟。

“这是你解剖的第一具尸体吗？”他们中有人问道。

她摇头。“双臂的骨头都碎了。”就如此这般放在她面前。

她抬头看着这两个年轻人。他们是还未毕业的学生，年纪轻得还会受尸体的惊吓。因为这身体还有余温。身份仍然依附其上。而政治屠杀的受害者往往要很久之后才被发现。她将死者的手指一一浸泡在盛有蓝色溶液的烧杯中，以便检查割痕和擦伤。

“大约二十岁。已死亡十二小时。你们同意吗？”

“同意。”

“同意。”

他们似乎很紧张，甚至有些害怕。

“再报一下你们的名字？”

他们告诉了她。

“重要的是大声说出你们最初的感觉。然后加以推敲。接受自己可能会犯错的事实。”(她该向他们说教吗?)“如果一开始的时候错了，重新来过。或许你会发现曾被忽略的东西……他们怎么可能在不伤害手指的同时打断双臂呢？真奇怪。你会举起双手保护自己。手指一般都会受伤。”

“或许他在祈祷。”

她停下来抬头看向说这话的学生。

送进来的第二具尸体胸腔多根肋骨粉碎性骨折。这代表他曾从极高处坠落——起码有五百英尺——然后面朝下撞击水面。体内的空气被挤压殆尽。意味着他是从直升飞机上落下。

第二天清晨她在位于旺德路的住处早早醒来，走进花园的昏暗之中，身后是躁鹊鸟急切想要表达观点的喧闹。她站在花园里把茶喝完。当她走向大街的时候细雨开始飘落。一辆三轮摩托车停在她身侧，她迅速上车。摩托车飞驰前行，钻进拥挤交通中每一线缝隙。她紧紧抓住搭手的皮带，雨水从毫无遮挡的车身两侧打湿她的脚踝。三轮摩托要比带空调的出租车更凉快，她也喜欢听喇叭发出粗鸭嗓一般的声音。

在科伦坡的最初几日，她发现每当天气骤变，她都独自一人。落在衬衫上的雨，水汽里尘土的气息。云团会骤然散开，城市变身为一座热络的村庄，人们相互大声寒暄，谈论着雨势。人们也会揣度，这或许只是场短暂的阵雨。

多年前她的父母曾举办过一场晚宴。他们把长餐桌摆在炎热干燥的花园里。已是五月尽头，但干旱一直持续，雨季遥遥无期。随即，就在晚宴快要结束的时候，雨下了起来。卧室中的安尼尔被空气中的骚动唤醒，跑到窗前向外张望。如注的暴雨中宾客们四散奔逃，忙着将古董椅子搬进屋内。但她父亲和他身边的女人依旧坐在桌边，庆祝着季节的骤然转变，任由脚下的泥土变成泥浆。五分钟，十分钟，他们端坐交谈，她想，他们只是为了确保这不是场转瞬即逝的阵雨，为了确保雨水会继续落下。

鸭鸣般的喇叭声响起。

当三轮摩托抄近路开向考古办公室，豪雨正横扫整个科伦坡。这一带的小店铺中，灯光正渐次点亮。她向前倾身，说："麻烦你，要买些香烟。"三轮车迅速停在人行道旁，司机朝着一家商店高声叫嚷。一个男人带着三种香烟冲进雨里，她选了盒装的金叶牌，付了钱。他们继续前行。

突然之间，安尼尔为归来而高兴，内心深处，童年时代被掩埋的回忆依旧鲜活。当日内瓦的人权中心发布通知征召法医人类学家前往斯里兰卡时，她递交了申请，却并未对此上心。她没指望会被选中，因为尽管她如今出行已使用英国护照，但她毕竟出生在这座岛上。而且人权专家们也不大可能被允许进入。这些年来，"大赦国际"和其他人权组织寄往瑞士的控诉信堆积如山。卡图戛拉总统声明并未听说境内发生大规模有组织的屠杀事件。但迫于压力，也为安抚西方贸易伙伴，政府最终同意让外国顾问在当地官员的陪同下进行调查，而安尼尔·提瑟拉作为日内瓦组织派遣的法医专家，将在科伦坡与一位考古学家合作。项目将为期七周。对此，没有一个人权中心的成员心怀希望。

踏进考古办公室的当口，她就听到了他的声音。

"啊——你就是那个游泳好手咯！"一个年近五十、虎背熊腰的男人一边姿态散漫地向她走近，一边伸出手来。她希望这位不是塞拉斯·迪亚瑟纳，但不巧正是。

“游泳早是陈年旧事了。”

“不过……我可能在拉维尼亚山见过你。”

“怎么会？”

“我在那儿的圣托马斯公学读书。当然，我比你虚长几岁。”

“迪亚瑟纳先生……我们别提游泳的事了，好吗？从那以后，桥下发生过太多血案。”

“也是，也是啊。”以后她将熟悉他这慢条斯理的语调，他精确却又拖拉的行事风格。就像亚洲式的点头称是，脑袋几乎晃过一圈的同时包含着否定的可能。塞拉斯·迪亚瑟纳连声称好，是冠冕堂皇的礼貌虚应，暗示一切有待商榷。

她朝他微笑，想缓和刚见面就唇枪舌剑的局面。“见到你实在很高兴。我读过你的几篇论文。”

“显然我和你不是一个时代的人。但起码，我知道绝大多数挖掘地点……”

“我们能先吃早饭吗？”他们向他的车走去时，她问道。

“你结婚了吗？有孩子吗？”

“没结婚。也不游泳了。”

“好吧。”

“现在每星期都会发现尸体。恐怖指数高达八十八至八十九，当然，事态已如此发展了很长时间。各方势力都在屠杀并藏匿证据。各方势力。这是场非正式的战争，没有人愿意与外国势力决裂。所以这是黑帮与警队间的冲突。和中美洲的情况不同。政府不是唯一双手沾血的组织。有过，并且依旧还有三个敌对阵营——一个在北方，两个在南方——通过武器、宣传攻势、恐惧、别有用心的宣传画以及审查制度行凶。从西方进口最先进的武器，或是自制枪炮。几年前，人们开始无故失踪。也有烧得无法辨认的尸体被发现。要找到元凶毫无希望。也无人能分辨谁是受害者。我只是个考古学家。你的东家与政府要如此配对——一个法医病理学家搭一个考古学家——这不是我的主意，如果你问我的看法，我觉得这组合很莫名。我们遇到的绝大部分都是毫无线索的私刑处决。或许是叛军干的，又或许是政府或是分裂组织。各方阵营都在搞屠杀。”

“我都说不好哪个派系最为残忍。报道惨绝人寰。”

他又叫了杯茶，看着已经上桌的食物。她特意点了炼乳和椰子粗糖。待两人吃完，他说：“来吧。我带你上船。领你参观下工作的地方……”

“奥罗赛号”这艘昔日东方航线上的客轮已被掏空所有值钱的器械和豪华装饰。它曾航行在亚洲与英国之间——从科伦坡前往萨德港，滑过苏黎世运河的狭窄水域，一路驶向蒂尔伯里码头。二十世纪七十年代开始，它只走国内航线。客舱的房间被打通改为货仓。茶叶、清水、橡胶制品和稻米取代了难相处的乘客，只有那么几个例外，比如说航运公司股东们那些无业又想找刺激的侄子们。它保持着东方船只的特性，足以抵御亚洲的酷热天气，依旧残留海水的咸味、锈蚀与油渍，货仓里弥漫茶香。

过去三年里，“奥罗赛号”一直泊在科伦坡港北角一处废弃的码头内。如今这艘巨轮已成为陆地不可分割的部分，并被金赛路医院用作仓库与工作间。由于科伦坡市区的医院实验室有限，改装后的船舱中有一块区域将成为塞拉斯和安尼尔的大本营。

他们离开开垦街，朝跳板走去。

她划一根火柴，举向暗中，光亮聚拢来，顺着她的手臂蜿蜒而上。她刚看见左手腕上的辟邪棉绳，火柴随即熄灭。自从在朋友的一次法会戴上这守护结之后，没到一个月玫红色就已褪尽。当她在实验室戴上乳胶手套，绳子的颜色就在手套下变得显得更浅淡，仿佛凝在冰中。

身边的塞拉斯打开了手电筒，那是他就着火柴的光亮找到的，然后两人在抖动的光晕中前行，向一面金属墙走去。走到墙边后，塞拉斯用手掌大力拍击，他们听到墙后的房间里传来动静声响，那是老鼠在逃窜。他又拍了拍，仍有动静。"像老婆回来时，男人和女人匆忙下床的声音。"她低声说着，旋即住了嘴。安尼尔和塞拉斯还没有熟稔到可以拿夫妻关系开玩笑。她本想再加一句："亲爱的，我回来了。"

"亲爱的，我回来了。"当她蹲在尸体身边判断死亡时间时，她会这样说。语调有时尖刻有时温柔，视她情绪而定。绝大多数时候，她会在伸手停留在距离尸体肌肤一厘米处探知体温时，这样悄声细语。尸体。不再是他或者她。

"再敲一次。"她要求他。

"得用羊角锤。"这次，金属质地的巨响在黑暗中回荡，当回声消散，一切复归静谧。

"闭上眼睛。"他说，"我要点盏硫磺灯。"但安尼尔曾在夜间的采石场工作，四周正是明晃晃的硫磺灯。也曾见过被硫磺灯照得一览无余的地下室。宽敞的房间在刺目的光线下显形，角落里有一座残破不堪、摇摇欲坠的吧台，随后她还会在这后面发现一盏水晶吊灯。这里将会是他们的储藏室和工作间，幽闭恐惧，空气里清洁剂的气味。

她留意到塞拉斯已经开始在这里存放一些他的考古发现。地板上四散着用透明塑料纸包裹的石块和骨头碎片，木箱紧紧捆着。好吧，她不是来这里处理这些古董的。

打开箱子时，他一边说着某些她听不清楚的语句，一边掏出最近一次挖掘的成果。

“……绝大多数来自六世纪时期。我们认为是专门埋葬僧侣的神圣墓穴，就在班德勒韦勒附近。”

“发现任何骨骸了吗?”

“目前为止有三具，还有一些同时期的木罐化石。全都和该时代的样式符合。”

她戴上手套，举起一块古老的骨头掂重量。时间似乎没错。

“骸骨先用树叶包裹，然后再用布。”他告诉她，“之后在他们身上放置石块，最后石块会穿过肋骨掉入胸腔。”

尸体掩埋多年之后，土壤表层会有细微的移位。然后那块石头掉入肉身腐败后留下的空隙，仿佛象征灵魂的逝去。这种自然的仪式总是让她触动。在库塔皮提亚的孩提时代，安尼尔有一次踩到了新近掩埋的死鸡，埋得很浅，她的重量将死鸡体内的气体从喙部挤压出来——那是一声喑哑的啼叫，她吓得弹开，魂飞魄散。随即她把土刨开，生怕会看见这家伙还在眨眼睛。但它确实死了，眼中都是沙子。那天下午的经历至今让安尼尔心神不宁。她将它重新掩埋然后从坟墓前倒退着离去。

她从那堆碎屑中捡出一块骨头，摩挲着。“这是在同一个地方发现的吗？它看来不像六世纪的东西。”

“所有的东西都是从僧侣的墓穴中发现的，在政府的考古保护区内。没有别人可以进入。”

“但这块骨头——它不是那个时期的。”

他停下手里的活盯着她看。

“那是受政府保护的区域。骨骸埋在班德勒韦勒洞穴附近的天然土坑中。骸骨，以及零碎的骨头。你不太可能发现其他时期的东西。”

“我们可以去那里吗?”

“应该可以吧。我试着申请一下。”

他们爬回甲板上，置身于阳光与各种声响之中。他们能听到汽艇行驶在科伦坡港的主河道里，扩音器里的叫嚷声在拥挤的河道上空飘扬。

第一个周末，安尼尔借了辆车前往距离拉加格里亚一英里的小村庄。她把车停在被树丛隔开的空地上，这地方小到她无法相信会有房子存在。变叶木带斑点的硕大叶片涌进院落。似乎没有人在家。

她抵达科伦坡的第二天就写过信来，但没有回音。她不清楚这次是不是会白跑一趟，也不知这沉默算不算某种暗许，又或者她知道的地址早已不复存在。她敲了敲门，然后从窗户栏杆朝内张望，听到有人朝门廊走来时，她迅速转身。安尼尔几乎没认出这位极瘦小的老妇人。她俩面对面站着。安尼尔上前拥抱她。这时一个年轻女子走出来，不苟言笑地看着她俩。安尼尔觉察到了正有一双严肃的眼睛审视着这多愁善感的时刻。

当安尼尔直起身来时，老妇人在哭泣。她伸出手来，抚摸安尼尔的头发。安尼尔握住她的手臂。她们谁都无法开口。她亲吻拉丽莎的双颊时，因为她的矮小老迈必须俯下身去。当安尼尔松开手的时候，老妇人似乎有些束手无措，而那个年轻女子——她是谁来着？——上前将她搀进椅中，随即离去。她们旁边的桌子上有个很大的相框，拉丽莎拿起来递给安尼尔。照片中的拉丽莎年过半百，还有她不得志的丈夫和她的女儿，女儿手中抱着两个婴儿。她指了指其中一个婴儿，又指向昏暗的屋内。所以这个年轻女子是她的外孙女。

年轻女子用盘子端来甜饼干和茶，接下来的时间她都用泰米尔语和外婆拉丽莎交谈。安尼尔只能听懂只字片语，主要依靠说话的方式猜测她们在说些什么。她曾经和一个陌生人交谈却只得到对方茫然的目光，这才知道因为她说话缺少语调的变化，听者不明白她在说什么。他分不清那是提问、陈述还是命令。拉丽莎似乎为使用泰米尔语交谈而有些尴尬，所以她低声细语。而她的外孙女，自从握过手之后都没再打量过安尼尔一眼，她说得很大声。她看着安尼尔用英语说："我外婆想让我拍一张你们俩的合影。以便记得你来过。"

她再次离开，随后拿着台尼康相机回来，并要求她俩靠近一些。她用泰米尔语说了什么，没等安尼尔摆好姿势就拍好了照片。一张似乎已经足够。她信心十足。

"你住在这里吗？"安尼尔问。

"不。这是我哥哥的家。我住在北部的难民营。我尽量每隔一周来这里一次，这样我哥哥和嫂子就能暂时脱身。你上次见我外婆时几岁？"

"十八岁。后来就出国了。"

"你父母住这里吗？"

"他们过世了。我哥哥也已经离开。只有我父亲的朋友还住这里。"

"这么说，你没什么亲友了，对吧？"

"除了拉丽莎。某种意义上来说，是她将我抚养成人。"安尼尔本还想再说些什么，说拉丽莎是孩提时代真正对她有所教益的人。

"我们所有人都是她拉扯大的。"外孙女说。

"你哥哥，他是——"

"他是很有名的流行歌手。"

"你在难民营里工作了……"

"有四年了。"

当她们转过身去的时候，发现拉丽莎已经睡着了。

她走进金赛路医院的时候，发现大厅里都是敲凿和吆喝的声音。他们正敲碎水泥地面以便铺上新地砖。学生和教职员工快步从她身边跑过。好像没人在意这些噪声对前来包扎伤口或服用安定药片的病人来说可能非常可怕，几乎无法忍受。更可怕的是医院高管佩雷拉医生的嗓门，他正朝医生和助理们咆哮，因为没能保持大楼整洁而将他们称为魔鬼。尽管这咆哮如此连绵不绝，但这里大部分的工作人员却都仿佛充耳不闻。

他是个矮小瘦削的男人，在整栋大楼里似乎只有一个同盟，一位年轻的女病理学家。她不知道他声名在外，曾向他寻求帮助，这使他受宠若惊。大楼里其余的同僚则以匿名举报和张贴海报的方式疏远他（有张海报声称他在格拉斯哥因谋杀而被通缉）。佩雷拉的反击则是称该员工目无王法、懒惰、愚蠢、肮脏、脑子进水。只有在公开场合发表有关政治以及与法医病理学相关的言论时，他才会切换到彬彬有礼的姿态。似乎有一个性情较温和的“双胞胎”偷偷替他登上了讲台。

安尼尔到科伦坡的第二天晚上，曾听过他的演讲，惊讶地发现很多身居要职的人也同意他的观点。但现在，当她到医院借用一些设备的时候，遇上了他性格中类似疯狗的另一面。她目瞪口呆地杵在那儿，而精疲力竭的职员、工人以及散步的病人们则纷纷躲避着佩雷拉，与这头冥府的守门犬保持距离。

一个年轻人朝她走来。

“你是安尼尔·提瑟拉吧？”

“对。”

“你赢得过去美国的奖学金。”

她不发一言。远渡重洋的荣光让人穷追不舍。

“你可否发表一个简短的演讲，三十分钟，谈谈中毒和蛇伤?”

他们对蛇伤的了解可能和她一样多，她也知道挑这个题目是故意的:让喝过洋墨水的和本土人士一较高下。

“好啊。什么时候?”

“今晚?”年轻人说。

她点了点头。“你中午联系我，告诉我地点。”她一边说着一边绕过佩雷拉医生。

“你!”

她转身面对这位臭名昭著的高级医务官。

“你是新来的，对吧?叫提瑟拉?”

“是的，先生。两天前我听过你的演讲。抱歉我……”

“你父亲是……那什么……对吧?”

“什么……”

“你父亲是尼尔森·K. 提瑟拉?”

“是的。”

“我和他曾在斯比泰尔医院共事。”

“是吗……”

“看看这群蠢货。瞧瞧——大厅里这些垃圾。这里是医院，对吧?他妈的混蛋，搞得跟公共厕所一样!你现在忙吗?”

她是有点忙，但她可以改变计划。她迫切想和佩雷拉医生交谈，说些她父亲的往事。但她希望能在他心平气和的时候私下谈谈，而不是在这气头上。“先生，恐怕我和政府部门有约。但我会在科伦坡待一段时间。我希望能再见到您。”

“我觉得，你的着装很西式。”

“习惯了。”

“你就是那个游泳冠军，对吧？”

她夸张地点着头离开。

塞拉斯隔着桌子和她对坐，正在倒着读她的明信片。他性格中有不自觉的好奇。他早已见惯了石碑上那些楔形文字和模糊不清的碑文。即便是在考古办公室昏暗的光线下，他也能轻而易举地读懂颠倒的文字。

办公室唯一的声响就是打字员小心翼翼敲击键盘的声音。安尼尔分配到复印机旁的办公桌，复印机周围是永无止息的抱怨声，抱怨它从不正常工作。

“高培尔。”塞拉斯说，稍稍提高声线，他的助手之一来到桌前。

“两杯茶。加牛奶。”

“是，先生。”

安尼尔大笑。

“今天是周三。你该吃预防疟疾的药片了。”

“已经吃过了。”她很惊讶于塞拉斯对自己的关心。

茶端上来的时候已经加过炼乳。安尼尔拿过她那一杯，决定挑衅一番。

“敬仆役带来的舒适。以及自负虚荣的政府。每种政治观点都有它自己的军队撑腰。”

“你说法的方式就像个来采访的记者。”

“我无法对这些事实视而不见。”

他放下杯子。“瞧，我不与任何阵营掺合在一起。如果这就是你的言下之意的话。正如你所言，每个阵营都有军队撑腰。”

她拿起明信片，在大拇指间转着玩。“抱歉。我觉得很累。一上午我都在民权运动办公室看报告。那里什么都指望不上。一会你想一起吃晚饭吗?”

“我不能去。”

她等着一番解释，但他什么都没多说。他只是来回打量着墙上的地图和明信片上的鸟，一边不停用铅笔敲击着办公桌。

“鸟是从哪里来的?”

“哦……哪里也不是。”她也可以截断话头。

一个小时后他们奔跑着穿过大雨，到车上时已经全身湿透。他开车送她到旺德路，将车停在骑楼下，等她收拾后座上的随身物品时没有熄灭汽车引擎。“明天见。”她说着关上车门。

一进屋，安尼尔将包里的东西全都倒在桌上，找到那张明信片。读着女友丽芙从美国寄来的明信片让她好受很多。一些西方的讯息。她走进厨房，思绪再次为塞拉斯纠结。她已经与他共事数日，但依旧无法摸清他的底细。他在政府出资的考古部门位高权重，那么他有多少心思是为政府效力呢?他被指派来帮助她完成人权调查和报告，是为充当耳目吗?如果是这样，那她又究竟是在为谁工作?

她知道，政局动荡时期的法医调查工作臭名昭著，因为它涉及多方的明争暗斗和内幕交易，还有不少因“国家利益”而被压制的声音。在刚果，一个人权组织因为调查过于深入，他们搜集的所有数据一夜之间消失，文件被焚毁。就像一座过去的城池被再次掩埋。调查小组，包括担任项目助理这一低级职位的安尼尔在内，无以为继之下只好搭乘飞机打道回府。日内瓦的国际权威也不过如此。在危机爆发之地，信纸抬头和欧洲办公室大门上的堂皇标识毫无意义。如果你被某个政府驱逐，你就走人。你不能带走任何东西。哪怕是一只载玻片盒，哪怕是一张底片。在机场，他们检查她的衣物时，她几乎是一丝不挂地坐在矮凳上。

一张丽芙寄来的明信片。一只美国的鸟。她从冰箱里拿出一些肉排和一瓶啤酒。可以读本书，可以冲个凉。一会她可能去加勒费斯绿地，在新开业的酒店喝上一杯，看来访的英国板球队员们喝得醉醺醺的，高唱卡拉 OK。

指派给她的搭档是否在这场战争中保持中立？他只是个热爱自己工作的考古学家吗？昨天，在离开科伦坡的路上，他带她参观几座寺庙时遇到他的几个在历史遗址上工作的学生，他兴高采烈地加入他们，很快就发现了云母片，并告诉他们哪些土壤中可能会发现铁质碎片，仿佛他生来就有找东西的天赋。塞拉斯想了解的东西绝大多数都与土壤有关。她怀疑在他看来，身边的社会与他毫无关系。他曾告诉过她，他渴望能写本书，关于岛屿南部某座已消失的城市。连断壁残垣都没留下，但他想要讲述有关它的故事。它不为人知的过往将破土而出，他对该地区的编年史了如指掌：它的中世纪时期的商道，它曾是某位帝王最偏爱的避暑胜地，城市的日常生活曾在诗句之间传诵。他还曾引用了这些诗篇中的片段，那是他的老师，一位名叫帕利帕纳的老者教他的。

那天晚上他们在拉维尼亚山酒店吃了螃蟹，那是塞拉斯最为真情流露的时刻，几近狂热。他站在海浪的边缘，用双手描摹着城市的轮廓，在夜色中刻画出它的样子。透过想象中的线条，她看见海浪汹涌而澎湃，就像他突如其来的激动向她席卷而来。

火车上到处都是警察。男人上车的时候手里拎着只装有八哥的鸟笼。他穿过一节又一节车厢，扫视着其他乘客。没有空余的位子了，所以他席地而坐。他穿着纱笼、凉鞋和加勒路买的汗衫。这是趟慢车，会穿行于崇山峻岭之间，然后驶入突如其来的广阔风景。他知道距离库鲁内加拉一英里左右的地方会有条隧道，火车会转弯驶进这片幽闭的黑暗之中。几扇窗户会开着——他们需要新鲜空气，尽管这会带来可怕的噪声。一旦穿过隧道重回阳光之下，他们就要准备下车了。

火车一驶进黑暗他就站起身来。一开始还有几只灯泡闪烁着微弱光芒，随即它们也熄灭了。他能听见八哥在说话。三分钟的黑暗。

男人迅速走到先前记下的官员的车厢，就在走道边上。黑暗中他拽住官员的头发往前拉，然后将锁链绕在他脖子上开始勒紧。他在黑暗中默默计算着时间。当官员的体重落在他身上时，他还是不放心，依旧攥着锁链。

他还有一分钟时间。他站起身用双臂架住那个男人。他让尸体直立，扶着他拖向打开的车窗。黄色的灯光忽闪而过。他或许只是某个人梦中的景象。

他猛然将官员拽离地面，推向打开的窗口。外面的强风吹得他脑袋和肩膀后仰。他又推了一把随即松手，那人消失在了隧道的轰响之中。

当安尼尔和法医小组在危地马拉工作时，她会飞到迈阿密和库里斯见面。到达时精疲力竭，面容和身体都憔悴不堪。痢疾、肝炎、登革热，这几种病四处横行。她和同事们在挖掘尸体的村庄里进食。他们只能给什么就吃什么，因为村民唯一能支持他们工作的方式就是：给他们做饭。“你为能吃到豆子而祈祷。”她一边喃喃地对库里斯说，一边脱去还穿在身上的工作服——她必须仓促出发才能赶上最后一班离开的飞机——数月来第一次爬进酒店的浴缸。“不要碰生的鱼肉。如果你不得不吃的话，找个没有旁人的地方吐掉，越快越好。”她在泡泡浴的神奇世界中舒展手脚，朝他露出疲倦的微笑，很高兴能与他重逢。他熟悉这疲惫而专注的神情，熟悉她讲述故事时含糊的声线中那种不疾不徐的语调。

“其实我以前从没真正参与挖掘。一般我只是待在实验室。但我们这次在野外挖掘。曼纽尔，他给了我一把梳子和一根筷子然后说：‘掘开地面把土扫开。’第一天我们就发现五具尸骸。”

他坐在浴缸边上注视她，她闭着眼睛，神游在另一个世界。她把头发剪短了。瘦了很多。他能看出来，她对工作投入了更深的感情。为之精疲力竭也因此焕然一新。

她倾身拔掉塞子，再次后仰感受水流在她周围消失。然后她站在瓷砖地上，任由他用浴巾擦拭她的身体。

“我知道几种骨头在西班牙语中的说法。”她吹嘘道，“我懂一点西班牙语。**Omóplatos** 是这里。肩胛骨。**Maxilar**——你的上颚。**Occipital**——

颅骨后面的骨头。”她含糊地说着一个个单词，仿佛倒数着麻醉剂在她体内起作用的时间。“在那些地方工作会遇见形形色色的人。美国来的病理学家是个大人物，不摸女人的胸部就够不着盐瓶。还有曼纽尔。他是当地人，所以他得到的保护要比我们其他人少。有一次他告诉我：‘当我在挖掘时，累得再也不想干下去，我就想象我自己躺在这墓穴里会怎样。我不会希望别人停止挖掘……’每当我想退出就想起这话。我困了，库里斯。话都说不出了。读点什么给我听。”

“我写了篇有关挪威蛇类的文章。”

“不要。”

“那，读首诗。”

“好。诗永远不会错。”

然而安尼尔已经入睡，脸上带着抹微笑。

Omóplatos，**Maxilar**，**Occipital**。坐在房间另一头的桌子前，库里斯将这些名词写进笔记本。她陷在白色的麻布被单中。她的手不停移动，仿佛在刷走尘土。

她在清晨七点醒来，屋内黑暗而闷热。她赤身裸体溜下宽阔的大床，库里斯还在梦中。她已经想念实验室了。想念铝制解剖台上方的灯突然亮起时，体内闪过的强烈悸动。

迈阿密的客房有种精品店的风格，枕头和地毯都绣着花。她走进卫生间洗脸，往发间泼了些冷水，彻底清醒过来。她跨进淋浴间打开花洒。但一分钟后动了念头走出来。等不及擦干身体就打开旅行袋，从中取出一台硕大而老旧的摄像机，她把它带到迈阿密是为了配个麦克风。它是法医鉴证小组使用的二手摄像机，八十年代早期留下来的古董。她在挖掘现场使用它，所以习惯了它的重量和缺陷。她装上一盒磁带然后将摄像机扛在湿漉漉的肩头。打开电源。

她从房间拍起，接着回到卫生间，拍下自己朝着镜子匆匆挥手的镜头。毛巾纹路的特写。洗澡水流淌的特写。她站在床上俯拍依旧沉睡的库里斯，他的头还有他的左臂，手臂正伸向她整晚睡着的地方。她的枕头。镜头回到库里斯，他的嘴唇，他可爱的肋骨，镜头离开床拍摄地板，摄像机稳稳当当，一路拍到他的脚踝。后退拍下他们留在地板上的衣服，接着拍桌子和他的笔记本。特写定格在他的笔迹上。

她取出录像带藏到他箱子里的衣服底下。她把摄像机装进包里，然后回到床上在他身边躺下。

他们躺在床上，沐浴在阳光里。“我无法想象你的童年，”他说，“对我来说你完全是个陌生人。科伦坡。那地方乏味无聊吗？”

“家里无聊。外面很疯狂。”

“你没回去。”

“没有。”

“我有个朋友去了新加坡。到处都是冷气。他说就像是在赛尔百货商店里困了一个星期。”

“我猜科伦坡的人们很愿意被困在百货商店里。”

他们相处的时光中，这些短暂静谧的时光最为美好，慵懒的，欢爱后的交谈。在他看来，她开朗、风趣而且美丽。对她来说，他已婚，总是很风趣，永远很防备。三样里有两样都不是好事。

他们相遇在别的场合，蒙特利尔。安尼尔到那里参加研讨会，库里斯很偶然地和她在酒店大堂遇见。

“我正要开溜。”她说，“受够了。”

“和我一起吃晚饭吧。”

“我有别的安排。我答应要和一帮朋友见面。一起来吧。我们已经被论文折磨了好几天。如果你跟我走，我保证让你见识到蒙特利尔最糟糕的饭菜。”

他们开车穿越城郊。

“你会说法语吗？”他问。

“不会，只会英语。我会写一点僧伽罗文。”

“这算你的身世背景吗？”

一座没有名字的大厦出现在公路旁，她将车停在“保龄球大世界”闪烁的招牌下。“我住这儿。”她说，“在西方。”

库里斯被介绍给另七位人类学家，他们仔细地打量他，揣摩他的立场，估量着是否能为他们团队所用。他们似乎来自世界各地。从欧洲和中美洲飞来蒙特利尔，逃过了另一场幻灯片演出，现在，他们和安尼尔一样，准备打场保龄球。从自动贩售机里买的劣质红酒倒在类似牙医用的纸杯子里，被迅速喝光，一起被吞食的还有薯片、醋和罐装鹰嘴豆泥。一位古生物学家调校着电脑计分牌，不出十分钟，保龄球馆中唯一一群不说法语的家伙们像精灵一样全部换上了保龄球鞋，发出极为刺耳的吵闹声。他们一个比一个更会耍赖。还有保龄球砸在跑道上。库里斯不希望自己的尸体会落到这群毫无专业水准的家伙手里，他们甚至连步子都踩不对。随着比赛的进行，他和安尼尔越来越频繁地跑上前去给对方一个恭贺的拥抱。他穿着污渍斑斑的鞋子却步履轻盈，他不用瞄准就把球甩出去，撞击的声音听来像是击中了一桶钉子。她过来亲吻他，吻有意无意地落在他颈后。他们离开门廊时已如胶似漆。

“鹰嘴豆一定有问题。那真是鹰嘴豆吗?”

“是啊。”她大笑。

“一种知名的催情类……”

“如果你说你不喜欢那个原本名叫某某的歌手，我绝对不会和你上床。吻我这里。你有复杂的中间名需要我牢记吗?”

“比格斯①。”

“比格斯?《比格斯东飞记》里的比格斯以及《比格斯尿床记》里的比格斯?”

“对，就那个比格斯。我父亲从小爱看那些书。”

“我从来没想过要嫁给比格斯那样的人。我总是想嫁个锅匠。我好喜欢这个词……”

“锅匠不娶妻。如果是货真价实的补锅匠就不会娶妻。”

“你有妻子，对吗?”

*

某天晚上，独自在港口的船舱实验室里工作的时候，安尼尔用手术刀割伤了自己，伤得很重，拇指上的肉被削去一道。她将滴露倒在伤口上然后包扎好，随即决定在回家路上去趟医院。她不想被感染：船上一直都有老鼠，或许趁她和塞拉斯不在的时候爬到了仪器上。她很疲惫，

① 比格斯（Biggles）：James Bigglesworth 的绰号，他是 20 世纪 30 年代由 W. E. 约翰斯创作的少年飞行员，冒险英雄，他的系列冒险被改变成电影、电视剧、漫画以及游戏等。

所以叫了辆深夜三轮车把她送到急诊处。

长椅上或坐或躺共有十五个活人。一个医生时不时地踱进来，向下一个病人示意，然后一同走开。她在那里坐了一个多小时最后决定放弃，因为有越来越多的伤患从外面送来，相比之下她的伤势不值一提。但那不是她离开的原因。一个穿黑色外套的男人走进来在他们中间坐下，衣服上带着血迹。他一言不发地坐着，等待别人的救助，和其他人不同的是他都懒得领号码牌。最终，长椅上留出了三人的空位，他摊开手脚平躺，并脱下黑色外套充当枕头，但他无法入睡，他睁开双眼凝视房间另一头的她。

外套上的鲜血濡湿并染红了他的面孔。他坐起身，从口袋里掏出一本书，飞快读起来，不停翻动书页，囫囵吞枣地读。他吃片药，再次躺下，这次昏睡了过去，断绝了与自身境况和周遭环境的一切联系。一个护士向他走去，触碰他的肩膀。他一动不动，她没有把手挪开。安尼尔清楚地记得这一切。然后他站了起来，把书放进口袋，碰了碰另一个病人并和他一同离开。他是个医生。护士捡起外套把它带走。这时安尼尔决定离开。如果她在一家连病人和医生都分不清楚的医院就诊，还有什么指望？

《斯里兰卡地图集》共收录七十三个版本的全岛地图——每一版只呈现一个主题，一种痴迷：降雨量、风向、湖泊的地表水、日益枯竭的地下水。

旧时的图像展示国家的农产品和过去的朝代更迭，现今的图像则展示着贫富与文化水平。

地质图显示尼甘布南部的穆特拉加维拉湿地内有泥炭，安巴兰哥达到栋德勒角沿岸分布着珊瑚，曼那湾深处有珍珠。地表之下，还有更为古老的云母、锆石、方钍石、花岗岩、长石矿、黄玉、红色石灰岩和白色云母花岗石。帕拉戈达附近有石墨，卡图皮塔和基尼戛佩勒沙附近有绿色花岗岩，安迪戛马是黑页岩，博拉勒斯戛穆瓦则有高岭土，或称瓷土。石墨——它的矿脉与矿层——纯度极高（含有百分之九十七的碳质），在斯里兰卡已有一百六十年的开采历史，尤其在两次世界大战时期，全国上下有六千个矿场，最主要的矿藏在伯格拉、卡哈塔戛哈和克隆戛哈三地。

另一页只说鸟类的生存状态。四百种鸟类种有百分之二十为斯里兰卡特有，例如蓝鹊、栗腹歌鸲、六种分属不同科目的夜莺、鸣叫声渐低的斑地鸫、野鸭、琵嘴鸭、“假吸血蝠”、针尾沙锥、印度走鸻，还有云中的鹞。爬虫类地图显示的是绿蝰蛇的分布，日光下它们目力不佳，会盲目地发起攻击，蹿向它们以为人类所在之处，像猛犬般露出利齿，一次又一次蹿起，直到一切归于可怕的死寂。

四面环海，这个国度受两大季风带影响——北半球冬季的西伯利亚高气压，南半球冬季的马斯克林高气压。所以十二月至三月吹东北向的贸易风，东南向的贸易风则在五月至九月期间到来。其余月份，柔和的海风在白天吹拂着岛屿，夜间则更改风向。

还有几页是等压线图和等高线图。没有城市的名字。只有闻所未闻、人迹未至的马哈·伊鲁帕拉玛镇偶尔会被提及，二十世纪三十年代（如今听来仿佛远如中世纪），气象部曾在那里测量并记录风向、降雨量和大气压。没有河流的名字。没有关于人类生活的只字片语。

库玛拉·维亚坦戛，十七岁。一九八九年十一月十七日，大约晚上十一点半。在他家中失踪。

普拉巴斯·库玛拉，十六岁。一九八九年十一月十七日，凌晨三点二十分。在朋友家中失踪。

库玛拉·阿冉其，十六岁。一九八九年十一月十七日。大约午夜时在他家中失踪。

马内尔卡·达·席尔瓦，十七岁。一九八九年十二月一日。在艾比利皮提亚中央大学操场打板球时失踪。

贾图戛·古尼塞纳，二十三岁。一九八九年十二月十一日，上午十点半。在他家附近和朋友聊天时失踪。

普拉塞萨·汉度维拉，十七岁。一九八九年十二月十七日，上午约十点十五分。在艾比利皮提亚的轮胎中心附近失踪。

普拉萨纳·贾亚瓦纳，十七岁。一九八九年十二月十八日，下午三点半。在查德里克水库附近失踪。

珀迪·维克拉玛奇，四十九岁。一九八九年十二月十九日，早上七点半。步行前往艾比利皮提亚镇上时失踪。

纳林·古奈拉泰，十七岁。一九八九年十二月二十六日，大约傍晚五点。在距离瑟莱纳军营十五码远的茶叶店失踪。

维拉坦戛·萨玛拉维拉，三十岁。一九九〇年一月七日，下午五点。前往呼兰达瓦·帕纳穆拉洗澡时失踪。

衬衫的颜色。纱笼的图案。失踪的时间。

在纳德赛中心[①]的“民权运动办公室”内，搜集来的零碎资料透露了儿子、弟弟、父亲最后一次露面的情形。在家属们伤心欲绝的信件中则记录着有关时间、地点、所穿衣物以及所做事情的点点滴滴……去洗澡。在和朋友聊天……

战争与政治的阴影下，事态发展荒诞离奇。一九八五年在奈帕提姆纳发现了万人坑，一个父亲辨认出那件沾满血迹的衣服正是他儿子被捕失踪时所穿。当衬衫口袋里的身份证被发现的那刻，警察立即下令停止挖掘，第二天，市民委员会的主席被捕——正是他把警察带去现场。坑里其他受害者的身份——他们如何被害，他们是谁——从未大白于天下。一位孤儿院管理者举报种族屠杀的罪行却锒铛入狱。一位人权律师遭枪杀，尸体被军方人士带走。

离开美国前，多个人权组织将搜集到的报告寄给安尼尔。早期的调查并未涉及逮捕事件，各组织的抗议甚至不曾为警局或政府的中层所知。家属们搜寻幼子的求告微弱无力。但他们依旧不放过任何线索，将其搜集起来作为证据，铺天盖地的新闻报道中任何可以保存下来的证据都被复印后寄给日内瓦那些素未谋面的人。

安尼尔接收报告，将记录着失踪和屠杀的文件归档。每天她最不想面对的就是这些。每天她面对的就是这些。

一九八三年起各种危机不断发生，种族冲突、政治屠杀。分裂派游击队执行恐怖主义，他们在北方为家园故土而战。南方的反政府组织挑

---

① 全称“纳德赛通过法律维护人权中心”（Nadesan Centre for Human Rights Through Law），是斯里兰卡主要的人权、民权运动研究性机构。

起叛乱。反恐特种部队则与这两派作战。被焚烧的尸体。河流与海中的尸体。被藏匿又被再次掩埋的尸体。

这是一场以现代武装发起的“百年战争”，各派的幕后支持者都置身安全国度，这是一场由军火商与毒品贩赞助的战争。不同阵营私下一起参与获利丰厚的军备交易已是众人皆知的事。“战争的缘由还是战争。”

塞拉斯开车驶向高海拔地区，向东前往班德勒韦勒，发现那三具骸骨的地方。他和安尼尔数小时前自科伦坡出发，如今已置身崇山峻岭之间。

“知道吗？如果你在这里生活，我会更接受你的观点。”他说，“你不能就这么冒出来，发现点什么，随即走人。”

“你难道要我进行自我审查。”

“我要你明白真相背后盘根错节的人情世故。否则你就像那些住在加勒费斯酒店、报道里写写苍蝇与伤疤的记者一样。就是些虚假的同情和说三道四。”

“你对记者有成见，是吧？”

“西方社会就是这么看我们的。这里的状况不一样，危险丛生。有时法律站在权势而不是真理这一边。”

“我只是觉得自从来到这里就不停碰壁。本该给我们通融的地方却给我们吃闭门羹。我们是来这里调查失踪事件。但我去找相关部门时却被拒之门外。我们之所以来这里似乎只是因为有人惺惺作态。”她又说道，“我找到的那一小块骨头，就第一天在船上，你早知道它不是古物，对吗？”

塞拉斯一言不发。于是她说下去：“我在中美洲时，一个村民对我说：‘当士兵们焚毁我们的村庄时，他们说这是法律，所以我以为法律就是军队屠杀我们的权力。’”

“小心祸从口出。”

“小心听者有心。”

“对，这也要当心。”

“有人请我来的。”

“国际调查没什么分量。”

“申请到允许我们在洞穴工作的许可很难吗？”

“很难。”

当他介绍岛屿上这一地区的考古发现时她一直在录音。现在话题转移到了别的事情上，最后她终于向他提及“银发总统”——因为总统卡图戛拉乱蓬蓬的白发，他的这个绰号人尽皆知。卡图戛拉究竟是个什么样的人？塞拉斯沉默不语。然后他伸手将磁带从录音机里取了出来。“你的录音机关掉了吗？”他确保已经关掉，这才肯回答她的问题。最后一次打开录音机起码是一小时之前，她都已忘记了它的存在。但他没有。

他们驶离公路在一家小旅店稍作停留，点好午餐，坐在室外俯瞰深深的峡谷。

“看那只鸟，塞拉斯。”

“是只夜莺。”

当鸟飞走时她朝着那个方向走去，突然感到一阵眩晕，这才意识到峡谷有多深。脚下的景致如同绿色的峡湾。远处开阔的平原褪成白色，与大海相接。

“你很懂鸟类，是吗？”

“是的。我妻子对它们很了解。”

安尼尔什么也没有说，等着他说下去或者正式岔开话题。但他保持沉默。

“你妻子在哪里？”安尼尔最后问道。

“我在几年前失去了她，她——自杀了。”

“天啊。我很抱歉，塞拉斯，我真是……”

他的表情神秘莫测：“自杀前几个月她就离开了我。”

“很抱歉问起这个。我总是乱提问，我太好奇了。我真叫人无法忍受。”

稍后，车内，为着打破更为漫长的沉默。“你认识我父亲吗？你几岁？”

“四十九岁。”塞拉斯说。

“我三十三。你认识他吗？”

“听说过他。他要年长得多。”

“我常听说他是个万人迷。”

“我也听说了。如果一个人很有魅力，别人就会这么说。”

“我觉得这是真的。我只希望我的年纪更大些——这样就能从他那里学到点什么。我希望学到过些什么。”

“有个僧人，”塞拉斯说，“他和他的兄弟是我一生中最好的老师——这是因为他们在我成年后才教导我。我们也是年长后才需要父母。我每年见他一到两次，他会来科伦坡，他能帮助我简化心智，更清楚自己的内心。纳拉达是个特别爱笑的人。他会对你的毛病一笑置之。他也是个苦行僧。当他来市区的时候，住在寺庙的一间小屋子里。我去找他喝咖啡，他坐在床上，我坐在他从大殿搬来的一张椅子上。谈论考古学。他用僧伽罗语写过几本小书，但他的兄弟，帕利帕纳，则是该领域的名人，但两人之间从未有过嫉妒之心。纳拉达与帕利帕纳。一对聪明绝顶的兄弟。他们俩都是我的老师。

“纳拉达绝大部门时间都住在汉班托塔附近。我和我妻子会去那里拜访他。爬过炎热的沙丘，前往他在海边为无业青年建设的社区。

“他的遇害让我们震惊。他在屋内睡觉时被枪杀。也有与我年龄相仿的朋友过世，但我更怀念这位老者。我想，我是希望他教我该如何老去。无论如何，每年在他的忌辰，我和妻子会烧好他最爱吃的饭菜，开车往南去他住过的村庄。在那天，我们总是更觉亲近。这让他永生——‘恒久’或许是更确切的词——你觉得他会一直都在，和社区那些也喜欢他偏爱的咖喱饭和炼乳甜点的年轻人一起。”

“我离开斯里兰卡后，父母在一场车祸中丧生。我再没有机会见他们一面。”

“我知道这事。我听说你父亲是个优秀的医生。”

“我本该成为医生，但我转投法医学。我猜，在人生的那个阶段里，我不想成为他那样的人。后来，父母去世之后我也不想回到这里。”

他触碰她手臂时她已经睡着了。

“我看见那边有条河。我们游泳吧？”

“在这里？”

“就在山下。”

“哦，好啊。我很想去。去吧。”他们从包里拿出毛巾，朝山下走去。

“我已经好多年没游了。”

“会有点冷。我们在山区，海拔两千英尺。”

他负责带路，比她料想的要兴致高昂得多。好吧，他是个考古学家，她想。他走到河边，躲在一块岩石后换衣服。她大喊着“我正在脱裙子！”确保他不会折返。“我穿内衣游。”安尼尔留意到她周围的这片树林很昏暗，随即发现他们游远一点就是洒满阳光的水塘。

当她走到水边的时候，他已经在水里游泳，边游边仰头看着树林。她三两步爬上尖锐的岩石，一个猛子扎进水里。“啊，专业选手！”她听到他慢条斯理地说。

河水的清凉留在肌肤上的沁爽感陪伴她走完剩下的车程——前臂上起了鸡皮疙瘩，汗毛竖起。他们已翻过山坡，置身于阳光和炎热中，她站在车边晾干头发，用双手轻轻拍打。她把潮湿的内衣卷进毛巾里，驶进山区时只穿着裙子。

“高海拔会让你头疼，”塞拉斯说，“班德勒韦勒有家很不错的酒店，但我们只能在小旅馆办公，你觉得如何？这样我们就能把设备和挖掘到的东西带在身边。”

“你告诉我的那个僧人。谁杀了他？”

塞拉斯像没听到她似的继续说下去：“而且我们要离挖掘地近些……有谣传说纳拉达是被他自己的见习僧侣杀害的，并非他们起先以为的政治谋杀。那些日子，你不知道都是谁在杀害谁。”

安尼尔说：“但现在你知道了，对吗？”

“现在，我们每个人的衣服上都沾着血。”

他们跟随主人穿过旅馆，塞拉斯选了三间客房。

“第三间房都是霉斑，但今晚我们就把床搬出去，把墙刷一下。将它改成一间办公室兼实验室。行吗？”她点点头，他转身向经理下达指令。

一九一一年，班德勒韦勒地区发现史前遗迹，数百个岩洞开始被发掘。发现的头骨与牙齿碎片与印度发现的一样古老。

就是在这个政府监管下的考古保护区内，在某个班德勒韦勒洞穴外面，尸骨被再次发现。

抵达的最初几天，塞拉斯和安尼尔记录并挪开古老的残骸——水生或陆生的腹足纲动物，鸟类与哺乳动物的骨骼残余，甚至还有来自遥远的海洋时代的鱼骨。这个地区仿佛时光般永恒。他们发现了野生面包果焦黑的果皮，这种植物依旧在该地区生长，即便时光已过去两万年。

三具几乎完整无缺的尸骨被发现。但数天之后，当安尼尔在一座洞穴的深处挖掘时，她又发现了第四具骸骨，其骨骼依旧由干枯的韧带组织连接，部分遭焚烧。不属于史前生物。

“听着，”她说（他们正在旅馆中看着尸体），“骨头里能发现微量元素——水银、铅、砷，甚至金子——那不属于他们的身体，是从周遭的土壤中渗入的。它们也可以从骨骼转移到附近的土壤内。无论是否存放在棺木内，这些都是常会从骨骼进出的物质。而这具骸骨呢，周身都有铅的残余。但发现它的洞穴里并不含铅，土壤标本显示一丝也无。你明白吗？之前他一定曾被埋在别处。有人大费周章想确保这具骸骨不被发现。这不是寻常的谋杀或掩埋。他们先埋了他，后来又将他转移到一处古老的墓地。”

“掩埋尸体然后再移动它并不一定是桩罪行。”

“有犯罪嫌疑，不是吗？”

“除非我们找到动机。”

“好吧。瞧着。拿这支笔放在骨头边比照。这样你就能清楚看到骨骼的扭曲。它不具备该有的笔直度。还有横向裂痕，但我们现在先不去管它，这只是额外的证据。”

“关于什么的证据呢？”

“只有骨头‘新鲜’时遭焚烧才会发生扭曲，也就是说，当时依旧覆盖着皮肉。尸体的皮肉随时间腐烂消亡，然后被焚烧——这是其他大部分班德勒韦勒骸骨的情况。但当他们焚烧这具的时候，塞拉斯，他才刚咽气。或者更糟，他们试图将他活活烧死。”

她要等很久才能听到他的只字片语。在旅馆这间刚粉刷的房间内，四张餐桌上各放着一具骸骨。他们将其标注为“锅匠”、“裁缝”、“士兵”与“水手”①。她在谈论的是“水手”。他们在餐桌两头对望。

“你能想象这岛上埋了多少尸体吗？”最后他问道。他没有否认她说的任何事。

“这是一宗谋杀，塞拉斯。”

“谋杀……你是指一般的谋杀……还是政治谋杀？”

“它是在宗教史迹内发现的。该地区一直都由政府或警察监管。”

“不错。”

“而且这是具年代并不久的尸骨。”她肯定地说，“掩埋时间不出四至六年。它怎么会在那里出现？”

---

① 出自英国最知名的幼儿睡前读物《鹅妈妈童谣集》，自 1791 年出版以来已成国民读物。

“二十世纪的尸体有几千具呢，安尼尔。你能想象有多少宗谋杀——”

“但我们可以证实这一宗，你明白吗？这是个契机，它有迹可循。我们发现它的地方只有政府官员可以进入。”

在她说话的时候，他用笔敲着椅子的木质扶手。

“在他那些未经焚烧的部分，我们可以做孢粉测试确定溶解在骨骼中的花粉类型。只有双臂和几根肋骨遭受过焚烧。你有没有伍德豪斯的《孢粉微粒学》？”

“我办公室里有。”他低声说，“我们需要测试土壤提取物。”

“你能找到法医地质学家吗？”

“不能。”他说，“没其他人可找。”

她轻拍塞拉斯肩头说：“我得让你看些东西。”“什么？”“这个。听着……”自那之后，他们已经在黑暗中低语了几乎半小时。

他们将“水手”遮盖起来，用胶布封好塑料纸。“我们收工吧。”他说，“我答应过要带你去那座寺庙。一个小时之后是观赏的最佳时机。我们正好赶得上暮鼓仪式。”

安尼尔不喜欢话题突然转向这种闲情逸致。“你觉得它安全吗？”

“你想怎么办？到哪都带着它？不要瞎操心。它们在这里很安全。”

“它……”

“放着吧。”

她觉得是时候把话挑明。一刻都不容耽搁。“好吧，我并不知道你是哪一派的——不知道我能否信任你。”

他欲言又止，随即缓缓开口道：“我又能怎样呢？”

“你能让它们消失。”

原本纹丝不动的他打破沉寂走向墙边，打开三盏灯。“此话怎讲，安尼尔?”

“你有个亲戚在政府部门工作，对吗?”

“是的，确实有。我几乎从没见过他。或许他可以帮我们。”

“或许。你为什么开灯?”

“我得找到我的笔。怎么——你以为这是给什么人发信号?”

“我不知道你的立场。我知道……我知道你认为真相的作用要更为复杂，有时候在这里说出真相反而更为危险。”

“所有人都吓坏了，安尼尔。这是举国上下罹患的病症。”

“如今地下埋了这么多尸体，正如你所说……被谋杀，无名无姓。我是说，大家甚至不知道它们已有两百年历史还是刚遇害两周，它们都遭到焚烧。有些人选择让亡魂安息，有些则不然。塞拉斯，我们可以做些什么……”

“这里距离科伦坡六小时车程，但你依旧压低嗓门说话——你自己好好想想吧。”

“我现在不想去寺庙。”

“行。你不一定得去。我自己去。明早再见。”

“好。”

“我把灯关了。”他说。

“在大地的眼中我们通常都是罪人，不仅仅因为我们犯下的罪，还因为我们知晓的罪。”这话说的是一个永远被困囹圄的人。《铁面人》。安尼尔需要来自旧友故知的慰藉，来自书中的字句，来自她可以信赖的声音。“这儿即是停尸间。”昂若拉说。昂若拉又是谁？《悲惨世界》里的某个人物。她是如此挚爱此书，如此宏伟的篇章写尽人性，希望它能相伴来生。与她共事的这个人对自己的隐私讳莫如深，他永不会对任何人敞开心扉。无所不知的人无所不愁——笑话是这么说的。或许这是此处唯一的真相。在邻近班德勒韦勒的旅馆内与四具尸骸相伴。你距离科伦坡六小时车程但你还压低嗓门说话——好好想想吧。

在海外的那些年，在欧洲与北美的求学生涯中，安尼尔追逐着异域感，无论置身伦敦贝克鲁地铁线还是圣塔菲郊外的公路，都感觉怡然自得。她感觉完全身处异乡（即便现在她都记得丹佛和波特兰的区号）。她也习惯了会有标示明确的道路指向绝大多数谜案的根源。讯息总是清晰明确，发挥作用。但在这里，在这座岛上，她意识到自己只能依靠一种语言在模棱两可的法律和无处不在的恐惧中摸索。真相在流言与复仇之间反复。谣言溜进每辆车、每家理发店。她猜想，作为一个来自这种环境的专业考古学家，塞拉斯平常少不得要去部长们那里讨生活求好处，少不得要在他们办公楼的大堂长久静候。信息被公之于众时总是拐弯抹角，话中有话——好像如果直言以告而不玩花样，真相就会变得索然无味。

她解开包裹“水手”的塑料纸。在她从事的工作中，遗体被转化为标签，代表不同种族、年龄、地点，然而在她看来，所有发现中最微妙之处是探寻的过程是数年前在莱托里发现的痕迹：一头猪，一只鬣狗，一头犀牛和一只鸟的几乎有四百万年历史的脚印，这怪异的组合被二十世纪的追踪者发现。四种毫不相干的生物急匆匆走过潮湿的火山灰。为着逃避些什么？从历史角度来看更具价值的是临近区域内的其他痕迹，来自一个据推断身高可达五英尺的原始人（这可从旋转脚跟的印痕判断出来）。但她喜欢琢磨的是四百万年前逃离莱托里的那个四重奏。被精确地记录在案的历史时刻常常与大自然或人类文明的极端行径相关。她清楚这一点。庞贝，莱托里。广岛。威苏维火山（它的烟灰使记载其“惊天动地之行径”的可怜的普里尼窒息而亡）。地壳运动与残酷的人类暴行偶然间为历史中的无名之辈提供了时间胶囊。庞贝城内的一条狗。广岛市内一位花匠的身影。但当置身事件中心，她意识到如若不假以岁月的沉淀，人类的暴行看来毫无逻辑可言。此刻它可以被报道，在日内瓦归档留存，但无人可以赋予其意义。她曾以为意义能为一个人打开逃避悲伤与恐惧的大门。但她目睹人们被暴力拒之门外并遭受侮辱，他们失去了言语与逻辑推理的能力。但这正是摆脱伤感的途径，自我保护的最后防线。他们只能紧攥着失踪亲属最后一次穿着睡觉的那条染色的织纹纱笼，平常它只会成为抹布如今却被珍而重之。

在一个充满惊惧的国度，公众的悲伤被不确定的氛围践踏。如果一位父亲为儿子的死亡呼告，另一个家人恐遭不测。如果你认识的人失踪了，你不制造事端的话他或许还有一线生机。这就是这个国家的创伤性精神症。死亡，失去，都是“未尽之事”，所以你无法将其了结。夜晚的突击检查持续数年，还有光天化日下的绑架或谋杀。那些抗争的生灵只会自取灭亡。仅存的律法不过是个信念：掌权者终将遭到报应。

而这具骸骨又是谁呢？在这个房间里，置身四人之间，她藏身于无关历史的死亡。获取死尸：多奇特的差使！放下一个陌生上吊者的尸体，然后背负着这头动物的身体……某样已死之物，某个已被埋之物，某件已腐朽之物？① 他是谁？这所有失落之声的代表。为他正名即是为其余所有人正名。

① 引自 H. 齐默尔撰写的《国王与尸体》（普林斯顿大学出版社，《布林格丛书》第十一册，1956 年）。

安尼尔锁上门去找旅馆的老板。她要了份清淡的晚餐，又点了瓶香迪啤酒后走到屋前的走廊。没有其他客人，旅馆老板跟着她。

“塞拉斯先生——他常来这儿吗？”她问。

“有时会来，女士，他在班德勒韦勒的话就来。你住在科伦坡？”

“大部分时间住在北美。我曾住在这里。”

“我有个儿子在欧洲——他想成为演员。”

“这样啊。不错。”

她走下门廊光滑的地板步入花园。这是甩掉旅馆老板最为礼貌的方式。今晚她对欲言又止的闲聊不太热衷。但在走进凤凰树红色暗影的那刻，她转过身来。

“塞拉斯先生带他的太太来过吗？”

“是的，女士。”

“她什么样？”

“她是个好人，女士。”

他点头为证，随即又微微侧一下脑袋，画一个J字，暗示他的个人见解或有保留。

“是？”

“是啊。怎么了，女士？”

“即便她已过世。”

“不是的，女士。今天下午我还问过塞拉斯先生，他说她很好。没有死。他说她问候我。"

"一定是我弄错了。"

"是的，女士。"

"她会陪他一起来吗？"

"她有时会来。她在电台工作。有时他的表兄会来。他是政府部门的一个部长。"

"你知道他的名字吗？"

"不知道，女士。我想他只来过一次。鲜虾咖喱还行吗？"

"不错。谢谢。"

为避免更多交谈，进餐期间她都假装在翻阅笔记。她琢磨着塞拉斯的婚姻。很难将他想象成一个已婚男人。她已习惯了他鳏夫的身份，被某个无声的存在笼罩。行啦，她想，夜色温柔难免孤枕难眠。也有人会穿过一百道门只为实践死者的突发奇想，却意识不到他正远离人群将自己埋葬。

晚饭后她回到放置遗骸的房间。她还不想睡。她不愿去想那个和塞拉斯一起来班德勒韦勒的部长。昏暗的灯光无法提供阅读需要的亮度，于是她找了盏油灯点上。早些时候，她路过旅馆只有一个书架的阅览室。有阿加莎·克里斯蒂。P.G. 伍德豪斯。伊妮德·布莱顿。约翰·马斯特斯。任何一家亚洲图书馆都有的悬疑小说。童年或少年时代，她就几乎已全部读过。她翻阅着自己那本布里奇斯的《世界土壤》。安尼尔对布里奇斯的了解堪比她对自己的手背，但此刻她是针对目前的状况寻找参考文字。阅读的时候，她能感觉到自己正将别人，那四具骸骨，摒弃于黑暗之中。

她坐在椅中，脑袋垂向大腿，突然睡去。这时塞拉斯将她惊醒。

他触碰她的肩膀，接着将耳机从她发丝间拉出来戴到自己头上，按下播放键后听到大提琴的声音将一切缝合黏连，他在房间里四下走动。

她咽了下口水，仿佛浮出水面呼吸空气。

“你没有锁门。”

“没锁。一切都好？”

“东西都在。我安排了早餐。已经不早了。”

“我这就来。”

“屋后有淋浴。”

“我觉得不太舒服。好像要生病了。”

“如有必要，我们可以折回科伦坡。”

她拿着去世界各地旅行都会带上的布朗博士肥皂出了门。考古学家的肥皂！淋浴时她依旧半梦半醒。脚趾紧挨着一块粗糙的花岗岩，冷水泼向她的头发。

她洗了脸，将薄荷味的肥皂抹在紧闭的眼睑上，再冲掉。当她越过齐肩高的蕉树叶远眺，能看到远方蓝色的群山，失焦的世界，如此美丽。

但正午时分她就被剧烈的头疼击倒。

*

她在货车的后座上发着烧，塞拉斯决定半路折返回科伦坡。不管她得的是何种疾病，都在她体内凶猛如兽，让她突然颤栗又突然冷汗直流。

接着，午夜过后的某个时刻，她已置身海边的一间医院。她从未喜欢过雅拉附近的南部海岸线，孩提时不喜欢，此刻也一样。所有的树似乎只为遮天蔽日而生长。连月光都仿佛是人工混合而成。

晚餐时她神智不清，几近流泪。餐桌另一头的塞拉斯看来隔着十万八千里那么远。两人中的一个在毫无必要地大声喊话。她很饿却无法咀嚼，甚至连最爱的明虾咖喱都嚼不动。她只能不停将温热的豆泥舀进嘴里，然后喝着青柠汁。下午她被巨大的响声惊醒。她好不容易爬下床朝露天的走廊打量，看见猴群消失在大堂遥远的另一头。她对看到的这一切确信不疑。她每隔四小时就服用药丸以驱赶头痛。可能是中暑、登革热或疟疾。等他们回科伦坡才能给她做测试。“是这日头害的。”塞拉斯喃喃地说，“我要给你买顶更大的帽子。我要给你买顶更大的帽子。我要给你买顶更大的帽子。”他不断地轻声低语。而她不停问：什么？什么？几乎都懒得再问。有猴子吗？午后等大家都睡着的时候猴子们从洗衣绳上偷毛巾和泳裤。她祈祷酒店不会关了发电机。无法想象没有风扇或淋浴让她保持凉快会是怎样的景象。唯一正常运作的是电话。她在等晚上的一个电话。

晚餐结束后她将装着青柠汁的玻璃瓶连冰块一起带回房间，即刻昏睡过去。她在十一点醒来，吃两片药抵挡她知道很快就会杀回来的头痛。汗水湿透衣衫。流汗。渴求。论战。风扇几乎纹丝不动，风都到不了她的臂膀。“水手”在哪？她一直没考虑到他。她在暗中翻过身拨打塞拉斯房间的电话。“他在哪？”

“谁？”

“水手。”

“他很安全。在卡车里。记得吗？”

“不记得。我——这么做没问题吗？”

“是你的主意啊。”

她挂上电话，确认电话稳妥挂好后，躺在暗中。急需空气。当她拉开窗帘时看见灯光从灯柱上洒下。有人在黑暗的沙滩上备船出海。如若她开灯，在他们看来她就会像是水族箱内的一尾鱼。

她离开自己的房间。需要读一本书来撑到电话响。她盯着壁龛内的书架看了一会，随手抓过两本，匆匆回到房间。《寻找甘地》，理查德·阿滕伯勒著，还有一本弗兰克·辛纳特拉的生平。她拉上窗帘，打开灯，脱下湿透的衣服。在淋浴房中，她让冷水冲着头发，靠着淋浴房的一角，让凉意使自己镇定下来。她需要有人陪伴，或许是丽芙，跟她一起哼唱。唱一首她们在亚利桑那时总是合唱的对唱曲目……

她拖着疲惫的身躯走出浴室，坐在床脚，浑身湿漉漉的。她觉得热但不能打开窗帘。打开窗帘就得穿衣服。她开始阅读。觉得厌倦时就换读另一本，很快人物表在她脑海中变得越来越庞杂。光线很差。她记得塞拉斯曾告诉过她，每次离开科伦坡的旅途中他都必备的宝物是一只六十瓦的灯泡。她爬过床铺给他打电话："我能用你的灯泡吗？这里的光线糟透了。"

"我拿过来。"

他们拆开《星期日观察家》，用书页铺满地面。你有水笔吗？有。她开始脱衣服，背对着他，然后躺在那具叫"水手"的骸骨旁边。她只穿着红色短裤，丝质的，平日里她总是带着嘲讽之意穿上。从未想过它会在公共场合派上用场。她仰望着天花板，双手覆于胸口。坚硬的地面让她的身体感觉舒适，隔着报纸她能感觉光滑水泥地的凉意，孩提时代睡在席子上时也曾感受过同样的稳固坚实。

他用水笔描画着她的身形。你要把手臂放下一会儿。她能感觉到水笔绕着她的手移动再沿腰线下行到腿，两边都如此，他在脚跟处将蓝线连接。

她从轮廓线中起身，回头看见他已经同样画好了四具骸骨的轮廓。

敲门声传来，她惊醒。她不曾动弹过。整个晚上她都觉得自己死气沉沉，无法思考。即便读书的时候，她也困倦地被字句纠缠住不得脱身。艾娃·嘉德纳抱怨辛纳特拉的某些话困住了她。她裹着床单开了门。塞拉斯将灯泡递给她后就不见了。他穿着衬衫和纱笼。她本来是想叫他做什么来着……她把桌子拖到房间中央，关上灯。她垫着床单拧下滚烫的灯泡。她怕电线的某处会漏电。她能听见屋外浪潮的声响。她费力抬起手臂，将塞拉斯送来的灯泡旋进灯座。一切都在瞬间变得沉重而迟缓。

她平躺在床上，再次觉得冷，颤抖着，嘴里发出一句呻吟。她将包翻了个底朝天，找出飞机上拿的两小瓶苏格兰威士忌。塞拉斯脱去她的衣服画了她的轮廓。他曾这么做过吗？

电话响起来。美国。一个女人的声音。

“喂？喂？丽芙吗？天啊，是你！你收到我的留言了。”

“现在你说话都有口音啦。”

“没有，我——这不是盗用的电话线吧？”

“你的声音忽高忽低。”

“喂？”

“你好吗，安尼尔？”

“我病了。已经很晚了。不，不，没关系。我一直在等你。只是我病了，这让我觉得离大家都更遥远。丽芙？你好吗？”

“好。”

“告诉我，有多好？”

沉默。“我不记得了。我正在忘记你的脸。”

安尼尔几乎无法呼吸。她从电话边转过脸来用枕头擦了擦脸颊。“你还在吗？丽芙？”她听到她们之间的漫长距离，噪音沙沙作响。“你的妹妹和你在一起吗？”

“我妹妹？”丽芙问。

“丽芙，听着，记得吗——谁谋杀了切瑞·瓦伦斯？”

她将听筒紧紧贴在耳边，只听到噼啪声与静默。

隔壁房间里塞拉斯睁着双眼，无法从安尼尔的哭泣声里逃脱。

*

塞拉斯伸手越过早餐盘子握住安尼尔的手腕。大拇指按在她脉搏上。“今天下午就到科伦坡了。我们可以在船上的实验室研究这具骸骨。”

“要让这具骸骨跟着我们，无论发生什么事。”她说。

“四具我们都留着。一组。一种伪装。我们就说它们都是古尸。你的烧退了。”

她抽回手。“我要从‘水手’的脚跟上取下一块组织——保留一个私人 ID。”

“如果我们取得更多花粉和泥土样本，就能查出他最初被埋在何处。然后在船上做研究。”

“附近有个女人一直在研究虫蛹。”安尼尔说，“我读过一篇文章。我确定她来自科伦坡。那是篇很好的研究论文。”

他揶揄地看着她：“没听说过。到医院找那些年轻大学生碰碰运气吧。”

他们无言相对。

“来这里之前，我跟女友丽芙说，或许我会在这里遇上一个将要毁灭我的人。我能信任你吗？”

“你必须信任我。”

傍晚他们就到了科伦坡的穆特瓦码头。她帮他将四具骸骨搬上“奥罗赛号”。

“明天休息吧。”他说，“我得多找些器材，需要一天时间。”

他离开后安尼尔留在船上，想再工作一会。她走下楼梯进入实验室，拿起他们放在门边的金属杆，开始用力敲打墙壁。逃窜的声音。最终黑暗中一切都陷入寂静。她擦亮一根火柴，举着朝前走。她按下发电机的操作杆，很快一阵颤巍巍的交流声过后，电力缓慢注入房间。

她坐在那儿凝视他。高烧开始退去，她觉得稍微轻松些。她在硫化灯下检查这具骸骨。总结目前已知的死因，那些恒久不变的事实，科伦坡与特洛伊并无二致。一段前臂骨折。部分烧伤。颈脖处脊椎损伤。颅骨上的伤可能是小弹孔。贯穿痕迹。

通过骨骼上的伤痕，她能解读出“水手”最后的动作。他举起手臂挡在面前，想躲避殴打。他被手枪击中，子弹穿过一条手臂，随即进入他的脖子。待他倒地，他们上前将他杀害。

致命一击①。最小、最廉价的子弹。一个直径0.22英寸的穿孔，她的圆珠笔都可穿过。随后他们企图焚毁他，开始在火光中挖掘他的坟墓。

---

① 原文为法语，Coup de grace。

.057

安尼尔走进金赛路医院，经过首席医务官门口的牌子。

> 交谈终止。
> 笑声隐匿。
> 此处，
> 死欣然染指生。

这段话以拉丁文、僧伽罗文和英文印制。为使用更先进的设备，她时不时到实验室工作。一进实验室，她就能放松下来，独自置身空阔的房间。天啊，她热爱实验室。高脚凳总保持微微的弧度所以你能倾身坐着。永远那样认真地前倾着。周围墙壁上摆满装有紫红色液体的玻璃瓶。她可以绕着桌子走动，用眼角打量一具尸体，然后坐回凳子上，浑然忘记时间的流逝。对朋友或恋人的陪伴不再心存渴念。只能感觉到有人在远处锤着地板，仿佛以大锤重击古老的水泥地只为触及真相。

她靠在桌上，桌沿紧挨着她的髋骨。手指滑过黑色的桌面寻找任何可能存在的沙粒，缺口，碎屑或是黏腻。沉浸于她的孤独之中。她双臂的颜色和桌子一样沉，没有首饰，只有一只手镯在她缓缓垂手时轻扣出声。当安尼尔的思绪穿越面前的沉寂，周遭再无其余声响。

这几栋楼房就是她的家。成年后她有过五六个住所，她一贯的原则和习惯就是居住条件低于经济能力。她从未购置房产，租来的公寓内也总是陈设简陋。如今她在科伦坡的房子有个嵌在地下的小水池，漂着花朵。这对她来说已是奢侈。黑暗中迷惑小偷的某种摆设。夜晚，下班回家，安尼尔会脱下凉鞋站在浅浅的水中，脚趾栖于白色花瓣间，双臂交叠褪去日间种种，除下层层事件与意外，使其不再纠缠自己。她会站立片刻，然后湿着脚向床边走去。

她知道自己是个意志坚决的人，在别人眼中也同样如此。她的名字并不生来就是安尼尔。她曾有过两个全然不合适的名字，并很早就开始觊觎"安尼尔"，这个她哥哥未使用过的备用名。十二岁那年，她试图向他购买它，表示会因此在家庭争论中站在他一边。尽管深知她对这名字的渴望胜过一切，但他不愿答应这项交易。

她的战役在家庭成员间引发了愤怒与焦虑。别人用她任何一个本名喊她时都拒绝回应，甚至在学校也是如此。最后她的父母屈服了，但他们必须说服她那脾气暴躁的哥哥放弃他的备用名。他，十四岁，宣称自己某天或许会需要它。两个名字给了他更多威信，另一个名字或许还暗示他的性格存在着另一面。而且这也是祖父的名字。其实孩子们根本不认识拥有这个名字的那位祖父。父母举手投降，最后兄妹私下达成了交易。她把攒下的一百卢比给了他，还有他眼红了一段时日的钢笔套装、她找到的一罐五十支装金叶牌香烟，交易最后僵持的关头，她还答应了他要求的性贿赂。

随后，无论是护照、学校作业还是申请表格，她都没再用过其他名字。后来她回首童年，铭记最深的就是对这名字的渴望与得到它的快乐。有关这名字的一切都让她愉悦，它纤细简洁的特质，它的女性气息，尽管它被认为是个男用名。二十年后她对它的感觉依旧如昔。她逐猎渴望的名字如同追求某个一见钟情的爱人，一路心无旁骛。

安尼尔记起这座被她抛诸脑后的城市里十九世纪的气息。“复制路”上卖明虾的商贩向往来行人兜售他们的货品，科伦坡七区的房子刷成一丝不苟的纯白色。这里是旧富豪与新权贵居住的地方。“天堂居……科伦坡七……”为晚宴盛装的时候，她父亲会一边用《脸贴脸》的调子唱着，一边让安尼尔为他的衬衫袖子别上袖扣。他们之间总有这种悄然的默契。她也知道，无论从舞会、其他约会或是急诊手术回来时有多晚，第二天他都会开车送她去参加游泳训练，穿过空荡荡的街道前往“水獭俱乐部”。回程中他们会停在小摊前来碗牛奶、吃些甜面饼，每只甜面饼都裹在一张张亮闪闪的英文杂志页里。

即便在雨季，清晨六点她也会跑下车穿过暴雨，跳入雨迹斑斑的池水，拼尽全力游上一个钟头。只有十个女孩和一个教练。雨声嘈杂，敲打着铁皮车顶和坚硬水面，落在搅动池水的游泳者紧绷的橡胶泳帽上，他们调头，再次浮出水面，寥寥可数的家长则读着《每日新闻》。孩提时代，她所有的努力与精力似乎都集中在早晨七点半之前。在西方生活时她保持着这个习惯，去医学院上课之前先学习两到三个小时。从某种角度来看，后来她对发掘真相穷追不舍的痴迷与那个水下世界相似，当她循着剧烈运动的节奏畅游时，如同窥向时间深处。

所以不顾塞拉斯昨天让她卧床休息的建议，清晨六点，她就已吃过早饭，走在前往金赛路医院的路上了。永恒的虾贩还在路边，兜售昨晚的渔获。烟摊外燃着麻绳，气味在空气中蜿蜒飘荡。孩提时她总是被这气味吸引，徘徊不去。突然，莫名地，她记起女子学院的女学生们，在阳台上俯视圣托马斯公学的男孩们的景象，这群小痞子努力在舍监驱赶他们之前尽可能地多唱几句《美船维纳斯之歌》的歌词。

美丽的船儿维纳斯——
天呐，你一定得见识。
船头是尊横陈的妓女呀
跨坐在那话儿上。

被保护在象牙塔内的女孩子们不过十二三岁，像习惯了宫廷式文雅求爱的闺秀，被这唐突的演出震惊了，却也无意闭耳不闻。直到二十岁那年安尼尔才在英国再次听到这首歌。而且在那个场合——橄榄球赛后的庆祝派对上——背景没有那么突兀，男性的嘶吼包围着她。但圣托马斯公学的男孩们玩的是另一种把戏，他们举着乐谱，一开始那首歌听来就像是唱诗班的颂歌，颤音、高音以及咿呀的哼唱一应俱全，他们借此骗过了三心二意只听旋律的舍监。四五年级的女孩们倒是真切听清了每句歌词。

船长名叫马哥，
只懂荒淫作乐。
层层甲板呀，
铲粪都轮不上。

安尼尔对这歌词偏爱有加，紧凑的韵律偶尔会溜进她的脑海。她热衷带着愤怒与论断的歌曲。于是清晨六点，步行前往医院的路上，她尝试记起《美船维纳斯之歌》的其余歌词，还大声唱出了第一段。余下的部分她有些不太确定，嗫嚅地练习着，模仿着低音喇叭。“绝世好歌。”

她自言自语道，“绝对重要。”

科伦坡那位撰写虫蛹论文的实习生原来在离验尸房不远的办公室上班。安尼尔曾花费不少时间回想她的名字，如今她却发现伽妲拉·艾贝塞克拉正在用打字机填写表格，纸张因房间内的湿气软塌塌的。她站着打字，身穿纱丽，周围似乎是间移动办公室——两只大纸箱和一只金属盒子。纸箱里面装着研究笔记、实验样、培养皿和试管。金属盒内则装着正发育的虫蛹。

女人抬头看着她。

“我是不是打扰了……”安尼尔低头看着她刚打好的四行字，“不如你休息下，我来帮你打字吧。”

“你就是那个日内瓦来的女人，对吧？”她脸上是将信将疑的神色。

“对。”

伽妲拉注视着安尼尔的双手，两人同时大笑起来。她的手上满是割伤和咬伤的痕迹。这双手大概可以轻松地探进蜂箱然后满载而归。

“告诉我要说些什么。”

安尼尔站在伽妲拉身边，在她口述的同时快速加以编辑，添加些形容词，为她的经费申请书润色。仅凭伽妲拉对项目的平铺直叙，几乎没什么希望。安尼尔添加了些必要的生动描述，将伽妲拉罗列的专长点化为一份更具发挥空间的简历。完工后她问伽妲拉是否想吃点什么。

“别去医院的餐厅。”伽妲拉提议，“厨子晚上在验尸房兼职。你知道我喜欢去哪吗？带空调的中餐馆。我们去‘花鼓楼’。”

餐厅里有三个生意人在用餐，其余地方空空荡荡。

“谢谢你帮我写申请。”伽妲拉说。

“是个很好的项目。会很重要。你能在这儿完成所有研究吗?你有设备吗?”

“我必须得在这儿做……虫蛹啊……幼虫啊……实验必须在这温度下进行。而且我不喜欢英国。有时候我会去印度。”

“如果你需要帮助，来找我。天啊，我都忘记冷气是什么感觉了。我刚搬来这里。我想和你讨论下你的研究。”

“不急，不急。跟我说说你喜欢西方的什么。”

“噢，我喜欢什么?我觉得最让我喜欢的可以按自己的方式做事。这里什么都搞得众人皆知，对吧?我怀念有隐私的生活。”

伽妲拉看来对西方的这项优点毫无兴趣。

“一点半之前我得回去。”她说完，点了炒面和可乐。

装试管的纸箱开着，伽妲拉正将一只幼虫固定在显微镜下。“这条有两星期大。”她用镊子把它夹出来放到摆着一块人类肝脏的托盘里，安尼尔猜想这肝脏想必是从非法途径获得的。

“没办法。”伽妲拉觉察到安尼尔专注的目光，故作轻松地解释，“下葬前取一点下来，算帮个小忙。用动物内脏和用这个喂养的幼虫生长速度差别很大。”她把肝脏的其余部分放进野餐用的冷藏箱，抽出图表来摆放在房间中央的桌子上。“来，说说我可以提供些什么帮助……”

“我有具骸骨，一部分被烧过。还能从它携带的虫蛹中获取什么信息吗?”

伽妲拉掩嘴打了个饱嗝，午饭后她一直在打嗝。“如果还在发掘现场，就行。”

“问题就在这里。我从发现它的地方采集了土壤样本，但我们觉得它被转移过。我们不知道它最初的掩埋地点，只有最后掩埋地的土壤。”

“我可以看看骨头。有些虫子喜欢骨骼，而不是肉。”伽妲拉朝她微笑，“或许还有来自第一个地点的虫蛹。我们可以通过昆虫的种类缩小可能的地点范围。很奇怪，骨头只在开头几个月的时间内吸引某些虫子。”

“不同寻常。”

“嗯。”伽妲拉的语气仿佛吃着巧克力，“有些蝴蝶也会从骨骼上吸取水份……”

“我能给你看些骨头吗？”

“明天我要去内陆几天。”

“那就今晚？可以吗？”

“嗯。”伽妲拉心不在焉地回答，注意力被某个线索吸引，那是她表格上的一个时间节点。她背对安尼尔向一排昆虫转过身去，然后用镊子选出大小与生命周期都符合的那一只。

那天晚上在船舱内，塞拉斯将溶于丙酮的液体塑料倒进浅碟，取出他处理骨骼时使用的驼毛刷。他置身于弥散的灯光与发电机的嗡嗡声之中。

他走向放置骸骨的工作台，拿起带弹簧夹的台灯——这里唯一聚焦的光源——举着它走向实验室尽头深处的壁橱，依旧亮着的灯拖着长长的线。他打开壁橱，从瓶中倒出四分之三酒杯的烧酒后回到尸骸边。

四具来自班德勒韦勒的尸骸，现在暴露于空气中，即将开始腐坏。

他从塑料容器中拿出一根未使用过的碳化钨针，将它装在手柄上之后开始清理第一具尸体的骸骨，挑去泥屑。接着他打开细管朝每块骨头吹气，气息栖在累累伤痕间，仿佛他噘嘴朝着孩童的烫伤吹送清凉的呼吸。他将驼毛刷蘸进碟子里，开始给骨头抹上防护性的塑料涂层，顺着脊椎和肋骨一路向下。完工后他举着弹簧夹台灯走向第二张工作台开始处理第二具。然后是第三具。当他来到“水手”的桌边，将跟骨翻向一边时发现了一厘米深的割痕，那是安尼尔在跟骨上切除的部分。

塞拉斯伸个懒腰，从亮处走进暗处，探出手去摸索烧酒瓶，带着它回到光柱下的“水手”旁边。此刻大概是凌晨两点。为每具骸骨涂好保护层后，他逐一做好记录，分别从正面和侧面两个角度拍摄了三具骸骨。

他一边喝酒一边工作。现在空气中弥漫着浓重的塑料味。没有通风透气的地方。他打开吱呀作响的舱门，带着酒瓶爬上甲板。宵禁中的科伦坡一片漆黑。此刻骑自行车或步行穿越这座城市，最为美妙。路障们让人担忧的静默，古树身披甲青沿所罗门·马瓦沙大街排开。但他身边的港口内却仍有动静，拖船的灯光在水中翻涌，有码头上搬运集装箱的牵引车投射出的白光。早上三点或四点。余下的夜晚他将锁好门睡在船上。

船舱内依旧满是浓重的塑料味。他从抽屉内取出一捆卷烟点上一支，吸入它五味陈杂、浓到令人窒息的气味。拿起弹簧夹灯朝“水手”走去。他还是得为他留影。“好吧，现在就动手，”他对自己说，“拍两张吧，正面和侧面。”他站着等立拍得显影，在空气中挥动相纸。当“水手”的样子清晰显现，他将相片放进一只棕色信封，封口并写上地址，然后装进外套口袋。

另三具尸骸没有头骨。但“水手”有头骨。塞拉斯将抽了一半的卷烟放在金属水槽里，倾身向前。他用手术刀割断连接头骨和颈椎的韧带组织，将头骨分离开。他把头骨拿到自己桌上。头部并没有被焚烧到，所以额头、眼眶和泪腺部位的骨头都很光滑，接合的痕迹非常细密。塞拉斯用塑料纸将它裹好后放进一只印着“昆丹卖场”的大购物袋中。他折回拍摄了没有头骨的“水手”，两次，正面与侧面。

此刻他知道得再清楚不过的事是：他和安尼尔需要帮助。

密林里的修行者

碑刻学专家帕利帕纳数年来一直是民族主义团体的中心人物，该团体最终自欧洲人手中夺回了斯里兰卡人类学研究的权威地位。他凭借释译巴利手卷、记录并解读锡吉里耶①岩画奠定了自己的声望。

作为务实的僧伽罗语运动的主力，帕利帕纳行文条理清晰，著作以他周详的研究和对古代文化脉络的深刻了解为基础。当西方将亚洲历史视作欧洲与东方相接处一道黯淡的地平线时，帕利帕纳眼中的祖国却深广瑰丽，欧洲则不过是亚洲半岛尽头的一块陆地而已。

二十世纪七十年代曾见证了一系列国际论坛的开端。学者们飞往德里、科伦坡和香港，逗留六天，讲述他们最精彩的奇闻轶事，感受前殖民地的脉搏，然后回到伦敦与波士顿。他们终于意识到，欧洲文化虽然古老，亚洲的文化却更为源远流长。帕利帕纳，如今已是斯里兰卡阵营中最受景仰的人物，参加过一次这类集会之后再未踏足另一个。他是闲云野鹤般的人物，不能忍受繁文缛节和交际应酬。

师从帕利帕纳的三年是塞拉斯求学生涯中最为艰难的岁月。学生提交的所有人类学数据都必须经过确认。岩石上的每个楔形符号或刻痕都必须在拓印后，于笔记中、沙盘里、黑板上一再描摹，直到它们成为梦境的一部分。最初的两年塞拉斯认为帕利帕纳是吝于赞美的人，生活方式也同样吝啬（而非节俭）。他似乎无法赞扬他人，也永不会请别人喝

① 锡吉里耶（Sigiriya）：斯里兰卡古城，建在“狮子岩”上，5世纪时为达都舍那王朝都城。岩壁上留下数百女性画像却身份主题不明。

上一杯或吃顿饭。他的兄弟纳兰达，连车都没有，总是搭顺风车，起初看似同一类人，但却愿意慷慨付出时间与友谊，乐于分享欢笑。帕利帕纳似乎总是节约所有精力用于历史语言研究，只在自己著作的特定印刷方式上极尽挑剔自负之能事，要求图表以双色套印在精良的纸张上，可以无惧气候或虫害。只有在一本书完工之后，他猎犬般执著的注意力才会从一个项目转移，如此他可空手走进这个国家的另一个纪元或另一片区域。

历史无时无刻不围绕在他四周。皇家浴场和喷泉花园的石头遗迹，被掩埋的城市，他凭借自身具有的民族主义热情，给自己以及共事的人，包括塞拉斯在内，带来无穷无尽的需要记录和阐释的课题。他似乎在任何一片宗教密林都能领悟到一种观点。

帕利帕纳直到中年才涉足考古领域。他获得提拔也并非依靠裙带关系，而只是因为他懂得这门语言，并拥有比上级们更好的研究水平。他不是个易受青睐的人物，在青年时代的某个节点就已失却个人魅力。多年考察之后，他只在学生中甄选出四名关门弟子。塞拉斯即是其中一位。彼时帕利帕纳已年届六十，然而他与他们每个人争吵。四人无一不为在他手中受到的羞辱忿忿不平。但他的学生依旧坚信两件事——不，是三件：他是全国最优秀的考古学理论家；他几乎永远都是正确的；即便他声名显赫、功勋卓著，他的生活方式依旧比他们任何人都更为简朴。这或许是因为他身为一名僧侣的兄长。显而易见，帕利帕纳只剩下两套一模一样的衣服。随着年事渐高，他与世俗世界的联系也日益减少，除了他在出书方面不间断的虚荣。塞拉斯已数年不曾与他见面。

这些年里帕利帕纳在学术界的声望每况愈下。由头正是他出版过的那些曾震惊考古学家与历史学家的一系列岩画解读论著。他发现并翻译出一种潜藏的语系，可以解释锡兰岛六世纪时的政局更迭与皇权动荡。这些著作在国内外学术期刊上赢得一片赞许，直到帕利帕纳的某个弟子表示并没有真凭实据证明这些文本的存在。它们不过是虚构。一群历史学家没能找到帕利帕纳描写过的文字符号。无人能够找到他自垂死武士那里引用并翻译过来的字句，或是帝王们颁布的诏书片段，遑论据称由恋人与宫闱密友写就的巴利艳情诗，他虽指名道姓却未见《小史》① 中有任何记载。

帕利帕纳最初发表的细节翔实的诗文，最初看来平息了历史学家之间的争执与辩论，他们信服于他治学至为严谨的声望，他一贯仰仗一丝不苟的研究。如今在他人看来，他自编自演的事业大转折皆因他试图愚弄全世界的企图。尽管在他心目中，这不只是简单的愚弄，也称不上欺骗。或许对他而言，这并非误入歧途，而是抵达另一种真实的途径，一支漫长诚挚的舞蹈的最后一幕。

但无人欣赏这费解的表演。他在学术界的拥趸们亦然。甚至是塞拉斯这样的关门弟子，他们在求学的那些年中不断因马虎和错误被导师斥责。这种姿态，“帕利帕纳式姿态”，被视作是一种背叛，违背了他赖以扬名立足的原则。大师的弄虚作假总要比恶作剧更有意味，它意味着侮慢。将其视作自暴自弃或是精神失常已是最为善意的推断。

锡吉里耶岩石堡垒的岩画位于上坡路第一个四分之一英里标识处的一块凸岩下方，看来要比更著名的绘在“镜墙”上的度母像更加古老，

① 《小史》：即 Culavamsa，18 世纪以前古斯里兰卡王朝和佛教的编年史，由僧侣以巴利文撰写，又译作《小王统史》与《大史》(Mahavamsa) 合编。

它们从六世纪以来就被刻进古老的石头。那些黯淡的黄褐色笔迹是牢牢吸引历史学家的谜团——它们是神秘的声明——帕利帕纳自己也耗费了十五年的光阴不停地研究思考它们。作为一个历史学家和科学家，他从诸多角度切入每个问题。他更可能在石匠身边工作或是在新近发现的石刻池塘边听洗衣服的洗衣妇说话，而不是和佩拉丹尼亚大学的教授共事。他不是用历史文本解读神秘符号，而是通过实际掌握当地传承的技艺。他的眼睛能分辨出在岩壁内的一道裂纹线如何造就了画像肩头的那抹沉静。

他研习语言和古文直到四十岁，随后的三十年则投身田野调查——彼时历史眼界早已了然于胸。所以前往遗址的途中帕利帕纳就已知晓会发现些什么——无论是空地中耸立的圆柱上的某种独特纹样，还是岩洞高高的穹顶上某张熟悉的画像。对于一个从不妄下论断的人而言，这是一种怪异的自我认知。

他伸手触摸每一个被发现的符号。他追踪波隆纳鲁沃①石书上的每一个字符，这块被雕成四英尺高、三十英尺长的矩形巨石是这个国家的第一本书籍，他裸露的双臂和面颊紧贴着汲取日照热量的基座。一年中绝大多数时候它黝黑炙热，只有雨季的时候笔划里才会蓄满雨水，形成一个个小的、完美切割的港湾，和迦太基的符号一样。一本掩藏在波隆纳鲁沃圣台区杂草丛里的巨书，被凿上字符，边缘环绕着鸭形纹饰。“代表永恒的鸭形纹啊。”他喃喃自语，在正午的酷暑中展颜微笑，心下已将在古代文本中发现的东西拼凑起来。一个秘密。他至高的乐趣就是这样的发现，正如他在米特勒的某块雕带上的人像间发现了那尊舞蹈的象神，

① 波隆纳鲁沃（Polonnaruwa）：公元 993 年成为古斯里兰卡历史上第二个首都，位于国境中部。1982 年古城被联合国教科文组织列入世界文化遗产名录。

或许是锡兰岛上第一尊象神雕像。

他在马塔拉拜访石匠，将其技艺与自己多年翻译古文与田野考察的工作对照关联。他开始将那些只能臆测的事物当成真相。对他来说，这绝非伪造或作假。

考古学家依据的是与《拿破仑法典》相同的法则。关键不在于他的理论或可能被证伪，而在于他无法自证清白。然而，显现在帕利帕纳眼前的图案逐渐成形。它们携起手来。它们赐予你行走水上的能力，它们允许你在树冠间跳跃。水蓄满一个字符的刻痕，连接此岸与彼岸。如此，无法被证实的真相水落石出。

无论他自己曾将多少世俗事物或社会习惯从生活中剥离，总还有更多东西因他无法被证实的理论学说而被掠夺。他的工作再未获得丝毫尊重。但他拒绝放弃任何自己公布过的发现，也不试图为自己辩解。相反，他归隐山林。数年前，与兄弟一同旅行时他在树林里发现了一处庙宇的遗迹，距离阿努拉德普勒①二十英里。如今，他已带着寥寥数件随身物品移居该处。传言他在名为“草叶堂”的废墟中苟延残喘，身无长物。这是为了遵循六世纪时的戒律，僧侣依据严苛的教条生活，连宗教性的装饰都一并杜绝。他们只会在一块厚石板上雕上花纹，用作便池。这就是他们对石刻的看法。

他已年届七十，视力状况让他忧心。他依旧用草书书写，急于将所知真相尽数道出。他骨瘦如柴，穿的还是加勒路上买的那条棉质长裤和那两件紫红色衬衫，戴着眼镜。干哑睿智的大笑也一如往常，对认识兄弟俩的人们来说，这似乎是他与兄弟间唯一的血脉联系。

---

① 阿努拉德普勒（**Anuradhapura**）：公元 4 世纪至 11 世纪为斯里兰卡首都。它的古城内有诸多文化古迹，被指定为联合国世界文化遗产。

他携带藏书与书写板归隐山林。但对他来说，此刻，阳光照进所有的历史脉络，雨水注满每一处坑洼。当他工作时，他明白这些承载历史的书页本身也在快速老旧。虫蛀生斑，日晒褪色，风吹四散。同样在衰亡的还有他苍老瘦弱的身躯。现在，帕利帕纳自己也向自然俯首称臣。

*

塞拉斯与安尼尔驱车向北经过康提，进入旱区，寻找帕利帕纳。因无法事先告知老师他们要前去拜会，所以塞拉斯对将会受到何种待遇也是一无所知——遭受冷遇或是敷衍虚应。他们抵达阿努拉德普勒时正是日晒最毒的时候。他们继续赶路，不到一小时就已抵达丛林边缘。他们扔下汽车，沿着巨型圆石间蜿蜒的小路步行了二十分钟后，豁然出现一块空地。他们面前散落着石木结构的遗迹——水景花园干涸的残迹，还有厚石板数块。有个女孩在筛米，塞拉斯上前与她攀谈。

女孩生起柴火煮水泡茶，三人坐在长凳上喝起来。女孩依旧一言不发。安尼尔推测帕利帕纳在茅屋的暗处小憩，不一会儿，一位身穿衬衫和纱笼的老者从一处废墟中走了出来。他绕到边上，从井中汲了桶水洗干净脸和手臂。回来的时候他说："我听见你的说话声了，塞拉斯。"安尼尔和塞拉斯同时站起身来，但帕利帕纳并未再作表示。他只是站在那儿。塞拉斯俯身触碰老者的双足，然后引他坐到凳子上。

"这位是安尼尔·提瑟拉……我们一起工作，研究几具在班达拉瓦拉附近发现的骨骸。"

"哦。"

"你好吗，先生？"

“嗓音真好听。”

安尼尔这才突然意识到他已经瞎了。

他伸手握住她的手臂，触摸肌肤，感觉皮肤下的肌肉。她以为他是在根据这部分身体构造推断她的体型和身高。

“和我说说看——它们有多古老？”他放开她。

安尼尔立即向塞拉斯看去，他朝着四周的密林比划了个手势。老人又能向谁泄密？

帕利帕纳一直仰着脑袋，似乎是准备着截取在他周身空气中经过的一切。

“啊——得瞒着政府的秘密。也可能是政府的秘密。我们这是在修行者的密林里。我们在这里很安全。而我是最可靠的秘密守护人。况且，对我来说是谁的秘密都一样。这你早就知道，是吗，塞拉斯？否则你也不会大老远来这里求助。对吧？”

“我们需要想清楚某些事，或许得找个人。一位专家。”

“你们知道我已经看不见了，但还是把你们的东西拿给我吧。是什么？”

塞拉斯走向柴火旁的背包，拆掉塑料包装纸，再上前将头骨放在帕利帕纳膝上。

安尼尔打量着坐在他们面前的老者，平静淡然，纹丝不动。大约是傍晚五点，刺目的阳光隐没，他们身边的石头此时显得苍白而柔和。她开始感知四周更为细微的声响。

“贝尔和其他考古学家认为这个地方是俗人居住的避暑行宫，他在十九世纪时偶然发现此处。但《小史》将这里描述成林间的秘密修行地——由反对仪式和奢华的僧侣建造。”

帕利帕纳指了指左侧，但没有回头。空地上有五处建筑物，他居住在最简陋的那间，依石而建，临时的屋顶由树叶搭成。

“他们并非真的贫穷，但他们生活节俭——你知道俗世与甚深世界之间的区别，对吗？而他们，信奉后者。塞拉斯肯定和你说过雕花的石头便池了。他总能从这种细枝末节里找到乐子。”

帕利帕纳抿了抿嘴唇。他的神态里有丝冷幽默的意味，她猜想这该是他最接近微笑的表情。

“我们在这里很安全，当然历史总有前车之鉴。在乌达亚三世统治期间，一些僧侣为躲避他的暴政逃离宫廷。他们来到修行者的密林。国王和副王尾随而至，砍下了他们的头颅。《小史》中同样记载了民众对此事的反应。他们聚众起义——‘如同被暴风雨搅乱的汪洋’。你明白吗？国王以武力亵渎了神圣之所。但因为几位僧侣，全国上下都发生了抵抗运动。就单为几个头颅啊……”

帕利帕纳陷入沉默。安尼尔注视着他的手指，优美纤细，拂过塞拉斯给他的那具颅骨的轮廓。他修长的指甲经过眉骨，探入眼眶，然后以手掌捧起头骨仿佛以它取暖，好像它是从某处古老篝火中取出的石块。他测量下颚角度，粗糙的牙脊。她想象着他能听见树林深处那只鸟的鸣叫。她想象着他能听到塞拉斯穿着凉鞋步行，划火柴，以及塞拉斯在几码外抽卷烟时火苗灼烧烟草的声响。她确信他能听到这一切：轻风，还有其他的细碎声响，它们一一掠过他瘦削的面容和光滑黝黑、瘦骨嶙峋的头颅。迟钝的双眼始终在张望，洞察和它相遇的一切。他的脸刮得一丝不苟。是他自己刮的，还是那女孩？

“告诉我你的想法——你。”他朝安尼尔的方向转过头去。

“嗯……我们的意见还没有完全统一。但我们都知道这具头骨从属的骨骸是新近的。我们在一堆十九世纪的骸骨中发现了它。”

“但脖子后侧的关节是新近折断的。”老人说。

“他——”

“是我干的。”塞拉斯说，“两天前。”

“未经我同意。”她说。

“塞拉斯做事总是事出有因，他不是个唐突的人。他总是恪守中庸之道，向来如此。”

“酩酊时的深谋远虑之举，我们姑且如此称呼吧。”她尽可能平静地说。

塞拉斯来回看了看他们两人，怡然面对这些揶揄。

“你，再多说点。”他再次朝她转过头去。

“我叫安尼尔。”

“是的。”

她看到塞拉斯摇头轻笑。她不理会帕利帕纳的提问，凝视着他栖身之所的昏暗。

他们并未置身葱茏之地，苦行者总是选择裸露的活石，清除掉表面的土壤。只有茅草和棕榈搭成的屋顶。他的草叶堂。被触怒的老年苦行僧。

但此处确实安然。蝉鸣喧嚣却不见踪迹。塞拉斯曾告诉过她，第一次拜访某座林中寺院后他都不想离开。他料想到自己的导师会在流亡中选择阿努拉德普勒周边的一间草叶堂栖身，僧侣的传统归宿。帕利帕纳也曾说起过他多么希望在这个地区入土为安。

安尼尔从老人身边走过，站在水井边向下俯视。“她这是要去哪儿？”

她听见帕利帕纳说，声音中并没有当真的不悦。女孩带着百香果汁和切开的番石榴从屋内走出来。安尼尔拿起玻璃杯迅速喝下。然后回到他身边。

“他很可能被埋葬了两次。重点在于第二次被埋在禁区——只有警察或者军队再或者一些高层的政府官员才能进入。例如，塞拉斯这个级别。没有其他人能进入这种地方。所以这不像是一般平民犯下的罪案。我知道有时候在战争期间会因私怨而杀人，但我认为凶手的能耐不足以将受害人掩埋两次。这具骸骨还只是我们在班德勒韦勒附近岩洞发现的一部分。我们需要弄清楚我们谈论的是否是件政府犯下的暴行。”

“明白。”

“‘水手’骨骼上的微量元素并不——”

“谁是‘水手’？”

“水手是我们给这具骨骸起的名字。他骨头里土壤的微量元素与发现地的土壤并不吻合。我们不一定要对确切的骨龄达成一致，但我们确信他最初被埋在别处。也就是说，他被谋杀掩埋。然后他又被挖出来，转移到新的地点后再次被掩埋。不仅是土壤的微量元素不吻合，我们还怀疑入土前粘附在他身上的花粉来自一个完全不同的地区。”

“沃德豪斯的《花粉论》……”

“对，我们参考了该书。塞拉斯已锁定花粉可能来自两个地方，一个靠近凯格勒，另一个在拉特纳普勒地区。”

“啊，发生叛乱的区域。”

“是的，很多村民在暴乱中失踪了。”

帕利帕纳站起身来，伸手让他们中的某一个接过头骨。“现在凉快些了，该吃晚饭了。你们可以在这过夜吗？”

“可以。”安尼尔答。

“我去帮拉克玛做饭，我们一起做饭——你们两个就歇着吧，如何？”

“我想打些井水洗个澡。”安尼尔告诉他，“早上五点开始我们就一直在赶路。可以吗？”

帕利帕纳点了点头。

塞拉斯走进昏暗的草叶堂在地毡上躺下。长途驾驶似乎已让他筋疲力尽。安尼尔回到车上，从包里拽出两条纱笼，然后走回空地上。她在井边脱去衣物，解开表带，换上薄棉衫，将水桶扔进井中。遥远的深处传来一记空洞的拍打声。水桶下沉并注满。她拉动绳索让水桶快速上升，抓住提手附近的绳子。然后她将冷水当头淋下，它的光芒迅即沁入她体内，让她焕然一新。她重又将水桶扔到井里再拉上来，将水浇在头发和肩上，凉水涌入薄衫，流经她的小腹和双腿。她明了水井之所以变得神圣的缘由。它融合了寻常所需与奢华感受。她甘愿舍弃所有的耳环只为换取井边一小时的时光。她一遍遍重复相同的仪式。结束时她脱下湿衣，裸身站在轻风与最后一缕阳光中，然后穿上干爽的纱笼。她弯下腰拍去头发间的水珠。

片刻后她回过神来，坐在凳子上。这时听见了水花声，应声转头时看见帕利帕纳在井边，女孩正将水泼向他赤裸的身躯。他面对安尼尔站着，双臂笔直下垂。他非常消瘦，像某种迷失的兽，某个念头。拉克玛不停向他泼水，他们都比划着大笑起来。

清晨五点一刻，摸黑起身的人们已步行一英里，离开街道走进田野。他们吹熄了人群中的那盏灯笼，此刻正笃定地在暗中前行，赤裸的双足踩过淤泥与潮湿的草丛。安南达·乌杜加马习惯了走夜路。他知道他们很快就会抵达散落的棚屋、新土垒起的泥堆、水泵以及地上那个直径三尺的坑，那是矿井的入口。

置身于早晨墨绿色的光线，人们如同漂浮在旷野上。他们能听见并几乎看清快速飞离田野的群鸟，嘴巴里叼着食物。他们开始脱去背心。他们都是宝石矿上的工人。不久他们就将进入地下，跪着挖进泥壁，摸索着任何一种可能是岩石或树根或宝石的硬物。他们在闭塞的地下甬道中行进，赤脚跋涉过淤泥和积水，用手指刨开潮湿的黏土和墙壁。每一班岗历时六小时。有人夜幕降临时进入地下，天色亮起时现身，有人则在黄昏时出现。

现在男男女女都站在水泵旁边。男人将纱笼打上双褶，重新在腰间系紧，并将背心挂在棚屋的横梁上。安南达含一口汽油喷在化油器上。当他拉动电线，马达猛然启动，锤得地面轰隆作响。积水开始从管子里流出。他们听见半英里开外的另一只马达也启动了。再过十分钟，清晨的景色将变得清晰可见，但彼时安南达已与其余三人顺着长梯下到地下。

工人下矿前，七根点燃的蜡烛被放在篮中从直径三英尺的坑洞垂下，绳子没入四十英尺深的黑暗。蜡烛提供光源，同时也可在空气不够安全时提供警示。矿井底部，在安置蜡烛的地方，是三条消失在更深的黑暗处的地道，男人们要去的就是这里。

留在地面上的只有女人了，她们开始整理装淤泥的篮子，不出十五分钟她们听见口哨声，开始把一篮篮的泥土从地下吊上来。待田野上天光大亮，整片拉特纳普拉平原在水泵的轰鸣中焕发了生机，水泵从矿井中抽着水，女人们用它冲刷着淤泥，寻找着其中任何有价值的东西。

地下的男人以半蹲的姿势劳作，因汗水和地道的积水而浑身湿透。如若有人被挖掘用的刀刃割破手臂或大腿，在地道的光线下血液看起来是黑色。当蜡烛因无时无处不在的湿气而熄灭，男人们会静躺在水中，而最靠近入口的工人会艰难地穿越黑暗，将蜡烛送往坑外干燥的日光里，点燃后再回返。

正午时安南达的轮班结束，他和同班的男人爬上梯子，在距离地面十英尺的地方稍作停留以适应强光，然后继续爬行踏上地面。在女人们的帮助下，他们挪向泥堆边，在那里冲洗，自头发和肩头开始，水柱喷向他们几乎赤裸的身躯。

他们穿上衣服开始步行回家。下午三点的时候，在与妹妹妹夫同住的村庄里，安南达已烂醉。他会从被安置的小床上滚下来，以他熟悉的佝偻姿势挪到门外，在院中撒尿，根本无法站直甚至也不会抬头看下是否有人在观看。

草叶堂内光影婆娑色彩黯淡，安尼尔唯一能留意到的闪光物是塞拉斯的腕表。有两张卷好的地毯和一张帕利帕纳用来书写的小桌，尽管已失去视力，他依旧用硕大的波浪纹字体书写着，看来半是文字半是虚饰——两者间的边界已然模糊。几乎每天早晨他都坐在这里，而他的思绪盘旋流转最后在这间漆黑的房子里被捕捉。

女孩在地板上铺了块布，他们围坐四周俯身拿取食物，用手进食。塞拉斯记起帕利帕纳过去带着学生们一同周游全国的场景，他如何静默地进餐，聆听他们的谈话，又突然以一场二十分钟的独白阐述自己的观点。所以塞拉斯一言不发地吃着他的第一餐，未提出任何理论。他在学习争论的规则与方法，如同一个男孩通过在场边观看体育比赛，不移动身躯就学会了把握时机和掌握技巧。假如学生们对什么妄下论断，他们的导师就会攻击他们。因他的严格，也因他的清正廉明，他们信任他。

“你。”帕利帕纳会指着某人说。从不喊任何人的名字，仿佛这对讨论或研究来说都无关紧要。他只问：“岩石是什么时候切割的？”“缺了哪几个字符？”“描绘那条手臂的工匠叫什么名字？”

他们会取道小路，投宿三流旅社，将雕刻过的石板从灌木丛拖到阳光下，晚上则根据白天所见的断壁残垣描绘出庭院和宫殿的图样。

“我取下头骨是有原因的。”

帕利帕纳的脑袋不停移向饭碗。

“吃点茄子，这是我的拿手菜……”

塞拉斯知道帕利帕纳在这种时刻的插科打诨意味着他已迫不及待。这是种小小的嘲弄。以生活的本来面目对战一个抽象的概念。

“我拍摄了有头和没有头的骨架以作记录。同时我们会继续分析骨架——土壤成分、花粉。茄子非常好吃……先生，你和我都研究古老的石头、化石，重建干涸的流水花园，我们关注的是一列军队为何会转移至干旱地带。我们可以根据一个建筑师建造冬宫和夏宫的手法断定他的身份。但安尼尔活在现代。她用的是现代手法。她可以用精密的锯齿切下骨骼的横截面，并以此确定骨骼遇害时的准确年龄。”

“怎么做到的?”

塞拉斯保持沉默以给安尼尔回答的机会。她挥动没拿食物的那只手强调自己的方法。“你把骨骼的横截面放到显微镜下。它得有十分之一毫米那么宽——于是你就能看到输送血液的管道。当人变老，那些管道，其实是细管，会开裂，破碎，变得越来越多。如果我们能得到这么一台仪器，我们就能通过这种方法猜测出年龄。”

“猜测。”他喃喃自语。

“百分之五左右的误差。我推测你检查过的那个头骨的主人是二十八岁。”

“有多确定呢……”

“比你通过触摸头骨和眉骨以及丈量下颚推测的要更确定。”

“多神奇啊。”他转头面向她，“你真是个奇迹。”

她因害羞而涨红了脸。

“我猜通过一小片骨头，你也能说出像我这种老家伙有多少年纪吧。”

“你七十六岁。”

“怎么知道的?”帕利帕纳心悦诚服，“通过我的皮肤？还是指甲?”

“离开科伦坡之前我查阅了《锡兰百科全书》。”

“咳。没错。没错。你运气好拿到本旧版。新版把我除名了。”

“那我们只得给你塑尊雕像了。”塞拉斯说，有些过于奉承。

一阵尴尬的静默。

“我一辈子都在围着雕像打转。我不信这些。”

“寺庙中也供奉俗世的英雄……”

“我们还不知道他遇害的年份。十年前？五年前？或者更近些？我们没有仪器可查找答案。根据他被发现的地点来看，我们可无法要求此类协助。”

帕利帕纳一言不发，垂首而坐，双臂交叠。塞拉斯继续说着：“你仅凭扫视废墟就重塑了世纪风貌。你只靠残片就能让画师再现胜景。就是如此。我们有一个头骨。我们需要有个人还原他可能的样貌。想查明他二十八岁是哪一年的一个办法就是找人指认他。”

没人动弹。现在就连塞拉斯也低着头。他接着说下去：“但我们没有专家也不知道该怎么做。这就是我把头骨带来这里的原因。由你来告诉我们何去何从，如何下手。这事我们得悄悄进行。”

“当然。”

帕利帕纳站起身来，于是他们都站起来，走出草叶堂步入黑暗。他们应对他这突如其来的举动如同受缰绳牵引。一行四人走到池塘边，在漆黑的池水边站定。置身这片墨绿与深灰的景色，让安尼尔不断想起帕利帕纳那丧失的视力。石阶与岩石嵌入倾斜的地面，正如砖块和木头依靠着岩石。这些旧时安居之所残余的骨架。安尼尔感觉自己的脉搏陷入了沉睡，她像世间最缓慢的动物般在草丛中穿行。在他强大的盲目状态中，帕利帕纳的思绪中或许充斥着此类事物。我不愿意离开这个地方，她想，记起塞拉斯曾对她说过同样的话。

“你知道开光的传统吗?”他喃喃细语着问他们，仿佛在大声思考。帕利帕纳举起右手指着自己的脸颊。他似乎在和她说话，而不是和塞拉斯或者小女孩。

“光即是‘眼睛’的意思。是一种和眼睛有关的仪式。需要由某位专门的画匠为圣像画上双眼。这永远是最后一道工序。是它赋予塑像生命。如同引信。眼睛就是引信。寺庙中的雕像或画转化为圣物之前必不可少的步骤。诺克斯提及过，后来库玛拉斯瓦米[①]也提过。你读过他的书吗?”

“读过，但不记得了。”

“库玛拉斯瓦米指出在双眼被描画之前，存在的只是铁块或顽石。但经由这道工序，‘它自此成佛’。当然点睛讲究特有的工艺。有时国王会出手，但由专业的工匠，也就是画匠来做就更为理想。如今我们当然已经没有国王了。而开光仪式也还是没有帝王参与的好。”

*

现在安尼尔、塞拉斯、帕利帕纳和女孩走到方形木质凉亭里坐下，亭子中央是盏油灯。老人朝亭子比划了一下说他们或许可以在这里谈，晚上甚至可以睡在里面。木质的建筑物，没有墙，天花板很高。白天赶路的人和朝圣者可借它的阴凉休息。入夜它只不过向着黑暗敞开的木头

---

① 库玛拉斯瓦米（Ananda Kentish Coomaraswamy，1877—1947），斯里兰卡哲学家，史学家，专业领域包括艺术史与符号学。他也是最早将印度文化推广至西方的先锋学者。

骨架，几根横梁营造出秩序的意象。岩石上的建筑。木头与巨石组成的家。

天几乎已黑透，他们能闻到风掠过池塘表面向他们涌来，也能听到看不到的生灵窸窣作响。每天晚上帕利帕纳和女孩就从林间空地走到凉亭里过夜。他可以在平台边缘解手，不用叫醒女孩带他去别的地方。他会躺着感受四周林海的声响。更远的地方是恐怖战争，枪手们爱上弹壳的声音，在那里战争的主要原因已经变成战争本身。

女孩在他左侧，塞拉斯在右侧，女人在对面。他知道女人现在站着，正注视他或者他身后，湖的方向。他也听到了拍水声。某个水中的生命造访这个寂静夜晚。有只红头鹭正飞出树丛。他和女人之间——昏黄油灯旁的岩石上——是他们带来的头骨。

“有个画佛眼的人。我所知道的人中他是最优秀的。但他已经不画了。”

“画佛眼？”

他听到她的声音带着新鲜的好奇。

“工匠画佛眼前夜，要举行仪式为他做准备。你要知道，人们请他来就只为佛像画眼睛。佛眼必须在清晨开始画，五点。佛像开光的时刻。所以仪式在前天深夜开始，寺庙中会张灯结彩举办诵经法会。

“没有眼睛，就不仅仅是目盲，而是虚空。诸法空相。工匠带来眼界、真相与存在。之后他会得到厚礼酬谢。土地或牛群。他走过庙宇的重重大门。盛装如王储，披金戴银，腰佩宝剑，头缠锦帛。他在另一个人的陪伴下前行，那人拿着画笔、黑色颜料和金属镜子。

“他爬上架在佛像前的梯子。陪伴他的人也爬上去。这仪式已经存在了数个世纪，你要知道，九世纪时就有相关的文字记录。画师将画笔蘸上颜料，转身背对佛像，所以看起来他像是要被佛像雄伟的双臂拥入怀中。画笔上颜料湿濡。另一人面对着他，举起镜子，工匠就把画笔举过肩头，在不直视佛颜的情况下画起眼睛来。他只参照镜中映像的指引——所以只有镜子倒映出那正在被描画的目光。任何凡人的眼睛都不可以在佛像的塑造过程中直视佛的双眼。在他周围，仪式继续进行。福田广种善果……人间常有增益，日光明照……阿弥陀佛，如人有目！

“他的工作可耗费一小时也可在片刻完成，全看画师的精神状态。他从不直视佛眼。他只能从镜中看到那凝视的目光。”

安尼尔站在木台上，稍后她会睡在那儿，想起库里斯。他会在哪里。毫无意外正周旋于他那不消停的婚姻。她避免想象婚姻生活中的他。他并未在那个世界里给她留太多空间，她对他的了解总有部分被遮掩。

“库里斯，你为什么不收手？我们算了吧。何苦继续下去呢？两年了，我依旧觉得自己只是你的饭后消遣。”

她躺在他身边。没有肢体接触。只想看着他的眼睛，想要交谈。他伸出左手抓住她的头发。

“无论发生什么，不要离开我。”他说。

“为什么？”她的头朝后仰起，但他不肯放手。

“松手！”

他紧抓不放。

她知道要找的东西摆在什么地方。她摸向身后，用手指紧紧攥住，然后挥起之前他用来切鳄梨的小刀，划过一道精准弧线，扎进正攥着她的手臂。他大呼一口气。“啊……”重音都拖在尾调上。黑暗中，她几乎能看见字符从他嘴里跑出来，还有扎进他肌肉中的武器的手柄。

她看着他的脸，他灰色的双眼（日光下总是显得更蓝），看到他年届不惑时才得以展露的柔和表情已经不见，倏忽消失无踪。他的面孔紧皱，情绪展露无遗。他在权衡着一切，这肉体的背叛。她的右手依旧拢着刀，但并没有完全抓住或是触碰它。

他俩对视，谁也不肯示弱。她的暴怒不曾消减。当她缩回手，他的手指才松开了她潮湿的头发。她翻身离开，抓起电话。把电话拿到光线明亮的浴室后电召了一辆出租车。她转向他说：“记住我在布莱格温泉对你的所作所为。你可以据此写个故事。”

安尼尔在浴室穿戴整齐，化好妆，然后回到卧室。她把灯都打开，这样所有的东西，任何一件衣物，都不会在她收拾行李时落下。然后她关了灯，坐下来等待。他躺在双人床上，一动不动。她听到出租车驶近，鸣号。

当她走向出租车时依旧能感觉到头发的潮湿。汽车在棕榈汽车旅馆的招牌下启动。他们的罗曼史曾是一场漫长的肌肤相亲，几乎无人知晓，他们的分别却迅疾而无可挽回。但在前往车站的出租车上，她曾将手按在胸口，感觉到心脏剧烈的跳动，仿佛要将实情全盘托出。

她举起一只手，抓住头顶的椽子。她觉得自己像一条皮鞭，可以飞出去用长长的钩爪捕获些什么。帕利帕纳面对着这个塞拉斯带来的女人。“阿弥陀佛，如人有目！”他又重复了一遍。聆听帕利帕纳的讲述时，塞拉斯注意到她暴露在油灯光芒中的苍白手臂。“当他画完的时候，画师被蒙上双眼领出寺庙。国王会为这项使命赐予他货物和土地。一切记录在案。他为新的村庄划定界限——高地与洼地，丛林与池塘。他颁布指令允许工匠获得三石稻种，三十件铁器，牛棚里的十头公牛，十头带牛犊的母牛。"帕利帕纳在言谈间仿佛总能从旧史书中引经据典。

"带牛犊的母牛，"安尼尔轻声自言自语，"稻种……所得正是所需。"但他还是听到了她的话。

"不过，那些年代里国王也制造了麻烦，"他说，"即便是那个时候，也没有什么是完全可靠的依托。人们仍然对真相一无所知。我们从未拥有过真相。即便仰仗你对骨头的研究也是徒劳。"

"我们可以利用骨头来探寻真相。'真相能让我们获得自由'，我深信这话。"

"在我们的世界里，真相往往不过是臆断。"

远处传来一声惊雷，大地和树木仿佛被撕扯移位。木头凉亭如同在漆黑的旷野中漂浮的竹筏或是四柱床。或许他们并非栖居于岩石，而是在河流之上，随波逐流。她躺在亭子的边缘，占据几个睡榻中的一个。她曾转醒来，听见帕利帕纳每隔几分钟就翻身的声音，好像难以找到入眠的确切位置和姿势。

安尼尔转身回到自己的隐秘世界，回到库里斯身边。她感觉与他的身体间存在着一条纽带，无论他置身地球的哪个角落，这根纽带都能穿越汪洋风雨，就像一个人必须从乱枝中，或者是深海里的暗礁扯出的脆弱的电话线。他是否也牢记着她阔步走出布莱格那间旅馆的画面？原本彼此都期望能共度良宵。她扬长而去的时候曾决定要在稍后打电话给他，确认他没有昏睡过去，但她余怒未消，没有再打电话。

塞拉斯就着凉亭旁的岩石擦亮一根火柴。原来亭子下面并不是一条河。火光跳动，她闻到了卷烟的气味。有只昆虫发出手表上弦般的鸣响，那也是修行者密林里的居民之一。"激情之下总有杀戮。"她听见帕利帕纳说。

他在暗中继续说下去："即便你是个僧侣，像我哥哥那样，盛怒或屠杀也会在某天找上门来。因为没有社会的存在你也无法以僧侣的身份生存。你摒弃社会种种，但要达成这一目标必须先成为它的一分子，从中学习并做出决断。这是归隐的悖论。我哥哥遁入空门，而俗世紧追不放。他被杀害时年届七十，或许那人的杀心在他顿悟时就已种下——当你立意远离红尘，会经过那个艰难的阶段。我是兄弟姐妹中唯一在世的人。我妹妹也已不在。这个女孩是她女儿。"

数年前，女孩拉克玛目睹了双亲罹难的场景。他们遇害一周之后，十二岁的孩子被送到由修女管理的政府避难所，避难所位于科伦坡北部，用以收留那些在内战中父母双亡的孩子。然而，双亲的被害触动了她所有的内在，使她的语言和行动能力退化到幼年水平。这一切又掺杂着成年灵魂才有的郁郁寡欢。她不想再受任何侵害。

她躲在那里躺了一个多月，不发一言，毫无反应，被强制从房间里赶到阳光下做运动。拉克玛的噩梦还在继续，她对身边潜藏的危险缺乏应对能力。尽管有着整洁的宿舍和精心铺好的床，但这个孩子还是看穿了身边所谓的宗教庇护是多么虚伪。当帕利帕纳——她唯一在世的亲人前去探望时，他发现这里所有的帮助对她无效。任何突然的声响对她都是威胁。每次吃饭她都会用手指在饭菜中寻找昆虫和玻璃渣，无法在床上安心入睡而是要躲在床底下。彼时帕利帕纳的事业也正遭遇危机，他的双眼已到青光眼末期。他把她严严实实裹起来，搭火车前往阿努拉达普拉，一路上女孩都心惊胆战。然后再乘马车将她带到林中的寺庙，来到草叶堂和凉亭，在这修行者的密林里安身。他们就这样溜出红尘，无人觉察——一位老者和一个十二岁的女孩，一切与人类有关的存在都让她惊恐莫名，甚至是这个将她带往旱区的老人。

他最迫切的愿望就是带她走出这被强加于身的隔绝。她自父母那里习得的所有技艺都已埋藏到她内心深不可及的地方。帕利帕纳，举国最杰出的碑文学家，开始从两个层面教导她——教授她熟记单词和短语的技巧，并穷尽所知与她讨论学问与信仰。与此同时，他的视力逐渐丧失，他的动作开始迟缓，却做着夸张的手势。（后来，当他更为信任黑暗与女孩时，动作才减到最少。）

尽管她暴躁易怒，抗拒整个世界，但他一直都对她满怀信任。通过交谈，他将战争、中世纪诗篇、巴利碑文和古语交织进她的日常生活，他也谈及历史如何黯淡褪色，战争亦是如此，它们只能于记忆中栖身——即便是纸草与枯叶上的诗篇都难逃虫蠹噬咬，风雨侵蚀——唯有岩石能永久记录下一个人的失落与另一个人的繁盛。

她与他一同旅行——用两天时间前往米特勒的寺院。当他坚持要搭乘巴士前往波隆纳鲁沃，为了能在离世前最后一次亲身靠近巨石书，将双手覆在那些鸭形图案上——它们代表永恒，他们攀过一百三十二级台阶时，她惊恐地紧紧抓住这个失明的老人。后来他们改乘牛车，他通过细嗅空气的味道、聆听橡胶树丛中的杂声就能判断自己置身何处，知晓附近有座几近坍塌的寺庙。当他消瘦的身躯跳下牛车，她亦紧紧跟随。“天下苍生，我也不曾例外，都受历史编排。”他说，“但我钟爱的三处地方却能置身事外。阿然卡尔，卡鲁迪亚湖，利特加拉。”

所以他们搭乘让她更觉安全的缓慢的牛车，一路南行直到利特加拉，花几小时攀爬圣山，在喧闹的蝉鸣中穿越燥热的树林。他们沿着依蛇形开凿的步道上山。他们走进树林时折下一根细枝，作为供奉之物，除此之外未再带走其他任何东西。

他走向荒野中每一根梁柱，在一旁站定后紧紧拥住，仿佛它们是旧时故知。他耗费人生中绝大部分时间在岩石和碑文中探寻历史。直到最近几年他才发现了被掩盖的历史，那些被蓄意隐瞒的章节，颠覆了他早年的视角与认知。无论是为掩饰还是为揭露真相，人都需仰仗谎言。

他在闪电的光亮中解读那些浅浅的刻痕，在大雨和雷声中将其一一书写。就着洞穴上方的一盏便携矿灯或是以荆棘生起的明火。研读那些发生在古老而隐晦的字句背后的对话，在正史与野史之间反复思量，那时候他连续数周不和任何人交谈，于是这些就成为他唯一的言语——一位碑刻家研究四世纪的某种特有的凿刻方式，却偶遇一个禁忌的故事，它遭到国王、政府和僧侣的封禁，只能隐身字里行间。这些诗句蕴藏着更为黑暗的证据。

拉克玛注视他，倾听着，不发一言，为他这些悄声诉说的故事担任静默的记录者。他拼接起故事的细枝末节，使它们成为壮阔风景。她是否能辨识他的版本与事实真相之间的差异已无关紧要。终于，她安全了，在这个老人，她母亲的长兄身边。午后他俩在草叶堂的垫子上睡觉，夜晚睡在凉亭里。当他的视力渐渐离他而去，他将更多的生命托付给她。在目力尚存的最后几天，他什么都不做只是凝视她。

因他的失明，她获得了他无法给予的权威。她重新安排了日间的散步路线。她在他身边的所做作为如今已是不可见的世界的一部分。她半裸的装束是种展示她内心的方式。她像男人一样穿着纱笼。帕利帕纳看不到这些，也看不到她在他说话时将左手放在耻骨上，轻扯或是玩弄着新生的毛发。她唯一的顾忌是他的安全与舒适。如果他正向树根走去，她会跳到他身边保护他。每天清晨，她用柴火煮开的水为他洗脸，然后为他剃须。他们早睡早起，遵循日月的作息。在塞拉斯和安尼尔出现之前，她已陪伴他度过了两年这样的生活。他们到来后，女孩退居幕后，彼时他们打扰的与其说是帕利帕纳的生活，不如说是她的生活。遭破坏的是她的日常作息。如若安尼尔能在老者的身上见证礼貌与善意，那也只存在于他对拉克玛的手势与低语，声音低到仅能在一步之内听清，所以安尼尔和塞拉斯被摒弃在他们的绝大多数谈话之外。向晚时分，女孩坐在他腿间，他的手穿过她的长发，用纤细的手指寻找虱子，并帮她梳理头发，而她则按摩他的双足。在他行走的时候，她轻轻拽着他的衣袖，引导他远离一路上所有的阻碍。

*

当帕利帕纳离开人世，夜晚，女孩将消失在密林之中，如树皮一般静默。

她将用椰王树的叶子装扮他赤裸的身躯，这是为死亡备下的华服，再将他最后的笔记缝进他的衣服。她已在湖边为他备下火葬的柴堆，他最爱湖水的声响——此刻火光在湖水中跳跃荡漾。她早已将他的字句刻进岩石，那是他最初传授给她的知识，在她惊恐不安的年月里曾是她紧抓不放的木筏。她将它刻在水平面的高度，因此，根据不同的潮汐和月亮引力，岩石上的句子有时会没入水中，有时会悬于其倒影之上，有时则在水和空气中半隐半现。此刻她站在齐腰深的水中，依照他向她描述过的工匠的手法，将僧伽罗字符凿进漆黑的岩石。他曾带她去看过这种符文，即便双目失明但依旧能够找到它们，它们的鸭形纹饰代表着永恒。所以她在他的字句两边也都刻上鸭形图案。在卡鲁迪亚湖的蓄水池里，一码长的句子依旧时隐时现。如今它已成为一则古老传说。但这个女孩并不古老，她站在齐腰深的湖水中，在帕利帕纳生命的最后几周里将字句刻进岩石，再领他走进水中，让他的手在水下触摸它。他颔首，记下那些字句。现在每天早上他都会留在水边，女孩脱掉衣服爬过水中的岩石，敲击雕凿，所以他生命最后的时光都有她工作时发出的巨大声响作伴，仿佛她正大声诉说。仅有一句话。没有他的名字也没有生平，只有一句被她捕获的温言软语。它的印记现已被湖水环抱。

他将自己老旧破损的眼镜交给拉克玛，最终，在她将他的笔记缝进他的衣襟之后，当她隐身密林，这副眼镜将是她带走的唯一的护身符。

*

但那个夜晚，与两个陌生人在凉亭里共处，女孩能感觉到安尼尔的焦虑不安，对她来说那就像塞拉斯那支在暗中时明时灭的卷烟一样明晰。帕利帕纳坐起身来，拉克玛知道他有话要说，仿佛过去半小时的沉默并未发生。

“我提到过的男人，那个工匠，在他人生里发生过悲剧。现在他在开采宝石的矿上工作，一周下四或五次矿。嗜爱烈酒，我听说。和他一起下井并不安全。或许他还在那儿。他曾是为佛像点睛的工匠——和他的父亲和祖父一样。这是祖传的天赋，但我认为他是三人中最为优秀的一个。我觉得他就是你要找的人。你得付他钱。”

安尼尔问：“付他钱干吗？”

“让他重塑头部。”塞拉斯在暗中轻声说。

尽管两人都不愿意走出老者和他林中住所的魔咒，第二天他们还是出发前往科伦坡。他们等到日落后气温凉爽才出发，那时帕利帕纳和女孩走向凉亭准备歇息。马泰拉以南一小时车程的地方，车转了个弯，塞拉斯看到卡车的灯光朝他们射来。他用力踩下刹车，车身颤抖着刹停在碎石路上。这时他才发现车没有开动，只是面朝他们停在路上，前灯亮着。

他松开刹车，缓缓向前滑行。她原本在睡觉，此时把头伸到车窗外。有个男人躺在卡车前方的路面上。摊开手脚仰面朝天躺着。他头顶的卡车硕大无朋，大灯向前方投射出光柱，但男人却在光线下方的黑暗中。他没穿上衣，赤裸的双脚无拘无束地伸着，双臂张开。他们的惧怕被这一幕带来的幽默感取代。当他们的车悄然驶过时，四周一片寂然。甚至没有狗吠。没有蝉鸣。卡车的引擎关了。

“他是司机吗?”她轻声问，不想打破这寂静。

“他们有时候就是这样休息的，暂时小憩一下。就这么停在错误的车道上，开着灯，摊在路上睡那么半小时左右。或许他只是醉了。”

他们继续向前行驶，此时安尼尔已完全清醒过来，背靠着车门，这样就能在塞拉斯说话时面对着他，涌进车窗的风让他的话音几不可闻。他说，身为一名考古学家，他总是赶夜路，妻子去世后走得更为频繁。每周出行两次，北上普塔勒姆或前往南部海岸。他带着一帮学生沿养虾场密布的海岸寻找古老的村落遗迹，或是前往阿努拉德普勒监督石桥的修复工作。

他们刚抵达安贝普瑟南部，一小时后就可抵达科伦坡郊区。“小的时候，父亲会和我们打赌——赌会看见多少人睡在卡车旁，会经过多少条狗。如果同时看见狗和睡觉的男人，获得额外加分。有时候，会有三四条狗一起躲在卡车的阴影底下。他开车的时候会和我们打赌，以保持清醒。他喜欢打赌。”

停顿很久之后塞拉斯又接着说：“他一辈子都在赌博。孩提时代我们并没有意识到这事。他有着井井有条的职业生涯，是个受人景仰的律师。我们家庭和睦。但他痴迷赌博，我们的积蓄时有时无。”

“小时候最需要的就是安定。”

“没错。”

“遇到你妻子的时候，你确定吗？你是否……觉得你们彼此……”

“我知道自己爱她。但对于能否厮守，我从不笃定。”

“塞拉斯，你能停车吗？拜托了。”她听到他右脚离开油门时，油门空转的声响。汽车开始减速，但没有停下来。她一言不发，凝望着前方的黑暗。他驶上路肩，两人坐在漆黑的车厢内，引擎低鸣着。

“你已经留意到卡车旁边没有狗吧？”

“是啊。我说话的当口就想到了。有什么不对劲。”

“或许那是个没有狗的村庄……我们得回去。”她的目光从路面上移开，看向他，汽车启动后转了半个圈，再次向北行驶。

*

二十分钟后他们再次遇到那辆卡车。卡车旁的男人还活着但已无法动弹。他几乎已失去意识。有人将长钉敲进他的左手和右手，将他钉在柏油马路上。他是那辆卡车的司机，当塞拉斯和安尼尔靠近的时候，他的脸上露出恐惧的神色。好像他们回来是为了结他性命或是施加更多折磨。

她用双手捧住男人的脸，塞拉斯将长钉从柏油路面上拔出来，让他的双手可以活动。

“你得暂时留着钉子。”她说，“先别取出来。”

塞拉斯向那人解释，她是个医生。他们从卡车里拿来毯子裹住他，将他扛到后座上。除了几口甜酒没什么可以喝的，他急切地一饮而尽。

他们再次向南进发。每次当她转身查看男人的情况，他都瞪大眼睛看着他俩。她告诉塞拉斯他们需要生理盐水。当她看见前方出现一点微弱灯光时，伸手按住塞拉斯的手臂让他停车。汽车安静地停了下来，他随即关掉引擎。

“这是哪个村庄？”

“盖拉皮特加玛。盛产美女的村庄。”他说，像是在背诵歌词。“似乎是这样。麦卡阿尔菲说的。”

她下车走向门后透出灯光的房子。她闻到了烟草的味道。塞拉斯跟着她走了过来。

“我们需要盐，热水。如果没有热水，冷水也行。一小碗就行了——我们得把碗拿走。”

门开了，屋内的人们蹲坐着，正忙得热火朝天。七个男人围成一圈，卷着烟卷，称重后用细线捆扎。非法夜间劳工。在这间炎热而密闭的、连窗户都没有的房间里，他们只穿了纱笼，屋子连窗户都没有。地板上有三盏油灯，旁边堆着卷烟。交错的灯光下，一切都蒙上一层昏黄色。所有男人都穿着蓝绿格子花纹的纱笼。

来开门的男人赤裸着上身，盯着他们身后的车，害怕他们可能是官方人物。塞拉斯解释说他们需要一碗热水和一些盐，又补充说要一些卷烟，如果他们愿意卖的话。听到这个，男人笑了。

一个男人从房间另一端的门走了出去，安尼尔和塞拉斯在门口等着，他回来的时候一手拿着盐，一手拿着只小碗。安尼尔伸手抓住他的手腕翻过来，盐撒进水中。

当她上车坐到后座的卡车司机身边时，塞拉斯俯在他肩头说了些什么，男人犹豫地向她伸出左手。就着昏暗的顶光，安尼尔将手帕浸入盐水，然后挤到他的手掌上，长钉还在手掌中。接着是另一只手，如此往复。

塞拉斯发动汽车。

空荡荡的公路两侧都是树林。汽车引擎的轰鸣填补了静默，这无声世界中唯一的牵绊，不过是她、塞拉斯以及受伤的男人。时不时出现一座村庄，还有无人看守的路障，他们必须减速穿过针眼般大小的罅隙。经过一盏路灯时，安尼尔看到她挤在男人手掌的水已是血红。但她没有停止，因为这可以让他保持平静与清醒，让他免于陷入昏迷。两人间的互动——她的施与，他的付出——已成为彼此的催眠治疗。

“你叫什么名字？”

“古尼塞纳。”

“你住在这附近吗？”

男人微微晃了晃脑袋，模棱两可的是与否，安尼尔笑了。一小时后他们驶入科伦坡郊区，然后驶向急救中心的大楼。

兄　弟

北中省后方医院的手术室里，四本书永远放在显眼位置：哈蒙撰写的《越南战争 2187 例脑部连续性贯穿伤分析》，斯旺父子的《枪伤研究》，C. W. 休斯撰写的《朝鲜战争时期的动脉修复》以及《外科手术年鉴》。医生在忙于手术的时候，会由一名医护人员翻页，这样他们就能快速浏览文字，然后继续手术。连续两周每天工作十五小时之后，他们不再需要书籍的帮助，可以从容应对各种伤口和缝合技术。但医学书还是保存下来，供新医生培训之用。

在北中省某所医院的医生休息室里，有人留下一本《亲和力》①，夹杂在其他破破烂烂的平装书中间。整个战争期间都没人读它，有人或许会在等待的间隙拿起来，琢磨下封底的简介，然后毕恭毕敬地将它放回桌上。而厄尔·史丹利·贾德纳②、罗斯玛丽·罗杰斯③，詹姆斯·希尔顿④和沃尔特·特维斯⑤之流则被在两三小时内翻完，如同忙碌仓促吞下的三明治。任何能将你的思绪带离战争的东西都行。

---

①《亲和力》是歌德的爱情小说，讲述一对中年才结合的夫妇隐居乡间，丈夫的朋友以及妻子的养女前来做客，四人的关系因此变得微妙纠结。

② 厄尔·史丹利·贾德纳（Erle Stanley Gardner，1889—1970 年）：美国侦探小说作家，代表作有《冰冷的手》《闪光的手指》等。

③ 罗斯玛丽·罗杰斯（Rosemary Rogers，1932—　）：生于斯里兰卡的畅销书女作家，以历史类爱情故事著称。现居美国。

④ 詹姆斯·希尔顿（James Hilton，1900—1954）：英国作家，代表作有《消失的地平线》。

⑤ 沃尔特·特维斯（Walter Tevis，1928—1984）：美国著名短篇小说家，作品被翻译成多种文字，并被搬上大银幕，其中包括《金钱本色》。

医院的楼房是在新旧世纪交接时建立的。在战火蔓延之前一直惨淡经营。在院子里的草坪上，来自更纯真年代的标志挺过了一波又一波战火。只剩下半条命的伤兵渴望阳光和新鲜空气，于是在“禁止嚼食槟榔”的告示牌旁休息、吃着吗啡药片。

“有预谋暴力”的受害者自一九八四年三月开始涌现。他们几乎都是男性，二十岁出头，被地雷、手榴弹和迫击炮所伤。值班医生放下《女王式开局》或是《茶园主的新娘》开始止血。他们取出肺里的金属和石块，缝合破碎的胸腔。年轻医生迦米尼曾在医学典籍中读到一句话，并对其青睐有加：诊断血管损伤时，应格外警觉。

战争爆发的最初两年里，三百多名受害者因爆炸被送入医院。后来武器得到改良，北中省的战局恶化。游击队掌握了军火商走私到国内的国际化武器，还有自制的炸弹。

医生先施行抢救，然后处理四肢。几乎都是手榴弹造成的伤害。而对付人类的地雷只要墨水瓶这么大就可以毁掉人的双足。全国上下，只要有后方医院，附近就会有新的村落迅速形成。因为需要进行复健治疗项目，还需要制造后来被称为“斋浦尔假腿”的义肢。在欧洲，一条新的义肢需要花费两千五百英镑。在这里，斋浦尔假腿的造价为三十英镑——之所以如此廉价，大概因为亚洲的伤者走路不用穿鞋。

在冲突发生的第一周，医院的止痛药物会供不应求。那些时候你会魂不守舍，迷失在哀嚎声中。你会仰仗任何一种秩序——冲洗地板和墙壁的萨夫隆消毒水的味道，儿童注射室的卡通墙画。战争期间，医院原有的职责依旧得以延续。当迦米尼在午夜结束手术，他会穿过中庭走向东翼，那里收治着生病的孩子。母亲们永远陪伴在侧。她们坐在矮凳上，上半身伏在孩子的病榻上，睡梦中依旧握着孩子的小手。这里见不着几个父亲。他注视着孩子们，他们根本没有感觉到父母的臂膀。五十码之外的急诊室内，他曾听到成年男人在垂死之际呼唤自己的母亲。“等等我！”“我知道你在这里！”就在那刻，他不再相信世间人类的准则。他背弃任何支持战争的人。背弃所谓的国家教义，所谓的主权尊严，甚至个人权利。所有这些初衷最后都被冷漠的强权以某种方式终结。敌对双方分不出谁善谁恶。他只相信这些在孩子身侧入睡的母亲，相信她们内心强大的母性，满怀关爱，所以孩子在暗夜里依旧觉得安然。

十张床沿着房间的墙壁放置，中间是护士的工作台。迦米尼喜欢这些封闭式病房的秩序感。要是有几小时的空闲，他不回医生宿舍而是会来这里找张空床躺下，即便无法入睡，围绕他的宁静却是举国上下都无法在别处找到。他想有双母亲的手和他在床头紧紧相握，这双手也会放在他胸膛上，还会拿来凉爽的湿巾擦拭他的脸。他会转身注视沐浴在浅蓝色光线中的黄疸病童，就像在一张头饰花里。蓝色光线并不明亮却带着暖意，有着特定的频率。“给我一朵蓝色龙胆花。给我一把火炬。”迦米尼想要沐浴在那道蓝光里。护士看了眼手表，从工作台走上前想叫醒他。但他没有睡着。他和她一起喝了杯茶，然后离开也自有其愁苦的儿童病区。经过墙上的神龛时，他伸手触碰了一下小小的佛像。

穿过室外的草坪，迦米尼回到战争伤患的病房，在这里术前和术后的病人并无多少差别。唯一理性且恒久不变的事实是，到明天会有更多尸体——死于穿透伤、死于地雷。受伤的骨骼，被刺穿的肺，受损的脊椎……

若干年前，科伦坡医生林内斯·柯利安的故事曾广为流传，他是位独立行医的神经外科医生。传承三代的医学世家，家族声誉如国内最可靠的银行一般显赫。战争爆发时林内斯·柯利安年近五十。和大多数人一样，他认为战争是疯狂行径。和大多数人不同的是，他依旧坚持独立行医。首相是他的病人，叛军的首领也同样是。早上八点，他在加布里埃尔发廊做头部按摩，九点至两点看诊，然后在一名保镖陪伴下打高尔夫。他在外面吃晚饭，宵禁前回家，在带空调的房间里安睡。他已结婚十年，育有两子。他人缘颇佳，对所有人都以礼相待，因为这是避免麻烦的捷径，也可避免无关人士的注意。这份谦卑营造出让他安然栖身的保护膜。他的行事风格和礼貌周到掩饰了他的意兴阑珊，或者说，对路人的无暇顾及。他喜欢摄影。在夜晚洗印自己拍的照片。

一九八七年，当他在果岭挥杆的时候，他的保镖被枪杀，林内斯·柯利安医生被绑架。暴徒不疾不徐地从树林里走出来，根本不在乎会被他看到。他们的无所顾忌让他无比恐惧。他身边只有保镖陪伴。他站在面朝下的尸体旁，被一群男人包围，他们从四十码外精准地击穿了保镖的头部要害。不费吹灰之力。

他们使用自创的语言平静地对他说话，这再次增加了他的惊恐。他们揍了他一拳，打断一根肋骨，警告他要安分守己，然后他们走回汽车，带上他驶离现场。长达数月的时间，没有人知道他去了哪里。警察、首相和共产党的首领纷纷发出呼吁，表达了愤慨。没有绑匪联系索要赎金。这就是“科伦坡 1987 悬案”，悬赏启事见诸报端，却无人响应。

林内斯·柯利安失踪八个月之后，一天他的妻子和孩子们独自在家，有个男人来敲门，并递给她一封丈夫写的信。男人走进屋内。字条十分简单。写着：如果你想再见到我，带着孩子们一起来。如果你不愿意，我也明白。

她走向电话，这时男人掏出了枪。她呆立在那里。左手边是漂浮着花朵的浅水池塘。她所有的细软都在楼上。她站在那儿，孩子们在各自的房间里玩着。这不是一段快乐的婚姻。安逸却不幸福。不过是物质带来的简单愉悦。但这封信，简洁明了却蕴含着她不曾预料过的情意。它提供了选择的自由。不过短短几句话，却掷地有声，温柔体谅，绝不强求。事后她回头想起这幕，如果不是因为这信，她不会追随而去。她低声和那个男人说话，他以她无法听懂的自创语言应答。彼时有些报道她丈夫失踪的报道已经开始提及外星飞行器绑架，此刻，就在她家的客厅里，这念头不合时宜地在她脑海闪现。

“我们跟你走。”她再次大声说道，这次男人走向前来递给她另一封信。

这封信同样直接明了，写道：*带上这些书*。然后是一张书单，共八个书名。他告诉她可以在办公室的哪里找到这些书。她让孩子带上几件换洗衣服和几双鞋子，自己却什么都没收拾。她只带了那些书，他们一到屋外，男人就指挥他们上了一辆早已发动的车。

林内斯·柯利安在暗中摸索着走回帐篷，倒在行军床上。现在是晚上九点，如果他的家人愿意来的话会在大约五小时后到达。他告诉那些人妻子最可能独自在家的时间，他需要睡眠。他已在急救帐篷中忙碌了将近六个小时，即便午餐后曾小憩片刻，现在也已精疲力竭。

自从在科伦坡被绑架，他就一直都在叛军的营地。他们在下午两点过后绑架了他，七点的时候他就已经置身南部山区。在车上没有人和他说话，只听到那种愚蠢的语言，一些只有他们懂的笑话。他不确定他们意欲何为。当他抵达营地时，他们用僧伽罗语解释了自己的意图，要他为他们行医。别无其他。交谈时气氛并不紧张，他并未受到胁迫。他们告知说几个月后就能见到他的家人。他们还说他现在可以睡觉，但早上必须工作。几小时后他们叫醒他，说有急诊，然后带他走进急救帐篷，帐篷里只有一盏挂在钩子上的油灯，灯下是垂死的躯体，他们命令他就着油灯的光线进行开颅手术。那人早已失救，但他们依旧要求他手术。他自己也遭受着折断的肋骨的折磨，每次俯身都痛彻肺腑。男人在半小时后死亡，油灯被挂到另一张床上，床上遭到枪击的人静默地等待着。他必须从膝盖以上开始截肢，但这个人活了下来。林内斯·柯利安在凌晨两点半回去休息，但早上六点，他们再次将他叫醒，开始工作。

几天后，他要求为他准备几件白大褂，几副乳胶手套，一些吗啡。他列下所需物品清单，那天晚上，他们袭击了古如图拉瓦附近的一家医院，获取了医疗必需品并为他绑架了一名护士。奇怪的是，护士也没有抱怨自己的际遇，就像他不曾怨天尤人一样。内心深处他忿忿不平，厌倦了催生这一切的世道，但他在原本生活中培养出的虚伪教养得以延续。他为丁点所得感谢他人，除非万不得已从不要求任何东西。他开始适应这无欲无求的生活，甚至颇引以为豪。如果他需要些什么——注射器、绷带、书——他会列张单子交给他们。短则一周，长则六周，他总能拿到。只有第一次袭击医院的行动是特意为他而策划的。

他不知道他们会扣留他多久，于是开始将与手术相关的所有知识教授给护士。护士罗莎林大约四十岁，看来颇自以为是实则非常聪明。当伤口多到无法应付的时候，他让她在旁边一起动手术。

开头数月过去后，他承认自己不再怀念妻儿，甚至不怀念科伦坡的种种。并不是因为他在这里过得很开心，而是因为忙得心无旁骛。

他再无感觉愤怒或屈辱的力气。六点忙到中午。中间休息两小时午餐和小憩。接着再工作六小时。如果有暴乱发生，他还得工作更久。护士永远陪伴在侧。她穿着他之前要求来的白袍，颇引以为傲，每天晚上清洗，到早上就又洁净如新。

又是平常无奇的一天，不过那天是他生日。走向帐篷的时候他想起这事。他五十一岁了。第一次在山区过生日。中午的时候吉普车风驰电掣而来，他和护士被捆住双手送上车。他们行驶了一段时间，其间他被蒙住了双眼。不久之后，他被拽出车外。他毫无反抗之力。狂风扑面而来。他用双脚试探着，感觉出自己自己站在岩脊上。或许是座悬崖?背后有人推了他一把，他在半空中下坠，但在感觉恐惧之前已落入水中。山区特有的清凉。他摘下眼罩，听到一阵欢呼。护士也穿着衣服从悬崖上跳入水中。那些人也随后跳了下来。他们不知怎地知道他的生日。从那以后，游泳成了每天的固定项目，只要有时间就去。入睡前他总是想着游泳的事，这让他对即将到来的一天心存更多期待。可以游泳。

家人抵达的时候他在睡觉。护士试图叫醒他，但他已睡得不省人事。她建议医生的妻子带着两个孩子到她的帐篷休息，这样他可以不受打扰地安睡，几小时后他就得起床工作。忙些什么？妻子问。他是个医生，护士答道。

这样也好。一路艰辛劳顿，她和孩子们都累坏了。这不是相聚寒暄的好时机。第二天早上，他们醒来时已是十点钟，她丈夫已工作了四个小时。他端着茶杯走进他们的帐篷，注视着自己的妻儿，然后和护士一起去开工。护士告诉医生说，没想到他的妻子这么年轻，医生哈哈大笑。要是在科伦坡，他会脸红或是生气。但如今他已知道护士什么话都说得出来。

当医生的妻儿醒来的时候，无人留意他们。护士去工作了，遇上的士兵有自己的事要忙。作为母亲她坚持三人不得分开，于是他们像迷路的游客一样在营地逡巡，直到在一座脏兮兮的帐篷外遇上正清洗绷带的护士。

罗莎林走到他身边，说了些他没听明白的话，她又重复了一遍，是说他的妻儿正在帐篷入口处。他抬起头来，问她能否接手，而她点了点头。他从需要聚精会神的工作状态中走出来，经过躺在地上的伤兵，走向他的妻子和孩子。护士看到他几乎雀跃的步态。当他走近的时候，妻子因为他白袍上的血迹而迟疑。"没关系的。"他说着拥她入怀。她触摸他的胡须，他这才想起自己蓄了胡子。这里没有镜子，所以他都没看到过自己的胡子。

"你见到罗莎林了？"

"见过了，昨晚上多亏她帮忙。你当然是醒不过来的。"

"嗯。"林内斯・柯利安笑了，"他们一刻也不让我闲着。"停顿片刻，他又说："我命该如此。"

*

每当有爆炸发生，迦米尼会站在医院入口，负责伤势分级，将送进来的病患依伤患分类，快速判定每个人的情况——分别送往重症监护病房或是手术室。这次送来的还有女性，因为炸弹在街道上爆炸。一小时内，爆炸外围的幸存者都被送到这里。医生不需要知道名字。标签被挂在右手腕上，如果没有手就挂在右脚。红色代表送往神经外科，绿色代表送往骨外科，黄色则是手术室。不分职业或种族。他喜欢这种方式。等幸存者可以开口说话就记录下姓名，怕等到死亡为时已晚。每位病患都抽取十毫升血样，血样挂在各自的病榻旁，附属的一次性针头会在有需要的时候被重复使用。

伤势分级将垂死的病人从需要立即手术和可以稍加等待的病人中区分出来，垂死的病人会得到吗啡药片，但医生不会在他们身上浪费时间。要区分另外两类病人则更为艰难。街头炸弹往往包藏铁钉和铁珠，可以在爆炸点五十码外伤得人肠开肚裂。震荡的余波穿过某人的身躯，吸力可扯碎腹部。“我的肚子怎么了？”一个女人会问，惧怕她的腹部是被金属弹片切开，其实她的腹部已被穿过的气流翻转。

所有人的意志都被一枚公开场合光天化日之下的炸弹摧毁了。几个月后，幸存者被送到康复病房，却依旧担心自己会死亡。那些事发时处于外围的人，弹片和碎屑虽穿越了他们的躯体，却奇迹般没有伤及要害，弹片也因被爆炸的高温消毒而没有造成感染。但受到重创的是情绪。还有双耳失聪或者单耳失聪：这取决去那天在街上一个人是朝着哪个方向转过头去。很少人有能力承担鼓膜重建手术。

暴乱发生的时候，资历较浅的医生负责骨外科的手术。通往更为大型的医疗中心的道路因地雷而阻断，直升飞机又无法在夜色中飞行。所以各式各样的创伤以及各种类型的烧伤，将实习医生们重重包围。全国只有四位神经外科手术医生，两位脑外科医生在科伦坡，一位在康提，一位则独立行医——但他已在数年前遭绑架失踪。

与此同时，遥远的南部地区也正遭遇其他形式的险境。造反派闯进科伦坡旺德路医院，杀害了一位医生和他的两个助手。他们本为寻找一名病患而来。“某某人在什么地方?”他们问道。“我不知道。”局面一片混乱。找到那名病人后，他们抽出长刀，将他大卸八块。随后他们威胁护士，不许她们再回来工作。第二天护士仍回到医院，只是没有穿制服，而穿着连衣裙和拖鞋作掩护。医院的屋顶上站着持枪的男人。到处都是告密者。但旺德路医院依旧营业。

后方医院则甚少有此类政治事端。迦米尼和他两个助手：喀姗和莫妮卡只要有条件就在医生休息室内迅速小睡片刻。因为宵禁，他们有一半时间不能回家。但不管怎样，迦米尼都无法入睡。他新近服用的药片还未开始起效，肾上腺素依旧在脑部流窜，运动官能已被耗尽，于是他走进夜色，散步树下。有几个人在那儿抽烟，是病患的家属。他无意与人交谈，只能感觉到自己的血液在奔流。他回到室内，随手拿起一本平装书，死盯着某一页，故事像是发生在另一个星球上的场景。最终他会再次回儿童病房部找张床，身为闯入者却感觉分外安全。几位母亲会疑虑地抬起头来，像护雏的母鸡，想要保护自己的孩子免遭这个不明身份的男人的伤害，随即她们会认出他来，正是那个两年前来到该地区的医生，那个无法入睡的医生，他爬上连床单都没铺的床垫，仰面朝天，一动不动，直到他的脑袋侧向左面，注视着蓝色光线。他睡着以后，值班护士解开他的鞋带脱去鞋子。他大声扯着鼻酣，有时都吵醒了孩子。

那时他三十四岁。后来事态还将恶化。三十六岁时，他在科伦坡的“意外事故医院”、即大家口中的“枪伤集中营”工作。但他会记得北中省医院的儿童病区，笼罩着黄疸患儿的蓝光不知为何能够安抚他的情绪，那四百七十至四百九十纳米的特定频率，彻夜分解着黄色素。他会记得那些书籍，那四本医学典籍，以及从未读完的那几部小说：尽管他坐在藤椅中试图休息时曾连续几小时地捧着它们，试图从中感受些人类社会的秩序感，但在那间屋子里只有黑暗降临在他身上。他的双眸打量着书页，他的大脑却越过书页打量着它们所处的时代，那些悲惨的真相。

凌晨一点，塞拉斯和安尼尔穿过城市空荡荡的灰色街道，抵达科伦坡市中心。当他们来到急诊中心的时候，安尼尔问："这样行吗？我们就这么移动他？"

"没问题。我们带他去找我兄弟。运气好的话他会在急诊室的什么地方。"

"你有个兄弟在这儿工作？"

塞拉斯停好车，有一阵子没有动弹。"天啊，真是累瘫了。"

"你要留在这儿睡一会吗？我带他进去。"

"没问题。反正我都得找我兄弟谈谈。我带他进去吧。"

古尼塞纳睡着了，他们将他叫醒，从两边搀扶着他走进医院。塞拉斯对工作台里的某个人通报过后，三人坐下来等，古尼塞纳的双手像拳击手一样放在大腿上。尽管所有人都动作迟缓，无声无息，但挂号台依旧有种白天的工作气氛。一个穿条纹汗衫的男人朝他们走过来，和塞拉斯攀谈。

"这位是安尼尔。"

穿条纹衬衫的男人向她点头致意。

"我兄弟，迦米尼。"

"是吗？"她平淡地回应。

"他是我弟弟——也是我们的医生。"

他们两人之间没有任何肢体接触，连握手都免了。

“来吧——”迦米尼搀扶古尼塞纳站起身来，大家都跟他走进一间小房间。迦米尼打开瓶塞，开始往古尼塞纳的手上涂抹药水。她留意到他没有戴手套，甚至没穿白大褂。好似他刚从被打断的赌局中抽身前来。他为男人的双手注射了麻醉剂。

“我不知道他还有个弟弟。”她的话打破沉寂。

“噢，我们不常来往。换作是我，也不会说起他。大路通天，各走一边。”

“但他知道你在这里，还清楚你当哪一班。”

“是的。”

他们俩都故意把塞拉斯排除在对话之外。

“你和他一起共事多久了？”

她答：“三周。”

“你的手——现在很稳健。”塞拉斯说，“你康复了？”

“是啊。”迦米尼转身对安尼尔说，“我就是那不可外传的家丑。”

他将长钉从古尼塞纳被麻醉的双手中拔出，然后用塑料瓶中倒出的暗红色泡沫药水冲洗。他一边处理伤口，一边轻声和病人交谈。他非常温柔，不知为何这让安尼尔有些惊讶。他打开抽屉，又取出一副一次性针头，为病人注射破伤风疫苗。“你欠医院两副注射器。”他有气无力地对塞拉斯说，“街角有家商店。你得在我下班前搞定。”他带塞拉斯和安尼尔走出房间，将病人留在屋内。

“今天晚上没有床位了。这种程度的伤势是拿不到床位的。瞧，如今把别人钉在十字架上都不算是严重罪行了……要是你不能带他回去，我可以找个人看着他，让他睡在挂号处——我的意思是我能安排他睡那里。”

“他可以跟我们走。”塞拉斯说，“要是他愿意，我会给他找个司机的工作。”

“你最好把那两副针头还上。我马上就要交班了。你想吃点什么吗？去加勒费斯海滩附近走走？”他又在对着安尼尔说话。

“现在是早上两点！”塞拉斯说。

她开口道：“好，当然可以啦。”

他冲她点了点头。

迦米尼打开副驾驶一侧的车门，在他哥哥身边坐下，安尼尔就只能和古尼塞纳一起坐在后座上。这样也好，她可以好好打量下这对兄弟。

街道上空空荡荡，一名军队的士兵安然而静默地穿过所罗门大街的林荫。他们在一处路障前停下，被要求出示通行证件。半英里之后，他们来到一处小吃摊，迦米尼下车给大家都买了点吃的。这个年轻的弟弟，身形和投射在路面的影子一般消瘦，如此桀骜不驯。

他们留古尼塞纳在车上睡觉，步行前往加勒费斯海滩，在防波堤附近坐下，不远处是漆黑的海。当迦米尼打开犒赏自己的美食时，安尼尔点了支烟。她不饿，但迦米尼在接下去的一小时里吃掉了好几包蕉叶饭，在她看来，一个瘦小的人有如此食量实在是惊人。她留意到，他将一颗药丸藏在掌心，就着橙汁吞了下去。

“我们收治了很多这样的病人……”

“手掌被钉了长钉的人？”说完她才意识到自己语气惊恐。

“如今我们什么都见识过了。看到寻常工地上用的钉子被当作武器简直都要大感宽慰。螺丝钉，螺栓——他们会往炸弹里装任何东西，只为确保你会因爆炸而感染坏疽。”

他又打开一包蕉叶饭，用手指抓着吃。“感谢老天今天不是满月，满月节时情况最糟糕。所有人都觉得自己视力好着呢。他们走出家门，踩在什么东西上。是你们在调查那具新发现的骸骨？”

“你怎么会知道这事？”她瞬间紧张起来。

“现在搞发掘不是好时机。他们不想要调查结果。如今，政府要两线作战。他们不想再被指指点点。”

“我明白。”塞拉斯说。

“但她明白吗？”迦米尼停顿了一下，“多加小心就是了。人无完人。大家都会犯错。太多人知道你们的调查工作了。总有人虎视眈眈。”

大家沉默了片刻。接着塞拉斯问弟弟还在忙些什么。

“就睡觉和上班。”迦米尼打了个哈欠，“没别的。我的婚姻完蛋了。还举办了那么多仪式——两个月后就告吹啦。我那时昏了头。你瞧，我可能是另一种创伤后遗症病例。在人生走投无路的时候就会发病。我那该死的婚姻和你那倒霉的研究有什么意义呢？那些旅居国外的纸上谈兵的造反派们满脑子王法正义——不过是顺我者昌、逆我者亡，我倒希望他们能在这儿待着。他们该到我的急诊室去看看。”

他俯身去拿安尼尔的烟。她为他点上，他点头致谢。

“我是说，我对所有爆炸性武器了如指掌，什么迫击炮啦，克莱莫地雷啦，带硝化甘油炸药和黄色炸药的杀伤人员地雷啦。而我还只是个医生！最后一种地雷会造成膝盖以下截肢。伤者会失去意识，血压下降。你给大脑做断层扫描，看到脑干，显示脑出血和脑水肿。这种情况下我们得使用消炎药地塞米松和机械降压——这就意味着我们要开颅。绝大多数情况下，伤势惨不忍睹，我们只能尽力止血……随时都有这样的伤患送进来。你会发现淤泥、杂草、金属碎片、腿部残余和靴子都被踩到的地雷炸进大腿和外生殖器部位。所以你要是想在雷区散步，最好穿网球鞋。它可比军靴安全多了。无论如何，这些布雷的家伙正是被西方媒体称为自由斗士的人……而你们还想调查政府？”

“在南方，也有无辜的泰米尔人被屠杀。”塞拉斯说，“血腥杀戮。你该读一下报道。”

“我看过报道。”迦米尼仰面躺下。他躺在安尼尔的大腿上，却似乎并未觉察。“我们都被玩弄了，不是吗。我们不知道该如何应对。我们不过是飞蛾扑火。拜托别再装出高人一等的样子。这是场赤脚打的仗。”

“有些报道中……”安尼尔说，“父母写信投诉孩子失踪。这事情你没办法不闻不问，或是草草了解。”

她碰了碰他的肩膀。他把头抬起片刻随即滑落一旁，她看到他很快就睡着了。他脑袋的重量，他不曾梳理的头发，他难消的疲惫，都一一压在她腿上。睡眠让我们自由。她脑海中跳出一首歌的歌词，但却不记得旋律。睡眠让我们自由……当塞拉斯向大海漆黑的浪潮眺望时，她会慢慢记起来的。

Amygdala[①]。

安尼尔第一次听到这个单词时觉得它像是斯里兰卡语。在伦敦盖伊医院实习期间，她在切除脑干附近的组织后，发现一小团由神经细胞组成的球状纤维结块。站在她身边的教授告诉她这个组织的名字。杏仁核。

“什么意思？”

“没什么特殊意思。只是这个部位的名字。它是大脑的黑暗区域。”

“我不明白……”

“恐怖记忆的储藏室。”

“只存储恐惧？”

“对此我们并不确定。我们推测，还有愤怒，但它专司恐惧。是纯情绪化的组织。将来我们会彻底研究清楚。”

“为什么现在不行？”

“因为——还不知道恐惧是否可遗传。我们谈论的是遗传的恐惧吗？还是来自童年的恐惧？惧怕年老时会发生什么？还是惧怕我们有可能犯罪？它也可能只是我们体内恐惧呈现出的一种幻觉。”

“就像梦境。”

“正像梦境。”他赞同，“尽管有时候梦境并非幻想的结果而是来自我们未知的旧习。”

---

① **Amygdala**，杏仁核（又名杏仁体、扁桃体），是大脑边缘系统的皮质下中枢，有调节内脏活动、产生情绪的功能。

"所以它是由我们和自身的过往创造出来的东西，对吗？这个人的杏仁核和另一个人的不同，尽管他们来自同一个家庭。因为我们有着不同的过去。"

教授停顿一下才再次开口，惊讶于她会对此如此好奇。"我觉得我们还不知道这些杏仁核有多么相似，或是拥有什么基本形态。我总是喜欢读那些十九世纪的小说，书里的兄弟姐妹就算不在同一个城市，也能感受到同样的痛楚和恐惧……我跑题了。我们还不清楚，安尼尔。"

"这名字，听来像斯里兰卡语。"

"是啊，查下词源。它听来都不像科学用语。"

"一点不像。是某个居心不良的神仙造的词吧。"

她对这个杏仁状的组织念念不忘。在解剖过程中她的秘密爱好就是寻找杏仁核，这个神经束掌管着恐惧——如此它即掌管万物。我们的行为举止，我们每一个决定，我们对稳定婚姻的向往，我们建造居所以寻求安全感。

有次和塞拉斯同行。他问："你的录音机关了吗？""关了。""科伦坡至少有两处非法的拘留所。其中一处在库鲁皮提亚区的哈弗洛克路上。有些被逮捕的人会在那里关押一个月，但拷问不会持续那么长。大部分人在一小时内就全招了。我们大多数人只要想到可能发生些什么，就会招供。"

"你的录音机关了吗？"他问。"关了。"只有问过他才会说下去。

"我想探寻看顾众生的律法。找到的却是恐惧……"①

---

① 引自加拿大女诗人安妮·卡森的作品集《淡水》（克诺夫出版社，1995年）。

安尼尔的名字——她十三岁那年从哥哥那里买来的这个名字——在尘埃落定之前还发生过一段曲折。十六岁那年，在家里她的脾气变得别扭而暴躁。父母带她去威拉瓦塔拜访一位占星师，试图缓和她性格中的这些特质。大师写下她的生辰，分析研究后再联系她的星相宫位，在不知道名字背后那桩秘密交易的情况下，表示问题的根源正是她的名字。她的暴烈脾气可以通过改名得到解决。他不知道这交易涉及金叶香烟和卢比。在小隔间里他以祥和而睿智的声线娓娓道来，帘幕后的其他的家庭则竖直耳朵想打听些八卦或家族秘闻。他们只听到女孩的高声抗议。占星预言大师最终决定妥协，要求只修改字尾：再加上一个e，她改名为安尼艾尔。这会让她和她的名字更女性化。这个字母e会消解她的暴怒。但她就连这都不答应。

回首往事，她发现自己的争强好胜只是阶段性的。在每个人生命的某一阶段，身体会陷入混乱：男孩体内的荷尔蒙乱窜，女孩子像羽毛球一样在与父母间的家庭政治中弹来弹去。女孩顶撞父亲，又和母亲闹别扭。青春期如地雷阵，直到父母的婚姻彻底瓦解，她才平静下来，独自驶向，更确切来说是游向往后的那四年岁月。

但家庭争端的影响根植于她内心，在她出国学医之后也未消除。在法医实验室里，她提出一个观点，表示男女间的差异泾渭分明。她见证了女性的情绪是多么容易被情人或是丈夫的个人轻慢影响，但她们同时也比男性更擅长应对职业生涯中的困境。基因构造注定她们要生儿育女，保护孩子，护佑他们远离伤害。男人则需要镇定，伪装冷静以便应对被粗暴虐待的身体。她在欧洲和美国受训期间，屡次见证女医生们能在骚乱和事故面前展现出更多的自信，能更为镇定地处理刚死亡的尸体，无论死者是一个刚死的老妪、一位英俊青年还是稚龄孩童。但当安尼尔目睹一具衣着完好的三岁女婴的尸体时，她还是陷入了悲伤。死亡的女婴穿着父母特意为她穿戴的衣裳。

我们满怀逆反情绪。不让我们脱衣服就偏要脱。在异国他乡，我们的行为更为出格。在斯里兰卡，人们受各种家规约束，谁都知道你在一天里见过什么人，没什么事可以私下里进行。但如果我和一个斯里兰卡人在世界的另一个地方相遇，自由自在地相处一下午，并不一定会发生些什么，但我们彼此都心知肚明事情可以一发不可收拾。这是我们的什么性格在作祟？你觉得？是什么让我们把自己搞得鸡飞狗跳？

这话安尼尔是说给塞拉斯听的。她猜测他还处于从青年到成年的过渡阶段，内心依旧遵从父母之言。她确信，他虽对那些规则言听计从，却未必苟同。尽管他会扭头无视权威，却未必知道自己拥有性爱的自由。她猜测，他，是个害羞的人，因为缺乏进取和表达的自信。无论如何，她知道他们来自同样的背景，充斥危险诡计的爱情和婚姻，还有同样混乱的星相学体系。一次在旅馆吃饭的时候，塞拉斯和她说起家族中的赫纳哈如……

出生在特定星相下的人不适宜结婚。火星位于第七宫的女人命带“煞星”。谁和她结婚都会丧命。也就是说，在斯里兰卡人看来，她是导致男方死亡的罪魁祸首，她克死了他。

比如说，塞拉斯的父亲有两个哥哥。长兄娶了一个家族认识已久的女人。不到两年他就发高烧去世，在此期间她不分昼夜地照料他。他们育有一子。女人因丧夫的悲痛而离群索居，令人心碎。为了孩子，家族要求次子出面带她走出自闭。他给孩子带去礼物，坚持带母子和他一起去北方度假，最终，他和这个女人，哥哥的遗孀，坠入爱河。很多方面来说，这段感情比上一段婚姻更为炙热细腻。一开始时他们并没有想到会燃起激情或互诉衷肠。女人重燃生活的欲望。她对这位年轻又英俊的弟弟心存感激。于是，在一次驾车旅行途中，当她一年以来首次展眉而笑的时候，欲望萌芽了，当然这似乎有违他的初衷，他原本只想毫无保留地关心哥哥的遗孀。他们结了婚，他对哥哥的孩子关怀备至。他们又生了一个女儿，但不到一年半他也病倒了，在妻子怀中去世。

当然，真相是，女人命带煞星。要想不守寡的话，她只能嫁给拥有相同星相的男人。因为，拥有此种星相的男人总是很受这类女性青睐。命带煞星的男人也必须迎娶命带煞星的女人，但普遍认为这种情况下女人比男人更危险。如果一个命带煞星的男人娶了一个命盘中不带煞星的女人，她并不一定会死。但要是女人命带煞星，丈夫就一定会死。她就是赫纳哈如，字面的意思为“后颈上的疼痛”。但要凶险得多。

颇具讽刺意味的是，塞拉斯，第三个兄弟的儿子，在数年后出生，并与这个婶婶毫无联系，却是火星入七宫的命格。“我父亲娶了他爱的女人。”塞拉斯说，“他甚至都没看她的星相。我出生了。然后是我弟弟。几年后我才听说了这个故事。我把它看作老太婆们胡编的故事，纯属信口开河。这类信仰似乎该是中世纪时期的自欺欺人。举个例子，我也可以编一套说法，就说在我留学的那些年，木星压顶，助我通过考试。当我回国，金星取而代之，于是我陷入爱河。有时候金星可不是个吉星，它会让你做出轻率的判断。但我不信这些。”

“我也不信。”她说，“我们对自己的命运负责。”

结束盖伊医院的第一堂课时，安尼尔只在笔记本上写了一句话：股骨至关重要。

她喜欢讲师开场的方式，漫不经心，又蕴含心灵相通者才有的默契。仿佛这条讯息是第一要义，将引导他们发现更为宏大的律法。法医学研究就发端于这条大腿骨。

当讲师描述课程设置和研究领域的时候，安尼尔惊讶于英国教室的寂静。在科伦坡，总是一片喧哗。鸟群，卡车，打架的狗，幼儿园的朗读课，街头小贩——他们的声音从敞开的窗户传进来。象牙塔在热带没有存在的土壤。安尼尔写下恩迪克特教授说的这句话，几分钟后又在鸦雀无声的寂静中用圆珠笔标注出下划线。接下来的时间里，她只是聆听着，注视讲师风度翩翩的言谈举止。

也是在盖伊医院学习期间，安尼尔发现自己置身一场失败的婚姻迷局。那时她刚二十岁出头，并将在往后的岁月里向所有知交隐瞒这段插曲。即便是现在，她也不愿旧事重提或是估量它造成了多深的伤害。她将其视作一则现代版的警世恒言。

他也来自斯里兰卡，回想起来，她可以认为是孤独让她动了心。她可以和他一起煮咖喱。她可以和他谈起班巴拉皮提亚街上那家理发店，可以轻声诉说自己对椰子粗糖或菠萝蜜果的渴望而他心领神会。这在陌生又过于脆弱的国度，别有意义。或许她自己因为忐忑和害羞而过于紧张。她原本以为到英国后只有几周时间会感觉置身异国他乡。叔伯们在上一辈时涉过同样的山水，他们把海外生活说得满怀浪漫色彩。他们认为得宜的言行将让你畅通无阻。她父亲的朋友 P.R.C. 彼得森医生曾说起自己十一岁时被送去英国读书的故事。第一天他被一个同学称为“土著”。他立即起立并向老师宣称：“很抱歉，但是先生，洛克斯鲍尔不知道我的身份。他称我‘土著’。这是不对的。他才是土著，而我是这个国家的访客。”

但融入环境并没有这么容易。安尼尔因游泳而在科伦坡成了不大不小的明星，当她无法展现天赋时她会局促不安，发现很难与人攀谈。后来，当她开始在法医鉴定工作中展露天份，她明白才华的好处就在于能让她卓然不群——如同一位通灵的先知。

到伦敦的头一个月里，她一直被周围的环境搞得晕头转向。（盖伊医院最引起她注意的是门的数量如此之多！）第一个星期她因找不到教室而错过了两堂课。于是有一阵子她每天清晨就早早在医院门口的台阶上等待恩迪克特教授，跟着他穿过一道道大门，走上楼梯，经过灰粉相间的走廊，走进不带标识的教室。（一次她跟着他走到洗手间，把他和其他男士们吓了一跳。）

她在独处时也觉得拘谨。她感到迷惘而多愁善感。她像她那些终身未婚的姑婆一样喃喃自语。她一星期没怎么吃饭，攒够了足够的钱打电话回科伦坡。父亲外出了，母亲无法来接电话。那时大约是凌晨一点，她吵醒了奶妈拉丽莎。她们交谈了片刻，随即两人都哭泣起来，那感觉，如同置身世界遥远的两端。一个月后，她陷入将来的丈夫的魔咒，匆匆结合，终又仳离。

她觉得他来自斯里兰卡家产殷实之家。他也是医学院的学生。并不腼腆。相遇没几天，他就把毕生所长一股脑用在了安尼尔身上——极尽诱惑之能事，猛写情书，常送鲜花，不停电话留言（他很快就搞定了她的女房东）。他那有组织的激情将她包围。她有种感觉，在遇到她之前他不是守身如玉的人，身边的位置也从未空过。他那套作派，能将其他学生引到身边，再把他们耍得团团转。他很有趣。他带着烟。他总是把他们橄榄球队的布阵说得神乎其技，并在每次交谈中提及此类话题，直到它们成为熟悉不过的试金石——不想让任何人插不上话的花招。一个团队，一帮死党，其实不过是两个星期的交情而已。他们每人都有一个绰号。曾在地铁里呕吐的劳伦斯，家族丑闻闹得众人皆知又获谅解的桑德拉、珀斯·刘易斯姐弟，宽眉的杰克曼。

他和安尼尔速速成婚。她曾有片刻的怀疑，觉得这对他来说只是个开派对的借口，好让团体更紧密。他是个殷勤的爱人，在长袖善舞的社交生活里不肯消停。他绝对拓宽了闺阁的疆域，坚持要在不隔音的客厅做爱，还有大堂尽头的公共浴室里那只摇晃的洗脸池上，以及郡里的板球赛进行时，在很靠近终点的边界线上。这些在几近公开的场合进行的私密活动呼应着他在公共场合的品格。对他来说，亲密关系和友谊并无差别。后来她才在书中读到，这是恶魔的核心本质。不过开始阶段两人都乐在其中。但她还是意识到，脚踏实地，继续学术研究是当务之急。

当她的公公来英国时，不由分说就带他们两人出去吃晚饭。儿子难得一言不发，父亲则试图劝说他们回科伦坡给他生孙子。他不停提及自己慈善家的身份，显然这称号给了他一个信念，坚信自己永远占据道德的至高点。随着晚宴的进行，她感觉科伦坡七号的社交宝典中所有的花招都用来对付她了。他反对她有个全职工作，保留娘家姓氏，对她还嘴更是感到不快。当她在上甜点时说起课堂解剖，公公已经怒不可遏："你有什么事情做不出来?"而她回答："我不和达官显贵玩垃圾游戏。"

第二天公公和他儿子单独吃了午饭，随即飞回科伦坡。

之后两人在家会因任何事争吵。她质疑他的洞察力和理解力。他则把所有剩余的精力花在寻求情感共鸣上。她哭，他也哭。此后她再也不信任爱哭的人。（后来，在美国西南部生活时，她不看那些有哭泣的牛仔和神父的电视剧。）在这段带幽闭恐惧的婚姻战争中，性是彼此间仅存的关联。对此她和他一样坚持。她以为性会让这段关系显得正常些。日复一日的争斗和性爱。

她要了断这段关系的意愿如此确切，永不想再叙旧情。她被他的活力和魅力所愚弄；他哭哭啼啼，将她的聪慧搅得千疮百孔，直到她觉得自己丧失了智商。正如塞拉斯所说，金星入驻了她的大脑，而那本该是木星做统帅的时刻。

从实验室回家时等待她的是他的满腔醋意。最初这看似是出于性的嫉妒，后来她将其视作对她研究和学习的阻挠。这是婚姻带给她的第一副镣铐，几乎将她埋没在兰仆林的小公寓里。在她逃离他之后，再没有大声说过他的名字。如果看见信封上是他的笔迹，她永远不会拆开，恐惧和幽闭恐惧在她体内升腾。事实上，她允许自己的人生中唯一保留的与过去婚姻生活相关的痕迹是范·莫里森那首《缓慢滑行》，歌里提到了兰仆林。只有这首歌留了下来。而唯一的缘由是它与分离有关。

今早遇见你
你全新的男友和簇新的凯迪拉克……

她一边哼唱，一边希冀他不会带着他那多愁善感的胸怀也跟着唱起来，不管他身处何方。

你已离去，另有所求，
我也知道你将永不复返。

至于结婚和离婚，相逢和别离，她把这一切看作某种羞于启齿的不正当之事。盖伊医院的课程一结束她就离开了他，这样他就无法找到她的去处。她暗中做好了期末离开的安排以避免他绝对做得出的骚扰纠缠：他可有的是时间。“死了这条心！”她非常正式地把这话写在他最后一封哭哭啼啼的情书上，寄还给他。

她再次回到众人视线中时孑然一身。终于雨过天晴。再次开学前的几个月里她迫不及待，迫不及待要置身学业，比她想象得还要更为密切而投入。回归后她喜欢上了在夜晚工作，有时不愿离开实验室半步，累了只想把劳累沉重却愉悦的脑袋搁在工作台上。再没有宵禁，再不用向爱人妥协。她深更半夜回家，八点起床，每一个卷宗，每一项实验，每一个调查都在她脑海历历在目，触手可及。

最后她听说他回了科伦坡。他离开以后，她再没有必要记起加勒路上最爱去的理发店和餐厅。她最后一次用僧伽罗语对话是和拉丽莎说话，结束交谈前她哭着说想吃鸡蛋发糕和洒蔗糖的凝乳。后来她再也没和任何人说僧伽罗语。她全身心融入适宜自己的环境，专注于解剖病理学和法医学的其他分支学科，将史皮泽和费舍尔的法医学理论背得融会贯通。后来她赢得去美国学习的奖学金，在俄克拉荷马的时候又对将法医学应用到人权维护工作产生了兴趣。两年后，在亚利桑那州，她正致力于研究骨骼中发生的物理和化学变化，这变化不仅发生在生前，也发生在死亡和被埋葬之后。

如今她可以代表科学发言。股骨至关重要。

安尼尔站在科伦坡考古部的办公室里。沿着一幅又一幅地图穿过大厅。每幅地图都描绘了斯里兰卡岛的某一方面：气候、土壤、植被、湿度、历史遗迹、鸟类、昆虫。这国家如同某个性格复杂的朋友一样有复杂的特质。塞拉斯迟到了。等他来后他们要把东西都搬上吉普车。

“……对昆虫学所知甚少。”她哼唱着，打量矿脉分布图——它们就像一簇簇黑色的灯丝。她扫了一眼自己在玻璃镜框上的潦草倒影。她身着牛仔裤，凉鞋和松垮的丝绸衬衫。

如果此刻她是在美国工作，她很可能会一边听着随身听，一边用显微切片机环切着一片片骨骼薄片。她在俄克拉荷马的同事都保持着这个老习惯。毒物学家和组织学家们坚决只听摇滚乐。当你走进密闭的玻璃门，节奏强烈的重金属让扬声器都震颤。而三十六岁、体重仅九十磅的维农·詹金斯正埋头研究玻片上的肺叶组织。他周遭乱得像菲尔莫尔的内战战场。隔壁是警卫室，人们来这里认领死去的亲友，因为房间全封闭而听不到音乐声，也听不到内部对讲机里全是代称的通话：“把那‘湖中女郎’送过来。”“把那‘自行了断的女人’送过来。”

她喜欢他们的日常作息。实验室的人们会在午餐时间带上他们的保温杯和三明治慢吞吞地晃到休息室，观看电视游戏节目《猜价格》，所有人都对这代表着另一种文明形态的节目充满敬畏，好像只有他们自己——这群在死者人数远超生者的大楼里工作的人——才活在一个正常的世界。

她到俄克拉荷马不到一个月，他们就成立了“去他妈的尤里克[①]法医鉴证学校”。这不仅仅代表着他们不可缺少的不羁的人生信条，还是他们保龄球队的名字。不管她在哪里工作，俄克拉荷马以及亚利桑那，一天结束的时候，她的同伙们总是穿着外星球来的鞋子拖着步子走在保龄球道旁，一手啤酒，一手奶酪塔可饼，不是互相加油就是极尽羞辱。她喜欢美国西南部，怀念和男孩子们厮混的日子，她的性格已经和在伦敦时相差数个光年。在结束繁重的工作后，他们会开车前往塔尔萨或诺曼郊区，寻找风格狂放的乡野酒吧和俱乐部，满脑子都是山姆·库克的歌。休息室里贴着张单子，罗列了俄克拉荷马州所有具备酒类销售执照的保龄球馆。他们对来自禁酒国的工作邀请一概不加理会。他们听着音乐，在癫狂中细嗅死亡的气息。大堂里的推车上贴着拉丁文的“及时行乐”告示。他们听到对讲机里用华丽的辞藻描述死亡：“蒸发殆尽”或是“灰飞烟灭”，这代表他们谈论的对象已碎成了渣。他们无法规避死亡，它存在于周身的每一条纹理与每一个细胞。在验尸房里给收音机调个台，他们都会戴上手套。

与此同时，白炽灯将实验室照得明晃晃的，毒物研究室的音乐最适合在你觉得脖子和后背因为显微镜前的工作而觉得紧绷时，来些仰卧起坐和拉伸运动。她身边是针对一具车内尸体死因的“大学预科毕业生”式的争论和阐释。

“他们是什么时候报告她失踪的?”

“她这些年都不见踪影，呃，有五年或六年。”

“她把车开进湖里去了，克莱德。她还曾停过一次车，打开一扇车

---

① 尤里克（Yorick）：莎士比亚名剧《哈姆雷特》中的弄臣，哈姆雷特在拿到他的头骨时，领悟到了自己必然的结局。

门。她喝了酒。她丈夫说她带上狗就走了。”

“车里没有狗？”

“车里没有狗。尽管车里都是淤泥，但我不会没留意到一只吉娃娃的。她的骨骼都软化了。车灯开着。换下一张照片，拉斐尔。”

“所以说——她开门的时候放了狗一条生路。她已经打定了主意。都是她自己的决定。当车里的水开始漫起来时，她惊慌起来，爬到了后座。她就是在那里被发现的。对吗？”

“她应该把她丈夫给干掉……”

“他也许清白无辜呢。”

她始终喜欢病理学家们语速惊人的滔滔不绝。

结束美国西南部荒僻的高科技沙漠小镇上的工作后，安尼尔直接去了科伦坡。虽然她最后所在的布莱格温泉，在最初似乎并不是符合她期望的真正的荒漠。主干道上有太多的咖啡馆和服装店。一个星期后，她在这一脉细微的文明中感到了安然，它只是被荒凉沙漠包围的二十世纪中期的些许奢侈享受而已。这地方有种微妙的美感。在西南部的荒漠中，你需要对虚空另加审视，你需要放缓脚步，空气凝滞，万物费尽千辛万苦才得以生长。而在她童年时代生活过的岛屿上，朝地上吐点口水，灌木就能破土而出。

安尼尔第一次去沙漠的时候，她的向导在腰带上别了瓶喷雾。他挥手示意她过去，往某株植物薄薄的叶子上喷水，又摁着她的头凑上前去。她闻到了杂酚油的味道。下雨时植物就会分泌出这种有毒物质，让任何生物都无法在它附近生存——这样就能保证周围的区域只为它提供水源。

她学到了有关龙舌兰的知识，它起码有七种功用，它的刺可以做针，纤维可以做绳。她看到了海墨菊，木犀草，“死人手指”(一年只有一个月的时间才能吃到这种多汁的植物)，有罕见根系的黄栌（根部精确地映照地面以上部分的规模与形状)，还有一棵墨西哥刺木树，为保存水分而掉光了叶子。有些植物的颜色仿佛因雨水冲刷而褪色，有些则在暮色中愈加浓烈。她尽可能不在H街与人合租的房子里待着。一般早上七点半她就已经带着咖啡和牛角面包出现在平顶屋改建的古生物实验室里。晚上她和同事们一起开着吉普车进沙漠。三百万年前这里曾出现过斑马。还有骆驼。都是寻常可见的食草类动物。她从这些巨大生物的骨骸上走过，脚下是七百万年前这里还是海洋时留下的环形礁石。有人将双筒望远镜递过来让她追索一只雀鹰的踪迹，她触碰到他的手时顿生一丝暧昧。

她再次在法医鉴证学家们身上发现了对保龄球的热爱。或许白天做了太多需要用镊子和小刷子轻捡慢刷的细致活，他们只想喝个烂醉再挥掷些什么。布莱格温泉没有保龄球馆，所以他们每天晚上都爬进博物馆的货车，开出山谷前往临近的山间小镇。他们会带着自己的“铁锤”——特别增重的比赛用球。在那些夜晚，尽管保龄球馆的点唱机一刻不闲，她不停唱着同一首悲恸的歌：或许还是监狱时光更好，转过身来背对着高墙……其实那段时间她的内心并不悲伤。仿佛她是在等待歌里的悲伤最终降临，几乎已预知待库里斯抵达时会与他发生激烈冲突。

恋爱的人阅读爱情故事或是观看爱情题材的画作，本意是为明了爱为何物。但故事越语焉不详、混乱无序，陷入爱河的人就越是深信不疑。只存在少数伟大而值得信赖的爱情题材画作。无论多么著名，这些作品总有某个方面始终无序而私密。它们无法让人头脑清醒，只带来折磨人的蓝色光芒。

作家玛莎·盖尔霍恩曾说过：“最好的恋情是与某个住在五个街区以外、富有幽默感并忙于自己工作的人交往。”好吧，这说的不就是她的情人库里斯吗，只不过要改成五个州，五千英里。而且他已婚。

好像只有分隔两地的时候，他们才最爱彼此。相处时都太谨小慎微，一切极端的快乐仍是危险的。在布莱格温泉时只要能和他通电话就已经让她心满意足。女人喜欢保持距离，他曾这么对她说。

布莱格温泉那场闹剧发生在他们相聚的第一个晚上。第二天一早她就得去工作：有些未曾预料的发现。新出土一只美丽的长牙，而她没有对他实言相告。他刚在几小时前抵达，飞了一千英里。他因为周末计划有变而闷闷不乐、满脸怨气的样子激发了她体内积累已久的愤怒。为这段捉襟见肘的罗曼史，他们已经唱了太久该死的咏叹调了。

她从布莱格的床上起身，坐在浴缸边上淋浴，仰面朝向水流。她因暴怒而紧握双拳。水蒸气充斥整个房间。库里斯到来前一个星期，她就在棕榈汽车旅馆为他、也是为他俩预定了房间。他原本是要在周五晚上搭乘八点从机场出发的公共汽车到这里与她会合，共度三天的周末。随即他们挖掘到了那只长牙。

在车站见面时，她递给他一枝在沙漠里精挑细选的薰衣草，他想要将它插进纽扣眼的时候一折两断。

*

一个优秀的考古学家可以像阅读一本深奥的历史小说般解读一桶土壤。如果一根骨头被某种石头擦伤，她知道塞拉斯会顺着如此细微的线索找到可能的事发地。就像她也曾用胶水喷枪复原了“水手”头骨破损处的小碎片。但在科伦坡，她东拼西凑找到的工具，不足她和塞拉斯真正需要的一半，这些在美国都多到用不完。不过是些铁镐和铁锹，绳子和石头。她去了卡吉尔百货商店，买到几把剃须刷和一把掸子。

塞拉斯终于赶到考古部办公室时，他和她一同看起墙上的地图来。和他弟弟一起在加勒费斯海滩共度的夜晚已经是几天前的事。第二天她曾想联系塞拉斯，但他似乎失踪了，消失得无影无踪。与此同时，伽妲拉递给她的包裹到了，所以第一天下午她都忙于阅读昆虫学家打得错误百出的笔记，然后从背包里掏出一张公路地图。

此刻，星期天早晨，塞拉斯在破晓时分给她打电话，不是为一早来电道歉，而是为离开后没有保持联系。他要她在办公室和他碰头。“一小时后。”他说，“你知道怎么去吗？在你住处出门右转，沿着布勒路一直走。”

她挂上电话，不舍地看着舒适的床，起身淋浴。

“我有第一个埋葬地点的土壤样本。”他说。“从颅腔里取来的。可能来自一处沼泽。他们有段时间将他埋在潮湿的土壤里。这说得通。可以少挖些土。他们可能把他放在稻田里，后来又带到禁区，把他藏在那里以掩盖他是当代人的事实。无论如何，我觉得最初的掩埋地点在这个区域，”他指了指，“拉那普拉地区。在这里的西南方向。我们要查一下地下水位。”

“某个有萤火虫的地方。”她说。他一脸茫然地看着她。

“我们能定位得更具体些，可以画个更小的半径范围。”她继续说道，“有萤火虫。所以不是什么人流密集的地方。应该是更开阔的某处。比如说人迹罕至的河岸。伽妲拉，我和你说起过的昆虫学家——研究了那些像雀斑的痕迹，她到船上去过，研究后做了笔记。她有全岛数百种昆虫的生命周期表。她说那是产蛹留下的黏液，来自‘吵过就死’的蝉——你可以在里蒂格勒这样的森林地区发现它们。这里——她为我们画出了可能的地区——它们都在更为南面的区域，这正呼应了你的土壤分析。或许，就在辛哈拉加森林的外围。”

“应该是北面那片区域。”他说，“另一边的土壤不吻合。”

“好吧，那就是这一带了。”

塞拉斯用红色水笔在覆在地图上方的玻璃上画了个长方形。西至维达戛拉，东至莫拉高达。以及拉那普拉和辛哈拉加之间。

“这里某处是片沼泽或者小型湖泊，林中之湖。”他说完，又加了句。

“我想知道，那里还有谁。”

考古办公室已被废弃，所以他们不慌不忙地准备他们需要的所有地图和书籍。塞拉斯不断从大楼跑进跑出，把东西装上借来的吉普车。她不知道要离开科伦坡多久，也不知道会住在哪里。或许是另一家塞拉斯喜爱的旅馆。当他看向各式各样的土壤分布图时，她从书架上抓了本田间考察手册。

“到拉那普拉以后，我们住哪？”她大声问道。她喜欢听这大楼里的回响。

“比那儿更远。我们有个地方可以住，一座老宅，是某个家族留下的房产——我们可以在那里继续工作。要是运气好的话，那里应该还没被人占了。‘水手’一定是在那个地区的某处遇害的，他或许就是那儿的居民。路上我们可以试着寻找帕利帕纳说过的工匠。我建议你不要再和伽妲拉联系。”

“你也没和任何人说起过吧。”

“我必须得见那些官员，向他们简要报告我们的动向，但对他们来说我们的调查不值一提。我没提起过这事。”

“你真忍得住？”

“你不明白情况有多糟糕。不管政府如今从事着什么勾当，要是发生真的骚乱，局势还能更坏。你来不是为了引发骚乱——除了几个优秀的律师，所有人都已把法律忘到了脑后。到处是恐惧，人人自危。凭你的《威斯敏斯特法》也救不了我们。为打击报复，非法政府势力兴起。而我们在夹缝里腹背受敌。就像是和三个起诉人共处一室，而他们手上都沾着鲜血。几乎每一间屋子，每一个家庭，都发生过有人被谋杀或绑架的事，罪犯不是来自这一派就是另一派。我告诉你一件我亲眼目睹的事……”

塞拉斯正站在空荡荡的办公室里说话，但他却四下打量了一番。

“我当时在南方……快到晚上了，市集都已收摊。两个男人，我觉得是叛军，抓住了一个男人。我不知道他犯了什么事。或许他背叛了他们，或许他杀了什么人，或是违背了命令，或是答应得不够及时。那些时日，什么程度的错误都能招致死亡的判决。我不知道他是不是要被处决，还是受些皮肉苦再听些教训，或者在最不可能发生的情况下，被宽恕。他身穿纱笼和白衬衫，长袖卷起。他的衬衫下摆悬在纱笼外面。他没有穿鞋。他还被蒙上了眼睛。他们把他架起来，让他姿势奇怪地坐在自行车的横杠上。一个抓捕者坐在自行车座上，端着步枪的人则站在他旁边。我看见他们的时候，他们正要离开。那个人看不到身边正发生些什么也不知道他要去哪里。

“当他们离开时，那个被蒙住眼睛的人得扶着些什么。一只手就放在车把上，但他不得不把另一只手绕在抓捕他的人的脖子上。正是这不得不发生的亲密肢体接触令我很不舒服。他们摇摇晃晃地走了，拿枪的人骑上了另一辆自行车。

“要是都走路就会方便得多。但这样就又有种诡异的仪式感。或许自行车对他们来说是种身份的象征，他们想要加以利用。为什么要用自行车押送一个蒙着眼睛的人呢？这让所有性命显得朝不保夕。让他们三人更加平等。就像个烂醉的大学生一样，那个蒙着眼睛的人不得不借着那个或许会取他性命的人保持平衡。他们骑车走了，在街道的尽头，经过一栋栋商铺大楼后，转弯然后消失不见。当然，他们之所以这样做就是为了让所有人都无法忘怀。”

“那你做了什么呢?”

“什么都没做。”

图案被刻进岩石或者画在表面——从附近山丘鸟瞰的村庄透视图，一根简单的线条描绘出女人向孩子俯身的背影——这些都曾改变过塞拉斯的世界观。多年前他和帕利帕纳走进昏暗的岩洞，擦亮一根火柴后依稀看见了色彩。他们回到洞外，砍下一些杜鹃树枝后带回，然后点火照亮整个岩洞，新鲜木材产生的浓烟辛辣刺鼻，淹没了火光。

这是在政治局势最为严峻时完成的考古发现，同时发生的还有上千种肮脏且短暂的种族与政治行为，丧心病狂的帮派冲突与疯狂敛财。战局演变到如此地步，已像渗入血液的毒素无法排除。

岩洞中浓烟和火光掩隐下的画像。夜间的审讯，光天化日下随意抓走平民的货车。那个他眼睁睁看着被自行车带走的男人。苏日亚坎达地区发生的大规模人口失踪，关于在安昆布拉和阿可米玛纳发现万人坑的报道。当旧日时光在杜鹃树枝的火光里现出真身，他感觉，一半世界正遭没顶之灾，恐惧正将真相掩藏。

安尼尔不会理解塞拉斯这种陈腐而不得已为之的中庸之道，塞拉斯知道对她来说此次旅行的目的就是为了寻找真相。但真相将会让他们陷入何种境地？那就像让一簇火苗接近整片死寂的汽油池。塞拉斯曾见过真相被肢解成适宜的碎片，和不相干的照片一起出现在外国媒体上。这种信息带来的后果，是外界对亚洲表明无关痛痒的态度，从而引发新的报复和屠杀。在不安全的城市散布真相隐藏着危险。作为一名考古学家，塞拉斯坚信真相即是道义，如果真相可以发挥什么效力，他不惜为之付出生命。

私下里（塞拉斯会在睡前权衡思量），他知道，他也愿意为那幅来自另一个世纪的岩刻牺牲生命，为那个朝着她的孩子俯下身去的女人。他依旧记得闪烁的火光中他们站在画像前的景象，帕利帕纳的手臂跟随着母亲的背部曲线游走，她因爱怜或悲伤而佝偻。一个看不见的孩子。所有的母性姿态被定格。她的姿态里响着无声的嘶喊。

这个国度陷入摇摇欲坠的自毁模式。失踪的学童，被折磨致死的律师，霍坎达拉万人坑里被抢走的尸体。穆苏拉伽维拉湿地发生的一系列谋杀。

安南达

他们蜿蜒驶向内陆山区。

“我们没有进行这类工作所需的设备。”她说，“你也知道。”

“要是那位工匠真有帕利帕纳说的那么好，他会就地取材的。你参与过类似工作吗？”

“没有。从没做过面部重塑。不得不说，我们有点瞧不起这活。在我们眼里，它们就像年代久远的卡通形象。类似立体模型这种东西。你为头骨做倒模了吗？”

“为什么要倒模？”

“把头骨给他然后就可以——那个来路不明的谁来着。顺便说一句，我很高兴，我们决定找个酒鬼。”

“要做倒模就会搞得全科伦坡人尽皆知。我们就把头骨给他吧。”

“不该这么做。”

“倒模得花几个星期时间安排。这里不是布鲁塞尔或者美国。这个国家唯一先进的工具是武器。”

“好吧，我们先找到这家伙再说，看他还能不能拿稳画笔。”

他们来到散落在村庄边缘的几座土坯茅屋。结果名叫安南达·乌杜伽玛的男人已经不和自己的妹夫一家同住，而是搬去了隔壁镇子，住在加油站。他们开车继续前行，她注视塞拉斯下车在镇上的街道从头走到尾，打听他的下落。当他们找到他时，他似乎刚从晚午觉中醒来。塞拉斯向她示意，她走上前去。

塞拉斯解释他们要他做的事，提及帕利帕纳的名字，以及他会拿到报酬。那个男人，戴着厚厚的镜片，说他需要几件特定的东西——橡皮，安在铅笔末端上的那种，以及细针。他还说要看下骨骸。他们打开吉普车后座的门。男人用手电筒仔细研究了骨架，来来回回照着肋骨，查看骨骼的弧度和曲线。安尼尔觉得以这种观察方式他看不出什么名堂。

塞拉斯劝说男人跟他们走。微微摇了下头之后，他走进栖身的房间，回来时带着装有行李的小纸箱。

距离拉那普拉还有两小时车程的时候，他们被路障截停，士兵无精打采地从道路两边的树荫里走向他们。他们一言不发地坐着，佯装恭敬，当一只手探进吉普车打起响指的时候，又递上他们的身份证。安尼尔的身份证似乎给士兵们添了麻烦，一个士兵拉开她那侧的车门，站着等待。她不知道他们要她做什么，直到塞拉斯压着嗓子向她解释了一番，她才下车。

士兵俯身到车内将她的双肩背包拎出来，噼里啪啦把东西全倒在车前盖上。所有的东西都暴露在阳光里，一副眼镜和一支笔滑落到柏油马路上，他也不加理会。当她想上前捡的时候，他却伸手阻止。顶着正午的太阳，他缓慢地摆弄面前的每一样东西：拧开一小瓶古龙水闻闻，打量带鸟类图案的明信片，掏空她的钱包，把一支铅笔塞进磁带里默默地转动。她包里没什么值钱的东西，但他动作的迟缓羞辱并激怒了她。他打开闹钟的后背，取出电池，当他发现一包还带着塑料包装的电池时，也将它们全部拿走，然后递给另一名士兵，那人把电池放到路边用沙袋垒成的洞里。士兵放下背包和背包里的东西，离开时以手势示意他们可以走了，甚至都没回头。“不要冲动。”她听见塞拉斯在吉普车的暗影中说。

她把东西收进背包，坐进副驾驶座。

“自制炸弹不能缺了电池。”塞拉斯解释说。

“我知道！”她气急败坏地顶了回去，“我知道！”

开车离开时她回头看了眼安南达，他事不关己的神情，削着铅笔。

艾克奈利格达的庄园，是维克拉玛辛格家族的产业，他们五代人曾在此居住。最后一位维克拉玛辛格是名画家，二十世纪六十年代居于该处。他去世后，这幢两百年历史的房子由考古协会和历史委员会接管（某个远房亲戚和考古界有些渊源）。但当该地区变得危险、频繁有人口失踪，房子就再没有人居住了，像口干涸的水井，它一派意兴阑珊的模样。

塞拉斯第一次拜访这幢老宅时还是个孩子，当时大家都以为他弟弟将性命不保。“白喉，”他们说，“嘴巴里有白色的东西。”医生们悄声告诉他的父母。所以在迦米尼回家前，塞拉斯连同他最爱的书一起被送上车，被送到艾克奈利格达，远离病患。彼时维克拉玛辛格家的人正在欧洲旅行，所以有整整两个月的时间，十三岁的孩子由奶妈照看着，在花园里闲逛，记录灌木丛中狐獴的活动路线，营造想象中的城镇和居民。而在科伦坡的格林帕斯路上，一家人正紧闭房门为照顾垂死的幼子做准备，他得到王储般的精心服侍，因自己尚不知情的死亡而予取予求。

三十多岁以后，但凡有机会来该地区做田野调查，塞拉斯都会造访这所房子，但之后至少有十年不曾踏足该地，此刻，这房子和这片土地的破落与荒凉让他情绪低落。然而，他依旧记得以前的钥匙藏在围墙较低的竹子上，低处的花园里，狐獴在荆棘丛中的活动路线也从未改变。

在安尼尔和安南达的陪伴下，他将所有的房间都打开，以便各自挑选工作室和卧室，然后再将不需要的房间锁上。他们只需在尽可能小的范围内安顿下来，而不必占用整处房产。他和安尼尔一同走过如今已显得没那么大的房子，感觉置身于交错的时光。他讲解着墙上那些十年前就已悬挂的图画，在这里度过的那两个月里，他沉浸于独处的怡然自得，或许从来没有完全摆脱。他确信，鲜少有人能逃过白喉的魔爪。他也接受了弟弟必定夭折的可能，很快，他就将成为家中独子。

此刻，安尼尔轻微的脚步声陪伴在侧。接着她轻声问："那是什么？"他们已走进院子里的一间房子，有人用炭笔在墙上写下两个硕大的僧伽罗文字。一边是MAKAMKRUKA，对面墙上则是MADANARAGA。"这是什么？名字吗？""不是。"他抬起手臂，触碰褐色的字母。

"不是名字。Makamkruka——很难解释清楚——makamkruka是那种唯恐天下不乱的人，爱煽风点火。世界观黑白颠倒，但也许更接近真理。几乎可说是邪恶，一个夜叉。尽管如此，奇怪的是，makamkruka也守护寺庙中的庄严净土。没有人知道这种人为何会被赋予如此职责。"

"另一个呢？"

"另一个更古怪。Madanaraga的意思是'电光火石之间'，肉欲萌动，是那种古代爱情故事里才出现的字词。不是日常用语。"

当安南达为头骨忙碌的时候，安尼尔继续研究骨骸，试图从其他发现中推断他的“职业痕迹”。现在她已和塞拉斯共事超过三个星期，而且是在做“野外调查”，远离他在科伦坡的政治关系网。没人会想到他们寄居在这幢老宅中，并可能接近“水手”最初的埋葬地点。或许“水手”在当地“身份显要”或者“人尽皆知”。在这里，他们更接近事件的根源，也不受打扰。

他们抵达的第一天上午，安南达·乌杜伽玛一句话不说就消失了。塞拉斯为此懊恼，安尼尔则谨慎地不置一词。安尼尔将工作台和临时实验室搭建在院中那棵榕树斑驳的树影下，把“水手”也带到了室外。塞拉斯决定在气派的餐厅做他的研究。有时他不得不为增加补给和汇报工作回科伦坡去。这里没装电话，只有他信号时断时续的手机，他们感觉已远离尘嚣。

其实，那天上午安南达很早就醒了，步行去了临近村庄的市集，买了些新鲜的托蒂酒后，坐在公用的水井边。他和身边的所有人攀谈，分发掉他仅有的几根香烟，注视村民们在他身边来来往往，他们带着特有的举止，还有当地人才有的动作和面部特征。他想知道当地人喝些什么，是否有特殊的饮食习惯让他们的颧骨比一般人高耸，嘴唇是否比巴提卡洛阿地区更为丰满。以及各种发型的样式，视力的情况。他们更习惯步行还是骑自行车。烹调或护发时是否使用椰子油。他在村子里待了一整天，然后到田间搜集了三袋淤泥。他可以用两种棕色和一种黑色调配出各种色调。他又在村里买了几瓶烧酒后回到农庄。

他在天亮时起床，躺在阳光里，随着光线的转移挪动身体，就像猫一样。他会时不时打量头骨，但没有别的举动。他去村里，带回各种颜色的风筝纸、牛脂和食用染料，某天又带回两只电唱机和一张随手挑选的黑胶唱片。

在这幢大宅子里他可以任意选择房间，但安南达选中了画家当年工作过的那间。他对房间的历史一无所知，只是喜欢屋内的光线，MAKAMKRUKA 和 MADANARAGA 两个词就写在这屋的墙上。安尼尔工作的院子就在屋外。他正式在头骨上动工的那天早上，安尼尔听到有音乐声从他屋里传来。男高音突然高唱起来，中气十足地唱了一会儿，又在歌曲结束前慢了下来。出于好奇，她走进了房间，发现安南达正摇动着唱机。旁边的另一只唱机上，他正在捏制一个陶土底座，头骨就安置在上面。他空出来的那只手像操作制陶的转台一样左右转动它。他已经进行到颈部。她退后几步，走出了房间。

她认得这种面部重塑技术。他在骨头上插入涂红漆的大头针用以标示不同的肌肉厚度，然后往头骨上涂一层薄薄的黏土，根据针上的记号决定粘土的厚薄。最终他将层次更为精细的橡皮头按进黏土塑造出面部。这种拼贴方法再加上拼凑来的各种家用产品，使头骨看来像是五元店里出售的怪物。

塞拉斯回科伦坡的三天里，她和安南达鲜少交谈。他从点睛画匠沦为矿工，复又成为头部重塑师。他们常打照面，在屋前屋后来回走动，自打第一天见面就决定省却客套寒暄。她依旧觉得这项计划是塞拉斯的不智之举。

傍晚她会把所有可能被雨水损坏的仪器搬进谷仓。那时安南达已经喝起酒来。他开始复原头骨后这一情况开始恶化。现在，如果厨房里的食物被挪动或是像他以往那样被美工刀割伤，他的脾气就一触即发。一次，他摇摇晃晃地走进下午的阳光里，发现她正在测量骨骼，当他经过时纱笼扫到她的桌子。她朝他大叫，于是他也暴怒地吼了回去。随即两人都闭了嘴，生起闷气来。他一声不响地回到自己房间，她原以为头骨会从房间里滚出来。

那天晚上她曾提着灯外出寻找他。晚餐的时候他没现身，这让她松了口气（他们各自做饭，但一同用餐，彼此不发一言。）但十点半的时候他还是没有回来，在她锁门前——平常这是他的工作——她觉得应该装装样子去找他，于是提着灯走进黑暗。他就在一堵矮墙上，不省人事，身上只穿着纱笼。她把他拽起来，架着他的双臂蹒跚地回到屋里。

安尼尔不喜欢酒鬼。她不觉得酗酒有什么好玩或者浪漫可言。她把他搀进玄关后，他倒在地板上，很快就睡着了。根本无法把他叫醒，也没办法让他走开。她回到房间，拿来随身听和一盘磁带。小小的报复手段。她把耳机给他戴上，打开随身听。汤姆·威兹唱着《白雪公主和七个小矮人》里的插曲："挖啊，挖啊，挖啊……"魔音穿脑，他惊恐地坐起身来。他一定以为自己听到了亡灵的歌声。他摇晃着身体，仿佛无法摆脱脑海里的声音，最后才终于扯掉了头上的耳机。

她坐在院子里的台阶上。月亮出来了，俯瞰着维克拉玛辛格家族曾经的家园。她把磁带快进到史蒂夫·厄尔那首《无畏的心》，聆听绕口的轻佻歌词。她心情最糟糕的时候只有史蒂夫·厄尔管用。每当听到他那些因失恋而恼羞成怒的歌曲，她就不禁血脉贲张，腰肢款摆。于是她手舞足蹈地走进院子，从“水手”的骸骨旁经过。那是个晴朗的夜晚，她可以把他留在室外。

但在房间里脱衣服的时候，她想起“水手”还被封在密闭的塑料纸里，又回去松开了塑封。于是晚风与夜色将“水手”包裹。经过火焚与土埋，如今他躺在木桌上，沐浴在月光里。当她走回房间时，音乐的魔力已经消散。

那些夜晚，库里斯曾躺在她身边，用指尖轻轻触碰她。他会移到床尾，亲吻她深色的髋部，她的耻毛，她体内的洞穴。当他们分隔两地，他在信中写下自己是多么爱听她在那些时刻的呼吸，吸进再呼出，平缓无止息，仿佛在做着准备，仿佛知道前方有漫漫旅程。他的双手抓着她的大腿，脸上是带着她体味的濡湿，她摊开手掌环住他的颈项。有时她跨坐在他身上，注视他在自己双手的激烈动作中释放。他们见证彼此那些如此精确又含混不明的呢喃。

安南达在她前面晃晃悠悠地走着——一个重度酗酒者骨瘦如柴的身躯，依旧没穿上衣。他用双手摩挲着手臂和肋骨分明的胸口，朝院子四下打量，没有觉察到她坐在昏暗的一角。

经过她的工作台的时候，他小心翼翼地把手放到身后，确保不会碰乱任何东西，然后俯下身，透过他厚厚的镜片看着她的游标卡尺和记重表，仿佛置身博物馆的静默中。他俯得更低，闻着那些器材。科学家的头脑，她想。昨天她留意到他的手指纤细修长，因工作而染成了赭红色。

这时安南达抬起骸骨，拥它入怀。

他的举动却丝毫没有惊吓到她。当埋首于调查研究，因错综复杂的数据耗费数小时心神之后，她也很想伸出手去，将“水手”拥入怀中，只为提醒自己他与她并无不同。他不仅仅是证据，还是富有魅力和缺点的凡人，家庭的一员，当他生活的村庄政局突变，在最后一刻他举起了双手，导致手臂折断。安南达抱着“水手”缓步而行，随即又将他放回工作台上，就在这时，他看见了安尼尔。她微微点头，表示她并不生气。她慢慢站起身来向他走去。一枚细小的黄色树叶飘落，滑进骨骸的胸腔，在那里微微颤动。

她看见安南达的镜片上倒映着两轮月亮。这是一副破烂不堪的眼镜——镜片用铁丝绑在镜框上，镜腿裹着破旧的布头，确切说是抹布，他可以在镜腿上擦拭抹干手指。安尼尔想与他交换彼此掌握的讯息，但她早已忘却他们曾共同掌握的语言的精妙。否则她就可以告诉他，通过测量“水手”的骨骼可以推断他生前的姿态和身高。而他——天知道他有什么真知灼见。

下午，当安南达在头部重塑的工作上无法获得进展，他会拆除所有部件，敲碎土坯。在她看来这纯属浪费时间。奇怪的是，第二天清晨他可以分毫不差地复原厚度和纹理，在二十分钟内重建前一天的工作。然后他思索并推进面部重塑工作。仿佛他必须借由既有工作的热身，才能带着足够的自信步入前方的不确定。所以如果在他不工作的时候走进这房间，她什么都看不到。仅仅才过去十天，这房间已更像是个巢穴——充斥破布和填料，淤泥与陶土，颜料抹得到处都是，那两个大字就写在他头顶的墙上。

尽管如此，在那个夜晚，无需言语，两人似乎达成了默契。他尊重她器材的井然有序，不触碰任何物品，还有他双手拥抱“水手”的方式。她在安南达的面容上看到了悲恸，尽管底色或许不过是一个酒鬼的多愁善感。那些被啃噬的空洞。安尼尔伸出手去碰了碰他的手臂，将他独自留在院中。接下来的几天他们又回复到互不搭理的状态。很可能那天晚上他喝得烂醉，不复记得一切。一天中他会打开那台老唱机两到三次，然后站在门口，眺望她在院子里忙活些什么。

清晨六点她穿戴妥当，开始步行数英里前往学校。距离她要爬的那座山还有几百码的地方，道路收窄，通往一座小桥，一边是礁湖，一边是咸水河。正是在这里，赛丽莎会看见那些男孩子们，有几个肩上挂着弹弓，有的则抽着烟。他们用目光向她致意，但从不和她交谈，不管怎样她总是会打个招呼。稍后，在学校操场再见到她时，他们不会以任何方式搭理她。经过他们几步之遥后，她会在桥上回头看他们，脚步却不曾停留，正好看到他们好奇的目光，她并没有年长多少。他们迫不及待地想摆出个架势来，他们中可能只有一两个对男女之事略有知晓。他们留意到了赛丽莎丝绸般的长发，她回眸打量他们时的轻柔，她继续前行——正是他们期待的曼妙姿态。

每次她抵达桥边时都是清晨六点半。那儿会有几艘捕虾船，有个男人站在齐脖子深的水里，看不见的双手梳理着他儿子昨晚从船中投下的网。当她经过时，男人悄无声息地忙碌着。赛丽莎从这里到学校只要十分钟时间，然后在小隔间里换好衣服，把抹布浸入水桶，开始擦洗黑板。如果夜晚刮风下雨，她就将从格子窗户里飘进教室的叶子统统扫干净。她独自在空荡荡的校园里忙碌，直到听见学生们陆续到来的声响，小孩、少年和青年，他们就像渐次抵达的鸟群，喧闹声越来越响，仿佛要在林间空地召开集会。她穿过人群擦干净沙地边上的黑板——它们是给最年幼的孩子准备的，他们会坐在老师跟前的地上，学习僧伽罗语，学习数学，学习英语：“孔雀是种美丽的鸟……它有长长的尾巴！”

上午的授课时间四下一片肃静。接着，下午一点，院子里又挤满了喧闹的人群，课程结束了，身穿白色校服的学生们散去，回到学校周围那三四座村庄里去，回归他们的另一种生活。她在数学教室的课桌上吃午饭。她打开包裹食物的叶子，左手拿着午饭，沿黑板闲逛，她甚至不用低头看，只用三根手指和拇指抓取食物。她的目光注视着用粉笔写下的数字和符号，一路跟随运算过程。她在学校熟知数学定理。它们蕴含的逻辑在她眼中历历分明。她可以拾起纸片，折成漂亮的等边三角形。她总是一边在花圃或者走道上干活，一边听老师讲课。现在她在水龙头下洗着手，准备步行回家去，几个老师还在大厅，几个老师骑着自行车从她身旁经过。

政府规定的宵禁夜晚，她会待在屋里，在她自己的房间与一灯一书相伴。她丈夫还有一个星期就要回来了。她翻过一页书，发现安南达在一张薄薄的纸片上画下了她的面容，然后将纸片塞进他上次读到的地方以作标识。也会翻到她不喜欢的那张线描大黄蜂，它长着硕大的眼睛。她更喜欢饭后在街上散步，因为她喜欢店铺关门时的景象。街道上一片漆黑，店铺内的电灯也渐次熄灭。那是她最爱的时刻，如同将感官逐一关闭，先是饮料店，然后是卖磁带的店，再收起瓜果蔬菜。当她继续前行，街道变得越来越暗。一辆自行车载着稳稳放着的三袋子土豆，驶进更纯粹的暗中。进向另一个时空。逃遁的出口。因为现如今，当某个人离我们而去，我们永远无法确定是否还会再次见到他，也无法确定重逢时他依旧安然无恙。所以赛丽莎喜欢歇业后的街道，在夜色中平静寂然，像表演结束后的剧院。半路上，灯光从维玛拉若伽家草药铺半开的百叶窗洒出来，也可能是从他兄弟家的银铺，光线缓缓收窄直到只剩下一线，从金属门缝里透出来，如一道金边，接着开关被按下，金色的地平线消逝无踪。当她想象自己正不受宵禁约束自由走动时，微风吹动她的衣裙。鸽子栖息在拼写成Caggil’s字样的灯泡间。在夜晚羽翼般的轻盈里，太多事情正在上演。有人仓皇奔逃，有人受恐吓，有人被惊吓，愚昧的死亡部队虽已精疲力尽，却依旧在暴怒中血洗另一个持不同政见的村庄。

早上五点半，赛丽莎醒来，在屋后的井边沐浴。她穿好衣服，吃一些水果，然后出发前往学校。依旧是她熟稔的二十五分钟路程。她知道自己经过桥上那些男孩后会懒洋洋地转身。迎接她的还有熟悉的鸟群，几只栗鸢，或许还会有一只黄眉姬鹟。道路开始变窄。再走一百码就到桥上了。左边是礁湖，右边是咸水河。这天早上没有渔夫，路上空空荡荡。作为学校的工人，她是最早的过路人。早上六点半。没有人可以回头打量，她的姿态显示她自知平等。离桥还有十码的时候，她看见两个学生的头颅插在木桩上，桥两边各有一个。十七、十八、或者十九岁……她不知道也不曾留意过。她看见桥的远处还有两个头颅，即便从这里也能认出他们其中的一个。她想蜷起身来，想往回走，但她无法这么做。她觉得身后有什么跟着她，是这一切的起因。她想要隐身不见。她的大脑一片空白。她甚至没有想过要取下示众的头颅。她无法触碰任何东西，因为一切仿佛依旧有着生命的迹象，血肉模糊但仍然鲜活。她开始朝前方飞奔，经过他们的视线时紧闭起自己的双眼。爬上山坡向学校跑去。她不停朝前奔跑，然后她目睹了更多惨象。

安尼尔的所有注意力都集中在一个念头上，她恍惚地站着，纹丝不动。她完全不记得自己已经在院子里站了多久，猜想着“水手”可能经历过的种种生活轨迹。当她从思绪中回过神来，脖子感觉像被箭射中。

她的工作中一条核心的自明之理就是：先找到受害人才能找出嫌疑人。尽管他们知道“水手”可能在该地区遇害，尽管他们知道他具体的年龄和体貌体征，她也已推算出他的身高体重，尽管有她并不那么信任的“头部合成”工作，但要确定他的身份却似乎不大可能，他们依旧不知道“水手”来自怎样的世界。

就算他们确认了他的身份，他们知晓了他被谋害的细节，又能如何？他只是数千受害者中的一个。这又能改变些什么呢？

她记得克莱德·斯诺，她在俄克拉荷马的老师，提到库尔德斯坦地区的人权工作时曾说：一个村庄的遭遇代表了许多的村庄，一个受害人可以为无数受害人代言。她和塞拉斯都知道，在这座岛屿近些年动荡的内战史中，尽管有警察装模作样的调查，但在混乱的政局中从未有人被控谋杀。但“水手”却可以成为指控政府的明证。

然而，不确认“水手”的确切身份，等于依旧没有受害人。

与安尼尔共事过的老师们可以通过研究骨骼受到的物理性重压和损伤，判断一具七百年历史的骨骸生前从事什么职业。劳伦斯·安吉尔在史密森协会工作的导师只凭脊椎向右的弯曲度就能识别出一位比萨城的石匠，可以通过德克萨斯州的死者的拇指骨折，推断他们曾在酒吧的电动斗牛机上打发过许多个夜晚。康奈尔大学的肯尼斯·肯尼迪记得安吉尔在一次公交车事故中，通过散落各处的尸骸确认了一名小号手的身份。而肯尼斯自己，在研究上千年历史的底比斯木乃伊时，发现了指骨肌腱韧带上的线状痕迹，从而推断出他是名书记员，那些痕迹是长年累月握笔留下的。

拉曼泽尼有关手艺人职业病的著作开创了先河，他曾论述画家们容易金属中毒。后来英国人萨克拉谈及织工会因长时间坐在织机前工作而骨盆变形。（“织工臀”这一病称由此而来，肯尼迪指出，这正是《仲夏夜之梦》中的织工名叫伯顿①的原因。）新石器时期住在撒哈拉沙漠里的尼日尔标枪投手与现代职业高尔夫球手因类似的解剖学病变而被互做对比。

从事的职业留下各种蛛丝马迹……

前一晚，安尼尔翻阅了肯尼迪的著作《以骨骼还原生命》一书中的图表，这书是她的旅途必备。在“水手”的骨骼上，她没有发现负重的痕迹。当她一动不动地站在院子里时，意识到了自己可以从面前的骨骼形态中推断出两种可能的生活方式。而骨骼具备的这两种特征又存在逻辑上的矛盾。首先，她对骨头的解读显示他从事的“活动”都在肩部以上。工作时他会张开双臂，抬起手或者向前平伸。或许是粉刷墙壁的工人，或者凿刻师。但工作看起来要比刷墙更为繁重。而且肘关节有对称的劳损，所以工作时需要双手同时操作。他的骨盆、躯干和腿部都显示出灵敏性，像是经常在蹦床上做弹跳动作。杂技演员？马戏团演员？要是从手臂判断，专长是高空秋千？但战乱中会有多少马戏团在南部出没

---

① 织工伯顿：英文为 **Bottom The Weaver**，而 **bottom** 原意为臀部。

呢？她记得只有小时候才见到过流浪的马戏团。她还记得曾读过一本讲动物灭绝的童书，里面有一种已灭绝的生物就是杂技演员。

另一个版本的他则截然不同。左腿曾发生过两处严重骨折。(这些伤痕并不是遇害时留下的。她可以判断这些骨折大约发生在死亡前三年。)还有踝骨——踝骨显示出完全相反的工作习惯，他是个长时间久坐不动的人。

安尼尔环顾庭院四周。塞拉斯坐在屋内的暗处，身影几乎隐没不见，而安南达闲适地蹲在转台上的头骨面前，嘴里叼着点燃的卷烟。她可以想象他镜片后的眼睛正眯缝着。走向谷仓的橱柜时她从他身边经过。接着又折回。

“塞拉斯!”她轻声喊，他马上走了出来。他能感觉到她声音中的紧张。

“我——你能叫安南达不要动吗？就保持现在的姿势。然后我要摸他，可以吗?”

塞拉斯的鼻子上架着眼镜。他看着她。

“你明白我的意思吗?”

“不太明白。你想摸他?”

“就告诉他不要动，好吗?”

塞拉斯一走进工作室，安南达就往头骨扔了块布盖上。两人进行了简短的交谈，塞拉斯每说一句，他都犹豫地应承一声。她缓步走进屋内，在安南达身边跪下，但她一碰到他，他就跳了起来。

她挫败地转过头去。

“不对，不对!”塞拉斯试着再解释一遍。两人用很长时间才让安南达回复到和刚才一模一样的动作。

"让他继续蹲着，就像在工作一样。"

安尼尔用双手握住安南达的脚踝。她的大拇指按进肌肉和软骨组织，再沿踝骨上移数寸。安南达局促地笑了一声。安尼尔又跪坐下来："问他为什么这样工作。"塞拉斯转告她，他觉得这动作舒服。

"这动作不舒服。"她说，"脚部并不放松，会感到压力。骨骼会拉扯韧带，将造成永久性的挫伤。问他。"

"问什么？"

"问他为什么这样工作。"

"他是个雕刻师。这是他工作的方式。"

"但他经常会这样蹲着吗？"

塞拉斯提了问题，两人你来我往聊了起来。

"他说在开采宝石的矿上工作时习惯了蹲着。地下矿井的高度只有四英尺。他在矿上工作过几年。"

"谢谢。麻烦你，向他转达谢意……"

她激动起来。

"'水手'也曾在矿上工作。过来，看看骨骸上踝骨的萎缩部分——安南达的肌肤下也存在这种情况。这是我教授的专业领域。再看下骨骼上的沉积物，这些增生。我认为'水手'曾在某个矿上工作。我们需要拿到一张这个地区矿场的分布图。"

"你说的是开采宝石的矿场吗？"

"任何矿场都有可能。而且，这只是他生活的某一阶段，其余阶段则截然不同。在摔断腿之前，他一定曾从事过动作幅度更大的工作。你瞧，我们勾勒出了他的故事轮廓。一个动作矫健的人，几乎和杂技运动员一样，后来他受了伤，不得不到矿场谋生。这附近还有什么别的矿？”

接下来两天连续暴雨，他们不得不待在室内。糟糕的天气一结束，她就借了塞拉斯的手机，找了把雨伞走进细雨中。她艰难地爬下树林后的斜坡，然后穿过水稻田走到远处的田埂上，塞拉斯告诉过她那里是信号最好的地方。

她需要联系外面的世界。她的脑海里充斥着太多的孤独。太多的塞拉斯。太多的安南达。

金赛路医院的佩雷拉医生接了电话。他花了好长时间才想起她是谁，得知她正在稻田里给他打电话时大吃一惊。她意欲何为?

她本想要和他谈谈她的父亲，心知自抵达这座岛屿那刻开始，自己就一直在回避关于他的记忆。她为没能在离开科伦坡前致电并拜访他道歉。但电话那头的佩雷拉显得寡言而防备。

“你听起来像是病了，先生。你应该喝很多水。病毒性感冒的症状就是如此。”

她不会将自己的下落告诉他——塞拉斯曾警告过她此事——所以当他第二次问起时她假装无法听清楚，说着：“喂……喂？你还在吗，先生？”随即挂断电话。

*

安尼尔一声不响地移动身体，控制着体内的能量。她的身体紧绷如同弯曲的手臂，脑海中的音乐声震耳欲聋，她正等待旋律中合适的节点，可以张开双臂高高跃起。就是现在，她的头猛然后仰，头发如同黑色的羽翼，几乎垂至腰部。同时她用力伸出手去，往后空翻撑住地板，宽松的裙摆还来不及因重力下垂，她已再次站起身来。

这是绝妙的伴舞音乐——她曾在欢聚时和别人一同随之起舞，痛饮狂欢，仿佛她所有的精力由皮肤散发，但在此刻这不是一场舞蹈，丝毫没有保留舞蹈具有的礼貌与分享的特性。她正在唤醒体内每一处肌肉，蒙住每一条她曾遵循的规则，以心智控制每一个肢体动作。唯有如此，她才能向后跃起，腾空翻转。

她在头上紧紧绑了条围巾以固定耳机。她需要在音乐的驱使下抵达极限与轻灵。她需要轻灵感，但在这里，只有那些清晨或倾盆大雨过后的黄昏你才会有这样的感觉——那时空气清新凉爽，那时踩在湿漉漉的落叶上有滑倒的危险。感觉上她能像一支箭那样迅疾地摆脱自己的肉身。

塞拉斯透过餐厅的窗户看着她。如注视一个素未谋面的陌生人。一个陷入魔障的女孩，月光下的祭司，抹着油脂的窃贼。这不是他认识的那个安尼尔。此时的她回归真我，自己却浑然不觉，而这正是她渴求的状态。不是扑腾在男人俱乐部里的飞蛾，不是骸骨的搬运工或称量员——她也需要这一面的自己，正如喜欢作为情人的那个自己。但此刻随歇斯底里的情歌起舞的是原原本本的她，鼓点驱散了失落，在《来自寒冷之地》①的旋律中，她投注全身心舞出一个情人华丽的告别。她觉得自己对待爱情是如此清醒，才会以毁灭的姿态对待他，对待自己，对待彼此，对待甘苦交织的爱欲：在他们爱情故事的结尾，这欲望被消费，又如敝屣被丢弃。她轻易就哭了起来。对于此刻的她来说，这并不比汗水或者舞蹈中被割伤的脚更重要，她也不会为任何一个原因停下舞步，

---

① 牙买加歌手鲍勃·马利（Bob Marley）的歌曲，Coming In From the Cold。

正如同她不会因情人的咆哮或媚笑改变自己，过去不曾以后也永远不会。

直到精疲力竭几乎无法动弹她才停了下来。她匍匐在地，倚靠着石头。一片树叶将会飘落，发出喝彩的轻响。音乐继续激荡，就像血液会在刚死的尸体内继续奔流几分钟。她躺在音乐中，感受着脑力的回归，如同在暗中亮起的烛光。不停地呼，吸，呼，吸。

周末的时候，他们都在屋前的花园里，安南达坐下来开始用僧伽罗语和塞拉斯交谈。

“他完成了头部的复原工作。”塞拉斯说，没有向她转身而是继续注视着安南达的脸，“显然，他说，完工了。要是有什么问题，我的建议是我们不要抱怨，他醉得很厉害。别搞欲言又止那套。否则他可能会玩失踪。”

她什么都没说，两个男人继续交谈，蛙声中暮色四合。她站起身来，缓步朝着那片聒噪声走去。她正失神聆听着此起彼伏的蛙鸣，塞拉斯的手搭在她肩头。

“来，我们去看一下。”

“在他醉得不省人事之前？好吧，好吧。不许挑三拣四。”

“多谢。”

“我迁就他。我迁就你。什么时候轮到你们迁就我？”

“我以为你不喜欢被迁就。”

“那就时不时，给点小恩惠。”

院子的泥地上插着一只细树枝扎的火把。“水手”的头放在椅子上。别无他物，只有他们两人和那个头像。

火光让面容看似动了起来。但真正触动到她的是——这个感觉自己熟悉“水手”所有身体构造的她；在他死后陪他、隔着生死与他相伴，夫同穿山越岭的她；班德勒韦勒的旅馆中，当他被放置在桌子上时，那个彻夜睡在椅中的她；那个知晓他从小留下的每一处伤痕的她——这头像不仅仅是某人可能具有的长相，而是一个特定的人。它展示了鲜明的个性，就如塞拉斯的面容一样真切。仿佛她终于见到了别人曾在书信里形容过的人，或是她曾抱过的孩子，再见时已长大成人。

她坐在台阶上，塞拉斯向头像走去却又折返，与它保持距离。随即他又转过身去，仿佛无意间和他撞见。而她只是直勾勾地看着它，逐渐接受它。面容中有她如今不常见到的安详。没有焦虑，一张怡然自得的脸。不曾料想它会出自懒散而随性的安南达之手。当她转身的时候发现他已经不见了。

“真安详啊。”她先开口。

“是啊。问题就出在这儿。”塞拉斯说。

“这有什么不对的？”

“我知道，这是他对死者的期望。”

“他比我料想的要年轻。我喜欢他的表情。你的话是什么意思？什么叫‘他对死者的期望’？”

“这儿曾有很多头颅被插在木桩上，情况持续了数年。几年前局势最为严重。它们在清晨被发现，某些人见不得光的暴行，随后亲人们闻讯赶来，将它们取下带回家。将它们裹在衬衫里或者只是揣在怀中。父母的骨肉。这让人痛不欲生。只有另一种情况比这更可怕。那就是家人凭空消失，生不见人，死不见尸。一九八九年，拉特纳普拉地区的学校有四十六个学生和几名职员失踪。抓捕他们的车辆都没有车牌。有人曾在军营见过那辆参与行动的黄色菱帅。事发时清剿叛军及其支持者的行动正进行得如火如荼。安南达的妻子，赛丽莎，正是那时候失踪的……”

“天啊。”

“他最近才告诉我。”

“我……我觉得好惭愧。”

“三年了。他还是没找到她。他以前不是这样的。这就是他复原的面部如此安详的原因……”

安尼尔起身回到漆黑的屋内。她无法再注视那个面容，眼角眉梢都只能看到安南达妻子的痕迹。她坐在餐厅宽大的藤椅中抽泣起来。她不能让塞拉斯看到自己这副模样。当她的眼睛适应了黑暗，看见画像方形的轮廓，安南达就静静站在旁边，穿过黑暗注视着她。

“你在为谁哭泣呢？安南达和他的妻子吗？”

“都是。”她答，“安南达，‘水手’，他们的爱人。还有你那恨不能靠工作累死自己的弟弟。这里只有疯狂的逻辑，没有出路。你弟弟说得对，他曾说：‘你得从这一切中看出滑稽之处来——否则都是无稽之谈。’要不是生不如死，谁会当真这样讲？我们变成了不开化的野蛮人。我曾见过你弟弟一次，在陪古尼塞纳去医院的那天晚上之前。我的割伤很严重，去急救室缝针。你弟弟穿着黑衣服，全身都是血，在看平装书。现在我确定那人就是迦米尼。看见他和你一起出现时就觉得他眼熟。我以为他是个病人，一场未遂谋杀的幸存者。你弟弟在嗑药，对吗？”

“他嗑过很多东西。我不知道现在如何。”

“他这么瘦，需要有人帮帮他。”

“他对自己的所作所为，都是他欣然接受的。他习惯了这种生活。”

“你准备怎么处理那个头颅？”

“他可能来自这些村庄。我可以试下，看有没有人认得。”

“塞拉斯，你不能这么做。你说过……这些村庄里有人失踪了。他们曾被迫处理过那些被斩首的尸体。”

“我们来这里的目的又是什么呢？我们想要确认他的身份，就得从某处着手。”

“求你了，别这么做。”

* * *

他刚才一直站在院子里，听他们用英语交谈。但此刻他站在她面前，并不知晓自己也部分是她流泪的缘由。也不知道她已明白，这面容绝非“水手”的肖像，而是安南达曾在他妻子身上看到的平静，是他希望每个遇难者都获得的安宁。

她本想开灯，但她留意到安南达从不踏足电灯光所及之处。如果光线过于昏暗，他总是在屋里点上火把工作。仿佛电力曾背叛过他一次，他再也不会信任它。或者他可能是热爱电池的那一代人，不习惯过于正式的灯光。只接受电池、火光或者月光。

他上前两步，用拇指拂去她眼睛周围的疼痛和泪痕。从未有人如此温柔地触碰过她的面庞。他的左手柔和而坚定地放在她肩头，就像那晚的急诊室里，护士将手放在迦米尼肩上，或许正因此如此，稍后她才会和塞拉斯提起这段插曲。安南达一手握着她的肩膀让她平静下来，另一只手触碰她的面孔，轻轻揉着因哭泣而紧绷的肌肤，仿佛她也是一尊被塑造的雕像，尽管她知道安南达从未有过这样的念头。她被给予无限的温柔。然后他的另一只手握住她另一边的肩膀，用大拇指轻揉她的右眼。她停止了哭泣。他也随即失去踪影。

她想起来，她和塞拉斯共处这些时间，他几乎从未触碰过她。和塞拉斯在一起，她能感觉到的只是熟稔。而迦米尼在深夜的医院和她握手，那晚他枕着她的大腿打盹则更为私密。她不记得有谁像安南达这样触碰过她，或许，只有拉丽莎。也许还有她妈妈，在她已逝去的童年更遥远的某处。她轻手轻脚走进院子，看到塞拉斯仍旧注视着“水手”的面容。他已和她一样，明白没有人会认出这张脸。因为他们注视的并不是“水手”重塑的面部。

有一次她和塞拉斯走进阿然卡勒森林中的寺庙，在那里逗留了数小时。山洞入口处的岩石上嵌着凸出的瓦楞板，用以抵挡阳光和雨水。山洞另一边是通往泳池的蜿蜒细沙路。每天清晨，一位僧侣用两个小时的时间沿路清扫，拂去一千片落叶。但傍晚时分会有另一千片树叶与无数细枝落在沙上。但正午时分，路面像河水一样澄澈金黄。走在这条细沙路上本身已是种冥想。

森林如此寂静，直到安尼尔想起要侧耳细听才觉察到那些声响。她随即在林间确定了声音的来源，就像用滤网筛过流水般，捕捉到黄莺和鹦鹉的鸣叫。“那些摆脱俗世情爱的人才能营造这样的场所，人需要超脱于七情六欲。”在阿然卡勒的那天，塞拉斯几乎就只说了这一句话。绝大多数时间他都静静走着，沉迷在自己的思绪中。

他们在森林里四处闲逛，发现了几处古建筑遗迹。一条狗跟着他们，她记得西藏人相信没有正确静修的僧侣转世时会投胎为犬类。他们绕回到开阔处，这片空地就像麦田里的打谷场，一块岩壁上安置着一尊小小的佛像，有人砍下一叶芭蕉为它挡去烈日和雨水。他们被森林环绕，感觉如同置身绿色的深井，每当有风吹过树丛，洞口那块瓦楞板就不住摇晃，发出脆响。

她一点都不想走出这样的地方。

君王权贵对俗世的荣华贪得无厌。千古史册留名，处心积虑谋财，他们自以为的真理。但在阿然卡勒，塞拉斯告诉她，十二世纪快结束的时候，智者阿萨迦和他的信徒们数十年离群索居，世人对他们一无所知。他们离世之后，寺庙和森林再无人迹喧扰。而在那些无人居住的岁月里，小径上落叶纷纷，停息了清扫之声。沐浴时的藏红花与苦楝气息也自此散去。安尼尔想，或许这样的阿然卡勒更为动人，他们摆脱爱憎轮回后建造的这些庙宇，因无人打扰而更显微妙。

四个世纪过后，僧侣们开始迁回岩洞，岩洞上方正是寺庙的遗迹。漫长的纪元里，人迹泯灭，神灵隐没。有关寺庙的讯息从人们的记忆里褪去，这里成为一片被遗弃的林海。留存下来的木质佛龛遭虫豸啃噬。一季又一季的花粉淤积于浴池，生命力顽强的草木根植其上，任何过路人都看不到其后那一片幽深：这片幽冥天地是座乐园，无数生灵攀爬于温热的岩石和不知名的植被。

整整四百年，群鸟恳切的歌喉无人倾听。古老的蜂群兀自飞行于半空，嗡嗡作响。在十二世纪开凿的旧井里，天空的倒影下面，一道银光在水中闪烁。

在加勒费斯绿地海滩的那个夜晚，塞拉斯曾对她说：

“帕利帕纳在考古遗迹间穿行，如同那是他前世的旧居——他可以猜测出水上花园的位置，能够动工发掘，重建河岸，在池水里种满白色睡莲。他曾耗费数年时间发掘安努拉德普勒和康提地区的皇家花园。他踏上想象中的台阶，即刻置身一个古老的世纪。站在君王们的树林里，或是西部寺院的某个石头遗迹中间，他想必发现很难将现在这个时代与远古时光区分开来。季节是可以被识别的——通过气温、降雨、湿度、草丛的气息，以及它们焦枯的颜色。但仅此而已。再没有别的参照以标识时间……所以我能理解他的所作所为。那只是他要踏足的下一个台阶——去除既有的藩篱与界限，在大千世界里发现一切，以此探知他未曾目睹的故事。”

“别忘了，他正逐渐失明。最后几年里凭借有限的视力，他认为自己终于看清了曾在字里行间若隐若现的真相。当字句开始从他指尖与眼前隐没，他开始感知到别的东西，就如同色盲能在战争中看破迷彩掩护，看清人的轮廓。他一直独自居住。”

迦米尼大笑一声，他也在听着。

塞拉斯停顿片刻，又继续说下去：“青年时代，帕利帕纳离群索居，独自学习巴利古文和其他语言。”

“但他对女色非常热衷，”迦米尼说，“就像那些把女人藏在各座金屋里的男人。当然你说得没错，他确实独自居住……你说的很可能是对的。”

迦米尼以鹦鹉学舌的方式，表达了他的不敢苟同。他躺在草坪上仰望夜空。波浪的拍击声从加勒费斯绿地沿岸的防波堤上静静传来。他的兄长和这个女人因为自己的插话而陷入沉默，于是他继续说下去。“这曾是个开化的国度。公元前四世纪开始有了‘病患收容所’。在米特勒就曾有过一座，很美。塞拉斯可以带你去遗迹附近转转。还有医务室和妇产医院。十二世纪的时候，医师们被派遣到全国各地，照顾偏远村庄的病患，甚至是居住在岩洞中的苦行僧。要和那些家伙打交道，想必是趟很有意思的跋涉。反正，医生的名字出现在一些岩刻铭文里。还曾有供盲人聚居的村庄。古代文献里有过关于脑部手术的详细记录。那时建立的阿育吠陀诊疗所现今依旧存在——找个时间我会带你去参观。搭火车很快就到。我们曾擅于处理疾病与死亡。我们大可自称掌握过最杰出的医术。如今，我们扛着没有注射过麻药的病人爬楼梯，因为电梯坏了。”

“我想我曾见过你。”

“我不这么认为。我从没见过你。”

“你谁都记不得吧？你有件黑色的外套。”

他笑了。“我们没有闲情去记得什么。让塞拉斯带你去米特勒转转。”

“哦，他带我去过了，还带我去看了一样搞笑的东西。通往山上寺庙的台阶尽头，有一个用僧伽罗语写的指示牌，以前写的是：‘警告：下雨时台阶湿滑危险’。塞拉斯对着它大笑，因为有人涂改了告示上的一个僧伽罗字母，于是就成了：‘警告：下雨时台阶湿滑美丽。’”

“我那个古板的哥哥？他平常可是我们家爱借古讽今的人物。对他来说，我们是城市之所以会衰败的绝佳例证，是导致政治中心波隆纳鲁瓦衰亡的七大因素，是加勒成为主要港口并硬撑到二十世纪的十二个缘由。我和我哥哥，我们没什么共同语言。他觉得我前妻是我撞上的狗屎运。他或许想干她。但没有。”

“别说了，迦米尼。”

“反正，我是没有。没干几次。我忙着别的事呢。送进来的尸体车载斗量。她不喜欢我手臂上消毒液的味道。不喜欢我值班的时候靠药物提神。因为这样的话我和她在一起时就半梦半醒。不是个居家良伴。我会爬进浴缸然后昏睡过去。我的蜜月是在医院里过的。这个国家正分崩离析而我老婆一家抱怨我总不着家。我该熨好衬衫去参加晚宴，等车的时候握着她的手……要是我看到台阶上的告示牌或许也会笑的。危险……美丽……你们俩运气真好，能去那里走走。他——”迦米尼指着暗处，“他随帕利帕纳学艺时曾带我去过那里。我喜欢帕利帕纳。我喜欢他的严厉。他道出了我们这个时代的症结。从不妄语。他怎么称呼他自己来着？”

“碑刻学家。”塞拉斯说。

“一项技能……用以破解碑文。精彩至极！如解剖尸体般研究历史。”

“当然，你哥哥也是做这一行的。”

“这是当然！后来帕利帕纳走火入魔了。你怎么说的来着，塞拉斯？”

“或许是神志错乱。”

“他走火入魔了。那些过度演绎出来的理论，我们必须称其为弥天大谎，都是对所谓言下之意的过度解读。”

“他没有疯。”

“好吧，没疯。和你我一样正常。但事情败露的时候他的同党们没一个为他撑腰。他无疑是我遇见过的唯一的伟人，但对我来说他从来不是什么‘圣人’。你瞧，所有宗教信仰的核心都一直在教导我们不要轻信……”

“塞拉斯起码还去看望他。”安尼尔打断他的话头。

“是吗。他去了？”

“没有，直到上周才去的。”

“这么说，他确实独居。”迦米尼说，“除了金屋里藏着的那三个女人。”

“他和外甥女一起生活。她是他妹妹的女儿。”

安尼尔从沉睡中醒来。屋顶上鸟爪的声响或是远处的卡车将她惊醒。她从发间拿开不再播放音乐的耳机，摸索着找到印有Prince字样的汗衫后向院子走去。清晨四点整。手电筒的光柱笔直照向“水手”的骨骸。他安然无恙。她将手电筒转向椅子，发现头颅不在那里。一定是塞拉斯把它拿走了。是什么将她叫醒？是某个做噩梦的人吗？还是穿黑色外套的迦米尼？她曾一再梦见他。又或许是千里之外的库里斯。当初她在布莱格留下受伤的他离去，也大约是这个时间。她滑稽的恋人。

院子里的光线亮了几分。

屋瓦间刮过一阵风，又一阵更猛烈的风在黢黑高耸的树梢沙沙作响。收拾行装时她没有带任何一张他的照片，对此引以为豪。她在台阶上坐下。她觉得好像听到了鸟鸣，正侧耳细听。随即听到了急促的喘息，就朝安南达的房间跑去，推门进入漆黑的室内。

那是她从未听到过的声响。她跑回去拿手电筒，大声呼喊塞拉斯的名字后又跑回屋内。安南达躺在屋子的角落，拼尽最后仅存的力气用刀捅着自己的喉咙。鲜血沿刀刃滴下他的手指，流过手臂。在手电筒的光亮中，他的眼眸如同鹿。声音不知究竟是从什么地方传来。不是从喉咙。不可能是从他的喉咙。此刻绝对不可能。

“你发现多久了？”塞拉斯赶来了。

“刚发现。我在屋外。从床上撕些布头过来。”

她朝安南达走去。他睁着双眼，一眨不眨，她以为他或许已经死亡。

她等待他眨动眼睛，感觉等了很久。他的手依旧半举着。“塞拉斯，快拿布来！”“好。”她试着从安南达手中拔出刀子，但没有成功，决定随它去。鲜血从他的手肘滴到她的纱笼上，她离得很近，能闻到血腥的气息。她用双腿夹住手电筒，蹲下身的时候光柱向上照射。

塞拉斯开始撕开枕套，将布条递给她，她将布条缠在安南达的颈间。她用宽阔平滑的那面裹住他的脖子，然后紧紧打结。

“我需要一些消毒药水。你知道放哪里了吗？”他拿来后，她将布条浸在药水中，这样药水就能渗入伤口。并未伤及气管。尽管他开始出现呼吸困难，但她必须扎紧绷带，以减少失血。她俯身用手指按住伤口，他手里的刀此刻就在她背后。

“你得打电话给迦米尼，让他派个人来。”

“手机坏了。我到村里打电话去。要是我找不到人，我开车送他去拉那普拉。”

“为我们点盏灯，好吗？在你走之前。”

他回来时提着盏油灯。待他看清了面前的景象，明白在那样的时刻，火光对他们来说过于刺眼，于是调暗了灯芯。

“他一心寻死。”她轻声说。

“不。他只是因为痛失所爱才自寻短见，很多人都是如此。”

她看到面前的双眸中有什么一闪而过。

*

安尼尔不知道塞拉斯什么时候走的。她陪安南达留在房间的角落里，油灯的光笼罩着他们两人。她才是那个该去求助的人。塞拉斯可以和他说话，安抚他。又或许他需要安静？或许吧。或许有女性在场更好。

她起身的时候因踩到血迹而脚步打滑。她走到床边从枕套上扯下更多布条。她在枕头下摸到一个护身符，也把它带上。当她回到他身边时，他双目圆睁，仿佛要吞噬眼前的一切。天啊——他没有戴眼镜，所以他什么都看不清。她在地板上找到了眼镜，开始自我了结的那刻他还戴着眼镜。

她用纱笼抹干双手的血迹，为他戴上眼镜。一瞬间，尽管他的右手依旧握着刀，尽管依旧命悬一线，但他的神志似乎回归了，在她的陪伴下，重返人间。她觉得可以说任何语言，做任何动作，他都能懂得。当他的手按在她肩头，他们因这个动作而心灵相通的那刻发生在多久远的以前？相距不过数小时而已。她把护身符放进他的左手，但他无法也可能不愿意拿住它。他再次渐渐失去知觉，或是陷入沉睡。

对此刻的他来说，一件护身符，一首舞曲又有什么意义？一副眼镜，以及一段亲密关系，亦是如此。这些都只是她自己保持镇定的依凭。她阻挠了他的自我了断。她妨碍了他得偿所愿。鲜血已将绷带浸透。她站起身飞速穿过院子，手电筒的光四处晃荡。她跑进厨房，找到便携式冰箱。她打开冰格，在底层的层层报纸里面，找到了她总是随身携带的肾上腺素。或许它能减缓失血，收缩血管并稳定血压。她用手掌将玻璃瓶搓热。跪在他身旁，她将肾上腺素抽进注射器。他正注视着她，远远看去，仿佛他对她的所作所为毫无兴趣。她将左手按在他胸口，阻止他乱动——她意识到，她正将他推向房间的角落，也将他推往安全地带，尽可能地远离死亡——然后将针扎进他手臂。左手继续按着他，安尼尔从夹在膝间的玻璃瓶中再抽了一管吗啡，又给他注射了一针。当她抬头的时候，他的目光依旧穿过她，凝视着前方。但当药效开始起作用的时候，他的双眼变得脆弱无助。它们缓慢移动，仿佛想要紧紧抓住某个依凭，借以保持清醒。又仿佛他以为自己此刻就可安息，终于可以回归平静。

上午十点，她听到工头和往常一样来到农庄的声响。他来这里称量由七个工人采摘并挑选的茶叶。安尼尔总是跑出房间观看这项仪式。她借以重温孩提时代的回忆。她一直都钟爱茶叶那馥郁的芳香，而那些碧绿的茶叶，她知道再没有什么会比它们更葱茏。她记得参观茶叶和橡胶厂的经历，它们就如同王国，而她想象着长大成人后会想要加入哪一个阵营。夫婿要么经营茶园，要么掌管橡胶生意。不做他选。而他们的家会耸立在孤高的山巅。

塞拉斯没能找到他弟弟，只好开车送安南达去拉那普拉医院。他还没有回来。她站在屋外放磅秤的凉棚里，当茶农走后，她踏上摇摇晃晃的称台，俯身捡起几片细小的绿叶。

前天晚上入睡前，她提了一桶水到安南达房间，跪在地上用双手擦拭地板。她想在他还活着的时候，把这事做完。如果他熬不过那个夜晚，她将无法再次踏足这个房间。她忙碌了半个小时。灯光下血迹呈黑色。擦完后，她到院子里脱下汗衫和纱笼，将它们洗干净。然后才开始擦洗身体——每一寸肌肤、每一缕稀疏暗黑的头发间都能感觉到干涸的血迹。她取下手镯，擦洗手腕，然后把手镯也扔进水桶清洗。她重复将盛满的水桶从井里提上来，当头倒下。她感觉清醒得要发疯，浑身颤抖，想要倾诉。她把衣物留在井边，走进自己房间，想要在睡眠里藏身。精疲力竭之时，她能感觉到井水的冰凉正沁入她的内心，知道它们已渗透骨髓。她的思绪追随塞拉斯和安南达而去，他们的友谊给了她归属感——他们两人乘车离去，他们两人到了医院，一个陌生人试图挽救安南达的生命。她的双手摊开放在身体两侧，几乎没有力气伸手拉过床单盖住自己。天就快亮了，天光照进房间。那时她才逐渐睡去，坚信那个善良的陌生人将会救活安南达。

下午当她睁开眼睛的时候，塞拉斯就在身边。

“他没事了。”

“噢。”她喃喃应答。她将塞拉斯的手贴在脸颊上。

“你救了他的命。多亏你这么快就发现了他，还有那些绷带，肾上腺素。医生说，他没见过几个人能在危急关头应对得这么好。”

“只是运气罢了。我对蜜蜂过敏，所以总是带着肾上腺素。被蜜蜂蛰过后，有些人会无法呼吸。而肾上腺素也可以减缓失血。”

“你该住在这里。而不只是来这里完成‘又一项差使’。”

“这不仅仅是‘又一项差使’！我是下定决心要回来的。我想回来。”

从村里的公路到达农庄要经过一条漫长的碎石路，右边的树荫里藏着一段古老的墙垣。三十码后道路出现分岔。如果你开车的话，可以左拐后停车，就停在靠近茶农的小屋旁。如果你骑车或者步行，右转后继续前行，穿过东侧的小门进入农庄。

这是幢样式古典的房子，已有两百年历史，五代传承。无论从哪个角度看，这幢房子都算不上奢华。房子所处的位置，它对距离的谨慎把控——你在距离房子多远的地方才能打量它，你也看不到什么别人的地界——都让你转为内省而不是试图掌控周围的一切。它永远像是一处隐匿之所，偶然误闯其中，一座桃花源。

你经过顶梁上有怪异斜檐的大门，就到了带围墙的屋前花园，填埋着沙色的泥土。这里有两处荫凉。一处是有遮挡的门廊，一处是参天红木树下的树荫。树下有一张矮矮的石凳。安尼尔在这里度过了很多时光，大树如风弦琴般微微弯曲，将缤纷的光影洒落在沙土之上。

维克拉玛辛格家族的画家去世时多少岁？安南达多少岁？曾因欲望得不到回应而在机场愁肠百结，无法哭喊出内心痛楚的安尼尔又是多少岁？究竟是何种官能的丧失，才会让男人们谦恭有礼却言而无信、口不能语地动物般混沌一生？如果相爱的情侣也会因死亡和执念而结束自己的生命，那世界其他角落里的陌生人又当如何？那些内心不存一丝爱意的人，那些被野心与虚荣诱骗进敌营的人们……

她坐在花园里，身边是香榄树和苦楝树。香榄树的花凋落时总是朝着月亮的方向。苦楝树的细枝她可以折下来剥去树皮，可以用来清洁牙齿，焚烧后则可以驱蚊。这个地方像某位睿智的王子建造的花园。但这位睿智的王子却了断了自己的生命。

他们三人从未谈及农庄的美。尽管这里静谧安逸，浓荫遍布，有高度适宜的围墙，有齐人高的花树，但它只是一处避难所，透着恐惧的气息。但这幢房子，这座铺沙的花园，还有大树，已深植于他们内心。安尼尔将永远无法忘怀她在这里度过的时光。数年之后，她或许会看着一幅版画或素描，心生共鸣，却说不出缘由——直到有人告诉她说，她住过的农庄是画家的家族产业，画家也曾在那里居住过一段时间。但这又和画作有何关联呢？勾勒出裸身送水人轮廓的那几根简练的线条，以及，他与大树间恰到好处的距离，弯曲的枝干与竖琴的形状如此相似。

人可以死于自身的哀恸，一如他可以为国殇献身般轻易。在这个国家，许许多多家庭闭门谢客，或许只在削铅笔的时候才敢喃喃自语。他们或许会听半导体收音机，在天线信号覆盖区域的最边缘，聆听那些微弱的声响。有时候电池用尽一个礼拜之后，他们中会有个人步行前往村里，那片灯光的汪洋！那是座在使用油灯的世纪建造起来的大宅，彼时人们似乎只需应对各自的悲伤。但正是在此处，他们三人追寻着一个国家的往事。“我们这个时代的闹剧，”诗人罗伯特·邓肯曾如此论断，“是所有人的命运正日趋雷同。”①

---

① 摘自罗伯特·邓肯（Robert Duncan）作品集《HD之书》第六章“分享的仪式”（毛毛虫出版社，1967年10月）。

暴风雨从北面向他们袭来。天色漆黑一片，他们坐在红木树下，清风吹动枝干，树影摇摆。只有塞拉斯的情绪受到了暴风雨的影响，他们交谈的时候他的眼睛不停扫视远方。

“来吧，我们进屋去……”

“别走。”他说，“反正已经淋湿了。”

她在石凳上坐下，看着他，看着雨水将他梳得整整齐齐的头发冲散。她觉得这样的暴雨中坐在室外颇为任性，只有小时候才会做出这样的事。她能听到鼓声从村子里传来，几乎被雨声淹没悄不可闻。

“头发乱了以后你看起来很像你弟弟。其实我很喜欢你弟弟。”她倾身向前，“我要进屋了。”

她向门廊走去，走过泥地爬上台阶，将长发抖散，像拧布头一样绞干头发。她匆匆回头瞥了一眼。塞拉斯垂着头，嘴唇蠕动着，就像在和谁说话似的。她知道没有船可以抵达塞拉斯内心，去探寻他在思考些什么。他的妻子？岩洞里的壁画？他面前跳跃的雨滴？她在昏暗的餐厅擦干双臂，将左手举到唇边舔掉手镯上的雨水。

在大雨中，他记起了想要告诉她些什么，关于安南达的事。是他从医院开车回来的路上想到的。不，是关于“水手”。“石墨。”他说，这个词充斥他的脑海，“他或许曾在石墨矿上工作。”

* * *

那个夜晚，午夜过后很久，安尼尔依旧能听到鼓声穿越雨声而来。它的节奏渗入一切。她一直在等鼓声停歇的那刻。

“水手”的头颅，安南达心中的那副面容，已经被送到村里，一个不知名的、不请自来的鼓手寸步不愿离开，开始在它旁边敲起鼓来。安尼尔知道身份被识别的可能非常渺茫。有太多人失踪了。她也知道，想知道他的名字仰仗的并非头像，而是他从事的职业遗留在骨骼上的线索。所以现在她和塞拉斯会去走访该地区有石墨矿的村庄。

鼓声如紊乱的脉搏应和无止息，如将他们引向汪洋的台阶绵延不绝。待到有人说出头像的名字时，鼓声才会停息。但那天晚上，鼓声彻夜未停。

老　鼠

当迦米尼的妻子克丽姗蒂结束婚姻离他而去时，他在家窝了一个星期，四周都是他从未想要的东西：最先进的厨房设备，她买的斑马纹桌垫。在她离去之后，园丁、清洁工和厨子逐渐失去了存在的必要。他遣散了自己的司机。他可以步行去急诊室。恢复单身的第一个星期结束时，他离开那所房子留在了医院，他知道在医院总能找到张床。这样他就可以清晨时分起床，很快开始动手术。他的手会时不时拍击胸口的口袋寻找克丽姗蒂送他的钢笔，他已经弄丢的那支钢笔，但他对过去的生活并无留恋。

他哥哥打来电话，语带关切，他回答说不需要他的关心。那时他已经开始用蛋白饮料送药，以时刻保持清醒好照顾身边那些垂死的伤患。诊断血管损伤时，应格外警觉。若不是他医术高明，他的行为早已被举报。他知道自己在医院的作为是他唯一的社会价值。在此处，他与自己的命运正面相逢，与战争在幕后交锋。他刻意回避与战争相关的新闻。当别人告诉他他的身体开始散发异味时，他不知何故竟为此坐立不安。他囤积大量的“卫宝”牌香皂，一天洗三次澡。

有一次塞拉斯的妻子到急诊部来看望迦米尼，他刚值完班，她伸手挽住他的手臂。她说她和塞拉斯想给迦米尼提供一个落脚处，他不能再这样居无定所。只有她会和他说起这样的话题。他带她去吃午饭，那一餐吃得比过去数月吃得都多，并将她的追问与责难转移到了她的兴趣爱好上。整个进餐过程中他只是注视她的面容和手臂。他尽可能显得谦和有礼，不曾和她有任何身体接触，唯一的触碰是见面时她挽住了他的手。当两人告别时，他没有拥抱她。否则她就会感觉到他是多么消瘦。

他们没有提及塞拉斯。只谈论她在电台的工作，她知道他一直对自己心存好感。他知道自己对她的爱从未止息，她有双一刻不闲的手，在他眼中如此完美的人却毫无来由地缺乏自信。他第一次遇到她是在科伦坡郊外某座花园里举办的化装舞会上。她身穿男式燕尾服，头发梳向脑后。他主动搭话，和她跳了两支舞，因为伪装，她并不知道他的真实身份。那还是数年前，他们都还单身。

那个夜晚，他的真实身份是她未婚夫的弟弟。

舞会上，他曾两度向她求婚。在种着腰果树的露台上，他的脸涂满油彩，身穿褴褛的血魔雅卡装，她对此一笑置之，表示自己已经订婚。本来他们正严肃地讨论战争，所以她以为他的求婚是个玩笑，只为转移话题而已。于是他开始说起自己对他们置身的这座花园知晓已久，曾多次造访。你一定认识我未婚夫，她说，他也常来。但他声称想不起他的名字。两人都觉得热，她解开领结，随它松垮地垂着。“你也一定觉得热吧。穿着这么一身累赘。”“是啊。”池塘里有一截竹筒做的喷泉，注满水后竹筒就会倾斜，他在池边跪下。“别把颜料弄到池塘里，有鱼呢。”于是他解下戴着的头巾，浸湿后开始擦去脸上的油彩。当他起身的时候，她看清了他的面容，她未婚夫的弟弟，而他再次向她求婚。

此刻，数年之后，他的婚姻已不欢而散，他们一同离开餐厅走向她停车的街道。道别的时候他刻意保持距离，不去触碰她，故作潇洒却难掩渴望的凝视，只能对着离去的汽车随意挥了挥手。

迦米尼在医院某间几无一人的病房醒来。他沐浴更衣，旁边的一个病人专注地看着他。天还未亮，主楼道内漆黑一片。他缓步走下楼梯，并没有伸手扶住把手，这年代久远的木纹里藏着无人知晓的隐秘。他经过儿科，传染病科，骨科，走进前院，从街边的小食摊上买来茶和土豆烤肉卷，在院子里那棵鸟声喧哗的大树下全部咽下肚去。除却若干这样的时刻，一天中大部分时间他都在室内度过。他会走出大楼，在长椅上坐坐。他嘱咐实习医生一小时后过来叫醒他，如果他睡着的话。在睡眠和清醒之间只隔着一条颜色黯淡的细线，他总在不经意间跨越。深夜手术的时候，他偶尔会觉得自己切开人体的那瞬只有夜色与星光将他笼罩。他从冥想中醒来，重新回到医院，再次看清自己置身的这幢建筑。他因职责所在而不得不切开陌生人的身体，却连他们的名字都无从知晓。他鲜少开口。他似乎从不与人接近，除非那人身上带着伤口，即便是他肉眼看不到的伤——大厅里有秩序地打着哈欠的人，前来视察时他不愿与之合影的政客。

在他刷洗双手的时候，护士会将病历读给他听。他们喜欢和他共事，尽管他不近人情，却又颇得人缘。当他意识到自己无法挽救正施行手术的病人时，会下近乎冷血的决定。“够了。”他会说，随即走出手术室。某个参与手术人的会说：够了①！他则在移动门前笑了。这几乎算得上是场人际交流。迦米尼知道自己从不是知心好友的材料，闲聊客套的话到他那里会戛然而止。值夜班的护士偶尔会叫醒他寻求帮助。她颇有些惶恐，而他会即刻起身，只围着纱笼就随她去为痛苦不堪的孩子进行静脉注射。随后他再爬回借来的床铺。“我欠你个人情。”他离开的时候护士会这么说。“你不欠任何人人情。需要帮助的时候随时叫醒我。”

---

① 原文是意大利语，意为：够了，住手。

她的灯彻夜不熄。

有时候尸体会被冲上海岸，海浪将它们卷上沙滩。在马特勒沿岸，威娜瓦塔地区，或是拉维尼亚山的圣托马斯公学：那是塞拉斯和迦米尼孩提时代学游泳的地方。这些都是源于政治斗争的谋杀——被害人在高沃尔街或是加勒街的房子里遭受严刑拷打，由直升飞机运到半空，飞到几英里外的海域，被当空抛下。但仅有少数尸体得以回到故土的怀抱，成为呈堂证供。

在内陆，尸体在四条大河中顺流而下：马哈维利河、卡鲁河、克兰尼河以及本托塔河。所有尸体最终都被送到迪恩街医院。迦米尼选择了不必和死尸打交道的工作。他会避开医院南区的走道，因为惨遭蹂躏的尸体会被带到这里等待认领。由实习医生们记录下所有伤口，为尸体拍照留档。即便如此，他还是会每周浏览一遍死者的报告和照片，确认既成事实，指认新近才由腐蚀性液体或尖锐金属造成的伤疤，然后签下他的名字。他开始进行这项工作的时候全赖药力的支撑，对着国际特赦组织的工作人员留给他的录音机快速说话；他会站在窗前以足够的光线看清那些可怕的照片，同时用左手遮住被害人的面孔，手腕处的脉搏剧烈跳动。他大声读出档案的编号，陈述自己的观点，签下自己的名字。一周中最为黑暗的时刻。

他大步远离每星期都会聚集成堆的照片。大门打开，数以千计的尸体蜂拥而来，如被渔网捕获的鱼生，如被撕扯痛殴的猎物。成千条鲨与鳐堆积在走廊里，几条色泽黝黑的鱼依旧徒劳地挣扎着……

如今他们会在拍照时遮盖死者的面容。这样他工作起来更有效率，也避免了认出受害者的风险。

说来好笑，他选择从医是因为他原以为这行业保持着十九世纪的步调。他喜欢那种为所欲为的江湖作派。曾流传过一段关于斯皮特医生的轶事，说他深夜在康提医院动手术时所有的灯都灭了，他把病人搬到停车场的长椅上，以车灯照着病人进行手术。这样的故事记录下一个低调的英雄人物形象。就是这种成就感。他就像那个在一九五三年的某个午后打出经典赛局的板球手那样被铭记，他的名字在街头巷尾被传唱了一两个星期。声名远播。

孩提时代，与白喉殊死抵抗的那几个月里，迦米尼午睡时会躺在软垫上，一心只盼能过上父母的那种生活。无论他从事什么行业，都希望有他们那样的言谈举止与生活节奏。一早起床，一直工作到晚午餐，随后是午睡与闲聊，接着再回办公室，简短逗留片刻。他父亲和祖父的律师事务所占据了格林帕斯路上祖传大宅的一翼。年幼时，他被禁止在工作时间进入那片过道狭窄的神秘建筑，但下午五点钟，他会举着装满琥珀色饮料的玻璃杯，用脚抵住弹簧门走进去。屋里有装文件的矮柜和小小的台扇。他跟父亲的狗打过招呼后，把饮料放在父亲的案头。

这时他的身体猛地被拉高，随即他就坐到了父亲的腿上，父亲粗壮有力的手臂环绕着他。“从头说起吧。”他会说。于是迦米尼开始向他报告一天的探险经历，他白天在学校的事情，回家时妈妈说了什么。幼年时代，他和家人相处时最觉轻松自在。回首过去，家里从未有过激烈言语或是剑拔弩张的气氛。他记得双亲相敬如宾。他们总是在交谈，分享每一个想法，躺在床上，他也能听见交谈的嗡嗡声一刻不停，如同这间大屋与外面世界之间的温柔屏障。后来他才明白，父亲的全部生活都在这座房子里。客户会上门找他。后院有座网球场，周末的时候客人们来和他的家人打网球。

都以为兄弟俩会继承家业。但塞拉斯另立门户，决意不做律师。几年后，迦米尼也不顾家人的反对，进入医学院。

*

妻子离开后的第二个月，迦米尼因精疲力竭而病倒，医院行政部门勒令他休假。他无处可去，那个家已被废弃。他意识到，尽管在最失控的时候，急诊室也已成为他栖身的茧，就如同父母的家。一切对他来说有价值的事情都发生在此处。他在病区睡觉，在医院门口的食摊上买一日三餐。如今他被勒令离开他藏身的世界，离开他为重温童年时代的井然有序而徒手建立的古怪替代品。

他步行前往自己的房子所在的努格伽达区，用力拍打紧锁的大门。他能闻到做饭的香味。一个陌生人出现了，却不愿意开门。“什么事？”“我叫迦米尼。”“所以呢？”“我住在这里。”男人走开了，厨房里传来交谈声。

过了好一会迦米尼才意识到他们打算对他置之不理。他穿过小花园。饭菜的香味实在太诱人了。他从未感到如此饥饿。他不想要回房子，他只想吃一顿家常便饭。他从后门走进屋内。四下打量一番后，他发现他们把这里打理得比他好得多。那个对他置之不理的男人和两个女人住在这里。他一个都不认识。起初他还以为是他妻子让亲戚来这里借住。“我能喝点水吗?”

男人给他拿来一只玻璃杯。迦米尼听到屋内传来孩子的声音，对此感到欣慰，这所房子的每一处都被善加利用。他想起了什么，问是否有邮件送来。他们拿给他一大袋子信件。有一封他妻子寄来的信，他放进口袋。有几张医院寄来的支票。他打开信封，在两张支票背后签上名字，交给那两个女人。另两张他自己留着。女人向他伸手示意，他坐下来和他们一起吃饭。有米糕、椰浆饭、鸡肉咖喱。饭毕，他腆着肚子舒坦地踱到银行。红光满面。他给租车公司打电话订了辆车，在银行开着冷气的大堂等车来。迦米尼坐在司机旁边的位子上。

“到亭可马里。然后去尼拉威利海滩酒店。”

“不去，不去。”

他知道司机会这么说。该地区因叛乱分子出没而危机四伏。“很安全，我是个医生。他们不会对医生动手，我们就像应召女郎。这是用来贴在挡风玻璃上的红十字标志。我雇你一个星期。你用不着喜欢我，也不必以礼相待。我不是那种需要人喜欢的人。停车。”

他下车后爬进后座，需要摊开手脚休息。当汽车摇摇晃晃离开科伦坡的时候他就已沉入梦乡。“沿海岸公路走。”入睡的那刻他喃喃地说，“到奈戈波的时候叫醒我。”

迦米尼和司机走进奈戈波旅馆昏暗不见光的大堂。前台上一盏小台灯照亮了经理的面庞，他正坐在一张画技拙劣的海景壁画前。迦米尼记起了什么，转过身去，透过大门看到了与画中一样的真实海景，他们喝了杯啤酒后继续赶路。快到库鲁内伽拉的时候他让司机改走小路。经过库鲁内伽拉几英里后，他下了车，吩咐司机第二天早上来同一个地方接他。司机费了番功夫才明白他的话。即便如此，他还是想在这里过夜。

他父亲曾带他去过附近森林里的寺庙，就在阿然卡勒。迦米尼还是孩子的时候父亲就带他来了，每隔几年他都会旧地重游。作为军医，他的信仰已荡然无存，但他总能在这里感觉到莫大的安宁。他没带什么行李，只有一件汗衫一条裤子，没有遮阳的伞，没有食物，他开始穿越丛林。当他来到这里的时候，有时会看到它被精心打理过，有时则凋敝破败，如林中时睁时闭的眼眸。

井还在。装着瓦楞板的门廊曾是年事已高的僧侣们休息的地方。他可以在这里过夜。早上他可以在井边沐浴。他把胸前的口袋扣上，这样他的眼镜就不会掉出来弄丢了。

*

一个星期后，迦米尼走出尼拉威利海滩酒店的楼宇，向海边走去。他喝得酩酊大醉。这几天他和厨子、夜班经理和两个打扫空房间的女人都在空空荡荡的酒店里晃荡，每当厨子作势要把她们推进游泳池的时候，女人就尖叫。他们常在大堂里扭打笑闹。他在沙滩上睡着了，醒来的时候身边都是持枪的人，他们正在大笑。

他的纱笼几乎掉落。他以两种官方语言尽可能口齿清楚地说："我——是——个——医生——"接着重又昏睡过去。再次醒来时他在一间全是受伤男孩的营房里。有的十七岁，有的十六岁。有的甚至年纪更小。他原本是来度假的，他对一个带枪的人这么说了。"七点的时候开饭。如果我到七点半还不回去的话，他们就不给我做……"

"知道，知道。但这些……"他伸手朝满屋子的伤患比划了一下，

“这情况，行吗?”迦米尼正在以酒精替代药物，此刻正处于脱瘾中途，所以他不确定此刻醉到了什么程度。他时常昏睡。他会在醒来时发现自己身处陌生人家的花园。他并没有那么渴望沉睡，只是身体有此需要。在梦中，他将尸体从电梯里来来回回地搬进搬出。电梯总让他感到幽闭的恐惧，但比叫人头晕目眩又吱嘎作响的楼梯要强。

当游击队发现他蜷在沙滩上时，海水已经没过他的脚踝。他们要来找的就是那个自称医生的游客。泳池边的女人指给他们沙滩的方向。

迦米尼来回走动，查看军营里的病患。伤口以破布包扎，没有止痛药，没有绷带。他派一个士兵带着他的房卡回他的酒店房间去取床单，可以撕开当绷带，再把塑料袋带来，里面的几样东西或许会派上用场——须后水以及各种药片。枪手回来的时候穿着他的一件汗衫。迦米尼将药片倒在桌上，一一切成四片。语言交流会有障碍。他的泰米尔语说得不够好，他们不会说僧伽罗语。迦米尼和头领之间只凭有限的英语交谈。

时近傍晚，他很饿。他错过了午餐时间，酒店的工作人员从不通融。他让头领派个人去用恐吓的手段为他弄点吃的。希望不会听到有枪声从远处传来。他 开始工作，逐一治疗伤患。

绝大多数人将得以幸存，但会失去一条手臂，或者身体的某些方面受损。穿越亭可马里的简短车程中，他已见识过不少这类创伤留下的印迹。他继续在临时搭建的病房里行医，拿只木箱充当椅子。他坐在一个男孩身边，用床单撕成的布条缚住他的手脚。那些他可以快速完成手术的病人都分派到四分之一片珍贵的药片，这样在手术期间他们会保持亢奋。他惊讶地发现即便分量这么小，药效却会如此强大，一年多以来，他都是整片吞下。病人吃下药片十五分钟后，三个游击队员紧紧按住病人，迦米尼则迅速切开伤口。空气炙热，他已经脱掉衬衫，把布条缠在腕部以防止汗水流向指尖。他需要睡眠，双眼不停颤动，是他支撑不住的信号。而食物依旧不见踪影。他几乎要勃然大怒的时候，干脆在病人身边躺下，蜷起身来睡了过去。

他鼾声如雷。当妻子离他而去的时候，迦米尼曾指责她是因为自己打鼾才离弃他。此刻身边的男孩们悄无声响，他们不会打搅他。

但他被痛苦的喊叫声惊醒。他走到帐篷外就着水龙头洗了把脸。此时，厨师被用自行车带了来，迦米尼一字一句地用僧伽罗语点了十份晚餐供大家分享，并确认厨师会把账记在他名下。这举动改变了周遭的氛围。当大餐端上来时，手术停止了。酒店的工作人员为他送来两瓶啤酒。用餐的时候他想起失踪的林内斯·柯利安医生，怀疑自己是否还能重返科伦坡。

他一直忙到深夜，当他俯身开始为病人治疗的时候，有人在床的另一侧举起科尔曼牌油灯。有些孩子在药效过后陷入神经错乱。是谁将十三岁的孩子送上火线，又是出于怎样的深仇大恨？为某位德高望重的领袖？为某面苍白的旗帜？他必须不断提醒自己这些人的身份。正是他们，派人在喧闹的街道、公车站、水稻田和学校里布下炸弹。迦米尼照料过的病人中就有数百人因此殒命。数千人再也无法独立行走或自行如厕。即便如此。他终究是个医生。一个星期后，他将回到科伦坡继续工作。

午夜过后，他在持枪士兵的护送下沿着沙滩走回酒店。一回房间就发现他在库鲁内伽拉买的闹钟不翼而飞。他爬上没有床单的床，睡去。

他是何时开始与兄长暗自较劲的？就在迫切渴望成为对方，却又无法取代他的那刻吧。迦米尼永远都只是年幼的那个，无从赶超，被昵称为“米亚”。那只老鼠。他也乐于逃避责任，乐于永远置身事外，却又对发生的一切心知肚明。大多数时间里他父母都没有注意到他埋在扶手椅中，读着书，像小狗一样忠诚地竖起耳朵偷听他们的谈话。塞拉斯热爱历史，他们的父亲热衷法律，迦米尼则埋首未知的事物里。年轻时曾想成为舞蹈家的母亲如今编排着他们所有人的生活。对迦米尼来说她一直是个谜团。她流露的爱是不愠不火的喜爱，从未对他另眼相待。他觉得很难将她想象成父亲的爱人。她看来不像是会生女儿的人，只想和屋檐下三个男性共同进退——唠叨的丈夫，明敏过人、必成大器的长子，以及叫人捉摸不透的次子。迦米尼。那只老鼠。

兄弟俩都无意步父亲后尘、加入家族律师行的事实让母亲为所有人的立场辩护——体谅着孩子们的选择，同时还要抚慰丈夫的情绪。费劲心力，他们依旧分道扬镳。塞拉斯投身考古学研究，迦米尼一心扑在医学上，不过最重要的是扑向了家族以外的世界。如今只有关于他不羁言行的传闻会代替他本人回家探望。如果说父母曾经过于疏忽迦米尼的存在，如今他们可以听到一大堆关于他的恶评。他摆明是想让他们放弃自己，最终，他们出于羞愤而放了手。

其实，他曾对那段家庭生活一往情深。尽管后来，和塞拉斯的妻子聊天时她曾反驳道：“什么样的家人会叫一个孩子‘老鼠’？”她会想象少年时代的他，对成人世界的钻营漠不关心，竖着大耳朵，坐在偌大的扶手椅中。

然而他并不介意。以为对所有孩子来说都是如此。他和哥哥已经习惯了享受孤独，习惯了沉默不言。“天呐，这让我发疯。”塞拉斯的妻子说，“你们两个人都让我发疯。”和她的交谈依旧让迦米尼觉得自己的童年时光无可指摘，而她却觉得他只是勉强维生的孤魂，从未能从身边的关爱中获得安全感。“我被宠坏了。”他会说。“你只有在单枪匹马做着自己的事情时才有安全感，你没被宠坏，你是被忽视了。”“我不会耗费余生责怪我母亲没有多多亲吻我。”“你不妨这么做。”

他喜欢自己的童年，他暗自思忖道。他喜欢午后光线幽暗的客厅，喜欢在阳台上追寻蚂蚁的踪迹，喜欢从各个衣柜里翻出衣服来，搭配成戏服穿上，然后在镜子前欢唱。他始终记得扶手椅的富丽堂皇。此时此刻，他就想出门去买把一模一样的椅子，成年人的特权与奇想。每当他寻求支撑，他想起的是这把椅子，而并非父亲或母亲。“我就说这些。”塞拉斯的妻子轻声说。

塞拉斯是父母眼中的天之骄子。他们三人会在晚餐时谈笑风生，而迦米尼则观察着他们的仪态和举止。十一岁时，他已是个优秀的模仿家，例如，可以模仿小狗专注时那种探询的表情。

他依旧喜欢隐藏自己，甚至对自己也是，除了穿着戏服时其他时间很少看向镜中。他曾有个导演业余舞台剧的叔叔，一次当他独自留在叔叔家时，迦米尼偶然发现了几件戏服。他一件件试穿，摇动留声机，然后在沙发上热舞，唱着自己编造的歌曲，直到回家的婶婶打断了他的表演。她只是惊叫道：“啊！原来你爱干这事……”他觉得受到了侮辱，极度困窘。随后的数年间他自认一事无成，导致他更不愿向别人袒露自我。他愈加沉默，不再留意内心那些更为细微敏感的呼求。后来他只在陌生人面前谈笑自若——在舞会结束前的喧嚣里，或是吵闹的急救病房内。这是上天的恩赐。唯有此刻人们才会忘却自我，如同醉心于舞蹈于过分沉迷于技巧，或是在追逐恋情或应对紧急状况时太渴望意识到自身的力量。他可以置身舞台中央却依旧感觉透明无形。他浪荡的声名也自此确立。

童年时代就筑在他与家人之间的壁垒依旧存在。他不想推倒它，也不想恢复宇宙的融洽秩序。他对此并不自知。觉醒将在以后随那场可怕的灾难一同降临，清楚明晰。他会拥抱他的兄长，明白自遥远的童年时代开始，正是这个温和的大哥，激励着他去追寻向往已久的自由与隐遁。多年后，迦米尼会在塞拉斯的身旁，大声向他倾诉这一切，并震惊于自己没有意识到的报复心理。他想，当我们还小的时候，首先需要知道的就是保护自己不受侵犯。我们打小就明白这道理。这条家庭准则一刻不停地回响，像汪洋将岛屿隔绝。于是，年轻人们清瘦如长矛，激愤如吠犬孩子们。正因为如此，我们与陌生人相处才更自在亲密。

“老鼠”坚持在医学院的最后一年离开科伦坡，前往康提就读寄宿制的圣三一学院。如此他就可以在一年中的绝大多数时间里远离家人。他喜欢缓慢的列车摇摇晃晃地带他去内地。他总是热爱搭乘火车，从未买过汽车，也从未学习驾驶，在他二十多岁的时候，醉意蒙眬间将头伸进车窗外的狂风是种莫大的享受，俯身迎向隧道内的轰鸣与恐惧，置身不见底的幽闭空间。他喜欢与陌生人推心置腹，言语幽默。噢，他清楚这一切是病态的——但他并不反感，不反感彼此间的生疏与隐姓埋名的乐趣。

他曾温柔、拘谨、合群。在北方偏远地区的医院工作三年多之后，他将变得更为偏执。他的婚姻在一年后几乎转瞬就终结了，此后他几乎都是孤身一人。手术时他只需要一个助手。其他人可以远远站着观看学习。他从不解释自己做了什么以及正在做些什么。从不是位好老师，但却是最好的示范者。

他只爱过一个女人，娶的却不是她。后来在波隆纳鲁沃附近的战地医院，另一个女人让他动心，她已是别人的妻子。最终他感觉自己置身恶魔船，而他是船上唯一头脑清醒、神志正常的人。战争年代让他如鱼得水。

塞拉斯和迦米尼幼时居住的大宅幽静隐秘，远离科伦坡的烈日，远离车流的喧哗和野狗的骚扰，也远离其他的孩童，甚至听不到铸铁大门落锁的声响。迦米尼记得自己坐在转椅里睡午觉，将文件与书架搞得一片混乱，还有他父亲办公室里那森严的气氛。对迦米尼来说，所有办公室都因掌控复杂的隐秘而变得权威。即便成年后，他走进这样的房间依旧会觉得自惭形秽。银行与律所，更突显了他自己的不确定性，让他感觉如同置身校长办公室，深知无论如何解释，他都听不明白。

我们的成长都历经挫折。迦米尼成年时对本该知晓的事物了解不足半数——他将另辟蹊径去了解这个世界，因为他对寻常途径一无所知。他在人生的绝大多数时间里都是那个在转椅上睡午觉的孩子。正如同他被隐瞒了太多的世事，他自己也成为各种秘密聚集的谜团。

童年时代在祖宅的时候，他会把右眼凑在锁孔上偷看，轻轻敲门，如果没人应答就溜进房内，趁着他们都在午睡，溜进父母的房间、哥哥的房间，叔父的房间。然后赤脚走到床边，注视着熟睡的人们，再眺望下窗外，随即离去。他不会惹什么麻烦。有时也悄无声息地接近一群大人。那时的他已经养成了有人问话才会开口的习惯。

*

一次他住在博拉尔伽穆瓦的婶婶家，婶婶和朋友们在屋子周围狭长的门廊上打桥牌。他举着蜡烛朝他们走去，一手护住烛火。他把蜡烛放在他们右侧大约一码外的边桌上。没人留意到他。他快步回到屋内。几分钟后迦米尼举着他的气枪匍匐在草丛中，从花园一角潜向房屋。他戴着一顶小小的用树叶做成的迷彩帽进一步掩护自己。近得几乎可以听见四位太太叫牌的声音，以及她们心不在焉的闲聊。

他估计她们距离自己有二十码远。将气枪上膛后摆出狙击手的姿势，手肘下垂，两腿摆好角度，确认自己保持平衡与稳定后，开了枪。没有击中任何东西。他再次上膛，继续瞄准。这次他击中了边桌。一个太太抬起头来，四下张望，但什么都没看见。他的目标是用子弹击灭烛火，但第二枪射得太低，距离门廊地板只有几英寸高，并且击中了一个人的脚踝。就在库马拉斯威太太开始喘气的刹那，迦米尼的婶婶抬起头来，看见他正举着气枪直勾勾向她们瞄准。

从失序的少年时代步入振奋人心的工作状态是迦米尼最为开心的时刻。当他第一次接到出诊任务的时候，在前往东北部医院的途中，他觉得自己终于走上了十九世纪的征程。他牢记着自己读过的老皮特森医生的回忆录，他在书中描写了这样的旅程，那想必是，六十年之前的旧事。他的书中还附有版画——牛车行过浓荫的道路，夜莺在水槽边饮水——迦米尼记得有句话写道：

> 我搭乘火车前往马特勒，随后的旅程坐马车与牛车，小号手一路在前，吹奏着小号驱赶沿路的动物。

此刻，内战正酣，他搭乘几乎和牛车一样缓慢的、气喘吁吁的公共汽车，走向几乎一模一样的景致。在他内心某个浪漫的角落，他暗自希望会有小号手在场。

整个东北部地区只有五个医生。拉达沙是主管，负责将他们分派到周边的医院和村落里去。斯坎达是主刀医生，紧急手术时三人手术小组的领导。还有个古巴人，只逗留了一年。还有个叫C什么的眼科医生，比迦米尼早三个月前来报到。“她的医师执照不太可靠，”一星期后拉达沙对其他人说，“但她兢兢业业，我不想让她走。”以及，年轻的毕业生迦米尼，初涉职场。

他们从波隆纳鲁沃的后方医院前往偏远地区的小医院，有些人会在该地驻扎。麻醉师每周来一天，那天就是动手术的日子。别的时间若有紧急手术，他们会临时用氯仿或是其他能找到的药物将病人放倒。他们从后方医院开车前往迦米尼从未听说也无法从地图上找到的地方——阿拉甘威拉，维利坎德，帕拉提亚沃，也会拜访设在盖了一半的教室里的诊所，病人中有妇孺儿童，也有疟疾与霍乱患者。

在东北部那段时光中幸存下来的医生，再不记得有比那更辛苦的时光，自己再没有发挥过比救助那些陌生人更大的作用了，尽管那些人中有些人得以痊愈，有些人的生命则如谷粒从医生的指间滑落。他们中没有任何一个人在此之后投身报酬丰厚的私人执业生涯。在这里，他们知晓了存在的价值。它不是抽象的东西，也不是道德品德，而是身体的技能，赋予了他们救死扶伤的能力。这里没有报纸或光亮的办公桌，也没有漂亮的风扇。偶尔会有本书可读，收音机里时不时会传来僧伽罗语和英语交替的板球赛解说。他们允许在特殊事件发生时或在比赛的关键时刻将一台晶体管收音机带进手术室。如果解说员切换到英语，麻醉师罗瀚会迅速转译成僧伽罗语。他是双语能力最好的医生，因为工作需要他必须要读懂氧气瓶上字体细小的说明。（不管怎么说，罗瀚都是书迷，他经常搭公车去科伦坡的克拉尼雅大学聆听本土或是到访的南亚作家朗读新书片段。）手术区的病人时常在恢复神志的时候发现自己置身板球赛的热烈氛围。

* * *

他们在晚上就着烛光剃须，如王储般容光焕发地入睡。接着他们会在早上五点开始摸黑工作。他们会静躺片刻，回想自己置身何处，试着记起房间的样貌。他们头顶上是蚊帐还是风扇，或者只是卷狮牌蚊香？

他们是在波隆纳鲁沃吗？他们在太多地方奔波，在太多地方入睡。窗外是杜鹃鸟欢闹的鸣叫。或者一辆摩托车经过。喇叭在破晓前就被打开，只发出嗡嗡的杂音。待有人触碰他们的肩膀，医生们才会睁开眼睛，无人说话，如同置身敌军的阵营。四下漆黑一片，更无从知晓自己正身处何方。安帕拉？玛纳皮提亚？

有时他们会醒得太早，才是午夜刚过的三点，他们担心自己无法再次入睡却不到一分钟就已睡去。那些日子里没有一个人失眠。他们睡着时沉得像石柱，保持着倒向床铺、行军床或是破烂草席时的姿势，有时仰面平躺，有时则趴睡，通常会仰面平躺，因为这样就能享受数秒钟休憩的愉悦，以所有的感官，体会睡意袭来的踏实感。

他们在几分钟时间内摸黑穿戴妥当，到走廊集合，那里会有热茶供应。很快他们将驾车前往四十英里外的诊所，微弱的车灯凿开漆黑的天色与丛林，以及沿路看不清的景致，村民点起的火堆时不时在路边闪过。他们会在食摊前停下。在渐亮的天色下用十分钟时间吃完炸鱼饼。只有传递餐具的声响。拉达沙的咳嗽。依旧无人交谈。只有穿过马路为别人递上一杯茶的默契情谊。这些旅程总感觉像是意义非凡的征程。他们为王为后。

迦米尼在东北部地区工作了三年有余。拉达沙会继续留在那儿，建立诊所。而那个执照可疑的眼科医生也永远不会离开边远的医院。在紧急关头，迦米尼曾目睹她一边施行紧急手术，一边向实习医生递送药签和消毒液。除了她出众的相貌，最让别人嫉妒的是她的工作留在病人身上的痕迹。迦米尼喜欢她的病区，每次当他踏入病房，十五张床上的病人都会齐刷刷转过头来，每个人黧黑的面庞上都绑着同样的白色纱布，那都是属于她的勋章。

有人曾给大家带来一本荣格的书。书中有句话被加上了下划线。(他们都有在书上添加批注的习惯。在那些从心理学或临床医学角度说不通的论点旁，有人会写下注解深表震惊。如果某部低俗的小说中提及人力所不能及的伟大功绩或是床笫秘辛，斯坎达，那个外科医生会在该段描写的空白处写道：我曾有过这样的经历……然后更为调侃地补充道：丹布拉，一九七八年八月。另一段场景中，一个男人在酒店房间里遇到一个穿长睡衣的女人，并从她手中接过马提尼，该描写也收到了同样的评价。当斯坎达调往加勒附近的卡拉皮提亚医院工作，负责癌症病区时，他们知道他还会祸害别的书籍，医学书与小说都无法幸免，他是他们几个人中最为凶残的批注狂。）不管怎么说，是麻醉师带来了那本有关荣格的书。有关于他的图片、随笔、评价与生平。有人在这句话下加了下划线：关于此事荣格绝对正确：我们听凭诸神差遣。认同那些差遣你的诸神则是个错误①。

无论这话是什么意思，它都看似一条深思熟虑的警示，他们听凭这句论断在潜移默化中影响着自己。他们都知道这句话谈论的是自尊，当时当地，它早已让他们不堪重负。他们的工作并非出于任何缘由也不服务于政治进程的需要。他们身处的地区远离政府、媒体与金钱欲望。他们来到东北部地区的初衷是在此轮值三个月，尽管这里没有足够的医学设备，没有足够的净水，除了驾车在丛林间穿行时偶尔会有一管炼乳可供啜饮外，再无其他享受，但他们却坚持了两三年，有人停留得更久。这是最好的栖身地。有次，在一口气连做了差不多五小时手术后，斯坎达曾说："重要的是，得生活在必须时刻动用你第六感的地方和情境中。"

迦米尼一直谨记着荣格的警句和斯坎达的感言。数年后，他将把有关第六感这句话作为礼物转赠给安尼尔。

---

① 引自莱昂纳多·卡林顿接受罗斯玛丽·沙利文采访时的谈话。

心跳之间

安尼尔在亚利桑那的实验室里遇到了丽芙，并与她共事。年长几岁的丽芙成为安尼尔最亲近的朋友，多年形影不离。她们并肩工作，如果两人中有谁接到异地的任务，就不停地通电话。丽芙·尼尔德克——安尼尔实在很想知道这算什么怪名字——带安尼尔见识了更为精湛的保龄球技术，酒吧里嘶哑的喊叫，沙漠中的极速飙车，以及夜色中来来回回的飞驰。“Tenga cuidado con los armadillos，señorita.”①

丽芙热衷电影，因汽车影院的消亡与随之不见的露天气氛倍感忧郁。“鞋子啊、衬衫啊，统统脱掉，躺在雪佛兰车的皮椅上——再没有比那更美妙的事了。”所以每周有两到三次，安尼尔会买上烤鸡去丽芙租来的住处。电视机已经被搬到院子里，豪迈地往丝兰树旁一摆。她们会租《搜索者》或是其他任何约翰·福特与弗雷德·金尼曼的电影。她们看过《修女传》、《乱世忠魂》、《五日一夏天》。坐在丽芙的躺椅上，或是一起蜷在双人吊床上，两人注视着黑白银屏上，蒙哥马利·克利夫特沉稳的步态中那细心拿捏的性感。

丽芙家后院的那些夜晚，西部旧时光重演。午夜的空气中依然暑热未散。她们会暂停电影，休息片刻，用花园的自来水管冲凉。三个月时间，她们看完了安吉·迪金森和沃伦·奥茨的作品全集。“我有哮喘病，”丽芙说，“必须成为一位牛仔。”

---

① 西班牙语，意为：小姐，当心犰狳。

她们分享着同一支大麻烟，忘我地投入《红河劫》错综复杂的剧情，分析着蒙哥马利·克利夫特和约翰·韦恩最终决斗前，约翰·爱尔兰那毫无缘由的随意一枪。她们把录像带倒回去又重看一遍。韦恩优雅地转动身躯，脚步几乎不见踉跄，向着那位试图阻止决斗的和事佬朋友开枪。她们跪在电视屏幕前燥热的草丛中，一帧一帧地检查这幕场景，试图在被害人脸上发现对自身不公正下场的愤怒。却似乎一无所得。这是导演安排在次要角色身上的无关紧要的表演，当事人的生死没有交代，在影片剩余的五分钟时间里，也没有人谈及此事。典型的大团圆结局。

“我觉得子弹没有要了他的命。”

“嗯，我们说不准子弹击中了什么部位，霍克斯①切换得太快了。那个人刚抬起手捂住肚子，就倒下了。”

“如果他被击中肝脏，那就难逃一劫。别忘了，那可是一八多少年的密苏里州啊。”

“有道理。他叫什么名字？”

“谁？”

“被击中的男人。”

“瓦伦斯。切瑞·瓦伦斯。”

“切瑞？你是说和杰瑞差不多的名字切瑞，还是说樱桃②，像苹果一样的水果。”

“切瑞·瓦伦斯，不是苹果·瓦伦斯。”

“他是蒙哥马利的朋友。”

“对，蒙哥马利的朋友，切瑞。”

---

① 指电影导演霍华德·霍克斯（Howard Winchester Hawks，1896—1977）。

② 切瑞：原文 Cherry，不用作名字时意为樱桃。

“嗯……”

“我觉得没有射中他的肝脏。看下开枪的角度。弹道轨迹似乎是向上的。我觉得是正中某根肋骨，或者从肋骨擦过。”

“……或许擦过去后干掉了人行道的某个女人？”

“或者是沃尔特·布伦南……”

“不，是人行道上和霍华德·霍克斯有一腿的女人。”

“女人都记性好。他们不知道吗？那些酒吧里的姑娘会挂念切瑞的……”

“你知道吗，丽芙，我们该写本书。《法医看电影》。”

“黑色电影可就难办了。他们的衣服都太松垮，光线又太暗。”

“我要分析《斯巴达克斯》！”

安尼尔告诉丽芙，在斯里兰卡的电影院里，如果出现宏大场面——通常是盛大的歌舞或者是夸张的斗殴——观众就会大声狂喊“重放！重放！”或者“倒带！倒带！”直到剧院经理和放映师被迫服从才罢休。此刻，在更小的屏幕上，在丽芙的院子里，影片来回切换，直到她们完全看清演员的动作。

最让她们牵肠挂肚的影片是《步步惊魂》。在电影开头，李·马文（他曾扮演过列布特·瓦伦斯，和切瑞·瓦伦斯没啥关系）在废弃的恶魔岛监狱里被一个黑吃黑的朋友击中。这个朋友留下他等死，撬了他的女朋友，私吞了他那部分酬劳。结尾当然是马文报仇雪恨。安尼尔和丽芙起草了一封写给电影导演的信，询问他在这么多年过去之后，是否还记得他当初想让子弹击中李·马文身体的哪个部位，他才能够重新站起身来，在片头字幕开始时脚步蹒跚地穿过整座监狱，然后游过小岛和旧金山之间诡谲难测的波涛。

她们告诉导演，那是她们最喜爱的电影之一，她们只是以法医专家的身份提出质询。当她们凑近屏幕细看时，发现李·马文的手飞快地捂住胸口。“看到没，他的右侧身躯行动不便。当他在峡湾里游泳时，他用的是左手。”“天啊，真是部伟大的电影。甚少音乐，诸多静默。”

迦米尼在波隆纳鲁沃的后方医院里度过了驻守东北地区的最后一年。自亭可马里至安帕拉，东部省境内所有病况严重的患者都被送往这里。家族血案，伤寒症爆发，手榴弹致伤，以及在各方谋划的刺杀案幸存下来的伤者。医院永远处于混乱状态——门诊病人都去普外科，住院病人多到住在走道里，从收音机店里请来的技师们正修理着心电图检测仪。

唯一凉爽的地方是血库，血浆冷藏在这里。唯一安静的地方是风湿病科，一个男人正缓慢而无声地摇动巨大的轮子，锻炼他在数月前的事故中受伤的肩膀和手臂。另一个女人孤零零地将患风湿的手浸在一盆温热的蜡中。但在走廊里，墙壁因潮湿而发霉，工人将巨大的氧气瓶滚下推车，轰隆作响。氧气是维系生命的河流，通往新生儿区那些庇佑着婴儿的恒温箱。在这间幼儿聚集的房间之外，穿过医院大楼的保护壳，是一个戒备森严的国度。入夜后叛军控制所有的道路，即便政府的军队也不在夜间行动，贾纳卡和苏丽雅在儿童病房里巡视着他们的病患——这个心脏有杂音，那个饱受痉挛的痛苦——但如果有爆炸或袭击村庄事件发生，他们也会成为医院“急救行动队”的成员，甚至那些新生儿病房的实习医生也会参与伤检分类，或在手术室帮忙。只留下一名实习医生留守。

到北部来的专家们甚少只负责自己专长的领域。他们某天会在儿科，但那星期的剩余时间可能都在帮助控制村庄里爆发的霍乱。如果没有霍乱药剂，他们会按古代医生的方法处理——将一调羹高锰酸钾溶于一品脱水中，然后将溶剂倒入每口水井和每座水池。古法总是奏效。一次，迦米尼曾花四天时间设法保住一个女婴的生命。女婴无法咽下任何东西，喝不下母乳，甚至不能喝水，她开始脱水。他突然想到什么，找来只石榴喂婴儿喝下果汁。果汁被吸收了。他想起他的奶妈曾在歌谣里唱过的事……传说在贾夫纳半岛地区，每个塔米尔家庭都会在院子里种三棵树。一棵芒果树，一棵辣木树，还有一棵就是石榴。烹制咖喱蟹的时候会放辣木树叶去除毒素，石榴树叶泡过的水可以保护眼睛，吃石榴有助消化。芒果则是种美味享受。

当他们听到走廊里传来消息说有座村庄遭到袭击时，迦米尼正和贾纳卡·丰塞卡一起进行儿科手术。他面前的手术台上躺着个小男孩，除了白色短裤外全身赤裸。两个医生为这次手术准备了一星期，他们都未曾尝试过此类手术，术前将柯克林医生撰写的《心脏手术》看了一遍又一遍。他们必须将低温血液输入男孩体内，让他的体温降至二十五摄氏度，直到心脏因体温下降而停止跳动。他们随即开始手术。当他们动刀时，伤患开始送进大厅，他们明白身边的“急救行动组”已投入战斗。

他和丰塞卡继续为孩子手术，只留下一名护士帮忙。番石榴般的小心脏。他们将右心室切开。那天他们俩碰巧值同一趟班近乎奇迹。他们紧张地反复相互质询，确认没有做错什么。他们能听到推车运送着医疗设备或伤患快速经过大厅的声响，但无法确定究竟是哪样。现在他们已听说，发生了大屠杀，三十英里外的村庄被彻底血洗。必须派人去那里确认是否还有幸存者。他们面前的男孩患有先天性二尖瓣膜畸形。漂亮的孩子，当迦米尼为他注射麻醉剂让他陷入沉睡的时候，情不自禁地看向孩子漆黑的眼睛，看到它们正满是信任地仰视着自己。

法洛四联症。即心脏有四个缺陷，因此，如果他们现在不施行手术的话他或许只能活十来岁。漂亮的孩子。迦米尼不会将他独自留在手术室里，趁他沉睡之际背叛他。迦米尼让丰塞卡留下，不允许他去救治别的病人，丰塞卡原本以为自己可以离开："我必须离开，他们一直在叫我的名字。""我知道，这不过是个男孩，对吗？""操，我不是这意思。""你必须留下。"

手术进行了六个小时，迦米尼自始至终陪在男孩身边。三小时后他允许丰塞卡离开。只得由护士来协助他进行旁路介导的逆向操作。他认出她只是个初级实习生，某个医院员工的泰米尔族妻子。她和丈夫上个月才来到这家偏远地区的医院。迦米尼站在孩子身边向她讲解需要做的事。孩子必须由温度更高的血液来恢复体温，而旁路导管必须在精确的时刻移除。法洛四联症。还没有人在这个国家施行过此类手术。

第五个小时，迦米尼和护士开始在他和丰塞卡搭建的旁路系统上进行逆向操作。年轻的护士关注着他的举动，寻找自己或许犯错的蛛丝马迹。但她做得无懈可击，毫无差池，而且显得比他还要更为冷静。"这个吗？""对，我需要你在这里切一道三英寸的浅口。不，往左一些。"她在孩子的身体上切开一道刀口。"不要再做护士了。你会成为一名优秀的医生。"她在口罩后笑了。

孩子一进康复病房，迦米尼就将他留给这名护士照看。他无法信任其他任何人。他带着两台传呼机，嘱咐她有什么不对劲立即联系他。他稍事洗漱后走向分诊病人的乱流。每个人身上都血迹斑斑，只有他除外。

危机需耗费数小时才得以妥善处理。在手术室里他们都穿白色的橡胶靴，所有的门都必须紧闭。如果主刀医生有时因高温而精疲力竭，他会溜进血库的冰柜，在血浆和干细胞中间躲几分钟。由迦米尼接管手术。几乎每个病房都有一尊佛像，沐浴在低瓦数灯泡的微光里，手术室里也有一尊。

现在所有的幸存者都已被送入医院。屠杀发生在凌晨两点，小村庄就在通往拜蒂克洛区的主路附近。他们给他送来的病人是一对九个月大的双胞胎，两人都被击中双掌，右腿也都被子弹射中——所以这根本不是意外，是近距离射击，而且是蓄意为之，然后放任他们死去。母亲已被杀害。几个星期之后，这对孩子的病况将稳定下来，生机洋溢。你会想，他们何罪之有，会经此大难。随即，你又会想，他们何罪之有，要历劫苟活？他们的伤口，尽管细小，却会永远陪伴他们。或许他无法明了的，是这暴行背后煞有介事的邪恶。那天清晨，三十人惨遭杀戮。

拉达沙开车前往村庄，负责尸检，否则家属无法获得赔偿。这个地区的所有居民都一贫如洗。在那些村庄里，要养活七口之家的父亲在木材店忙碌，每天赚一百卢比的工钱。这就意味着他们每人每天有五卢比的伙食费。那点钱只能买一块太妃糖。当政客的喽啰们到访这些省份，享受茶席和午膳，一次要花费四万卢比。

医生要处理各个政治派系的伤患，但却只有一张手术台。当上一个病人被抬走，他们用报纸吸干血迹，用滴露消毒水擦洗桌面，下一个病人就躺上手术台。真正的困难是水，在规模较大的医院，疫苗和其他药物还不断因为时常停电而被丢弃。医生们必须到乡野间搜寻设备——水桶，肥皂粉，洗衣机。“对我们来说，手术钳像黄金之于女人般珍贵。”

他们的医院是中世纪村落般的存在。厨房里的黑板上罗列着每天要为五百位病患提供的烤面包和米饭数量。这还是在大屠杀幸存者被送来前的状况，医生们筹款雇了两个市场书记员充当登记员，他们会跟随医生们走过病区，记录下病人的名字和病症。最常见的病例是毒蛇咬伤，狐狸或猫鼬导致的狂犬病，肾脏衰竭，脑炎，糖尿病，肺结核，以及战争。

夜晚自有它的活力。他醒来时即刻被这世界从不止息的声响吸引。野狗厮打，一个男人跑着去取某样东西，水倒入瓶中。当迦米尼还是孩子时，夜晚总是让他心惊胆颤，确信他和他的床会被黑暗吞噬，所以总是两眼圆睁，直到睡去。他需要嘀嗒作响的闹钟陪伴在侧。最好是有条狗在房间里陪他，或者某个人——一位姨母或者一个打呼的奶妈。如今，无论在值夜班时工作或睡觉，除了病房的灯光外，人和动物的各种响动也让他觉得安心。只有鸟类，白天总在自己地盘上婉转啁啾，晚上却悄无声息。除了那只波隆纳鲁沃的大公鸡，凌晨三点就开始高声嘶喊错误的天亮信号。实习医生们一度试图要了它的性命。

他穿行于医院的各个角落，经过一幢幢楼房，身边空空荡荡。当你从灯柱边经过时，会听见电流的嗡嗡声。只有在夜晚你才会留意这种细响。你注视着灌木丛，感觉它在生长。有人走出来，一边将鲜血倒入排水沟，一边咳嗽。在波隆纳鲁沃所有人都咳得厉害。

他能听见每一种动静。皮鞋或凉鞋踩出足音，他抬起病人时弹簧床垫的振动，安瓿的脆响。他在病房里沉睡的时候，仿佛是某种巨兽的肢臂，各种声音是他与他人之间千丝万缕的牵系。

后来，当他在地区医疗官的办公大楼里辗转难眠，他会步行两百码，经过宵禁中的大街回到医院。在夜间工作台边驻守的护士闻声转过头来，看清他的神色后为他张罗一张空床。不出数秒他就会睡着。

村庄里的诊所内有二十位带着孩子前来的母亲。他们填妥病历后，怀孕的妇女还要接受糖尿病和贫血症的检查。她们排成队往前挪动，医生们和每个妇女交谈，检查她们的表格。在临时拼凑起来的办公桌上，一名护士用报纸将维生素片包好，分发给母亲们。一口高压锅被用作针筒和针头的蒸汽消毒器。

第一个婴儿因为注射而开始尖叫，不出几秒钟，几乎所有的婴儿都开始在充当医疗站的小棚屋里哭嚎起来。大约五分钟后，他们又安静下来：母亲们开始哺乳，并对着自己的孩子展露笑颜，问题得以解决，大家皆大欢喜。这间诊所为该地区四百个家庭服务，同时还要照顾临近地区的三百个家庭。从没有任何卫生部的官员来过这些偏远的村落。

在所有医生眼中，拉达沙是伟大的道德楷模，是正义暴戾的化身。“这里的问题不是泰米尔人，是人性。”他只有三十七岁，头发已经灰白。当他喝酒的时候，会说上一连串深刻的至理名言，如同掌舵经过一片线路明晰的港湾。“如果喝多了，我的肝会闹腾；如果喝少了，我的心就淘气。”

拉达沙几乎以烤土豆维生。他在他那辆吉普车里抽着金叶牌香烟，粘在仪表盘上的风扇悠悠转动。他把纱笼放在手套箱里，可以在任何地方过夜——地区医疗官的办公室，或者朋友家客厅的沙发上。他的体重曾在几个月里骤减了十磅。那阵子他对自己的血压无比关注，每天都要测量，诊所的保留节目就是他在磅秤上称好体重，再检查自己的血糖。他记录下身体状况的变化曲线，依旧像平时一样，开车穿过丛林和士兵驻守的领地去出诊。他的身体处于什么状态都无关紧要，只要他知道自己的状况就好。

迦米尼和拉达沙会在周六清晨听着板球转播驱车回到波隆纳鲁沃。在诊所度过漫长的一天。路的两侧，时不时会有谷物铺在柏油路上晾晒，它们铺得这么窄，汽车经过时难免轧到。一个男人举着笤帚站在附近向经过的车辆示意，提醒司机注意，如果司机不小心轧到了谷物，他就把它们再扫回路中央去。

在后方医院的餐厅里——他在值班间隙有三十分钟的休息时间——一个女人在迦米尼的桌边坐下，喝着她的茶，和他一起吃起饼干来。那是凌晨四点，而他并不认识她。他只是朝她点头示意，觉得不想被人打扰，也倦于交谈。

“我曾在你的手术中帮过忙，几个月以前。发生屠杀的那晚上。”他的思绪往回转动，仿佛已有百年那么久。

“我还以为你被调走了。”

“是啊，我被调走过，然后又回来了。”

适才他丝毫没有认出她来。当他和她一起陪着男孩经历那性命攸关的漫长时光时，她戴着口罩。术前准备时她没戴口罩，他或许只是仓促瞥了她一眼。他们并肩作战，却不知晓彼此姓名。

“你和这里的某个工作人员结婚了，对吗？”她点了点头。她的手腕上有道伤疤。是新添的伤口，否则他会在手术过程中留意到它的存在。

他突然抬头注视着她的脸：“能见到你真是太好了。”

“是啊，我也一样。”她答。

“你去了哪里？”

“他，”——一声咳嗽——“他被派驻到库鲁内格勒。”

迦米尼目不转睛地注视着她，她谨慎地遣词造句的样子。她的面庞年轻而瘦削，肤色黝黑，她的双眸灼灼有光，恍如白昼。

“其实，我经常在病房里遇到你！”

“抱歉。”

“不用。我知道你没认出我来。这也难怪……”突然的停顿。她的手抚过发间，随即是长久的沉默。

“我去看过那个男孩。”

“哪个男孩？”

她低下头，暗自微笑。“我们一起动手术的那个男孩。我去看过他。他们……他们帮孩子改名为迦米尼。我是说他的父母。沿用你的名字。对他们来说，这要费好一番周折，许多官样文章。”

“好啊。这么说我后继有人了。”

“是的，确实如此……现在，我利用业余时间在儿童病区接受培训。”她欲言又止。

他点了点头，突然感觉疲惫。此时此刻，他想要在自己生命里拥有的东西显得如此庞杂。他渴求的一切将牵扯进别人的生活，多年努力或许付诸东流。纠缠。不公。欺瞒。

她看着自己的茶，一饮而尽。

“能遇见你真好。”

“是啊。”

迦米尼甚少以陌生人的眼光审视自己。尽管大多数人都认识他，他却觉得自己对身边这些人来说是无形的。但这个女人与他擦肩，在他几乎空空荡荡的心房激起回响。就如同她曾在手术中担任过的角色一样，她成为他思想与抱负唯一的同路人。后来当他翻转病人的手时，会想起她手腕上的伤疤，她手指拂过头发的样子，以及他想要向她倾诉的事。只可惜，他的心已再也无法踏进这个世界。

*

下午六点查房前有短暂的休息。迦米尼从架子上抽出工作日志簿。自从书记员们负责记录工作后，各项条目变得井井有条——字迹小巧清晰，月份和星期天都用绿色墨水特别标注。他无法记得确切日期，只知道是在屠杀发生期间，所以就在相关栏目内碰运气。找到当天的记录后查阅实习生和护士的名单。

普瑞塞科

瑟伊拉

拉杜卡

布蒂卡

卡什蒂亚

他的手指沿着条目下移，一一比对工作内容，发现了她的名字。

他几乎走了一英里才到达活动现场，身上穿着唯一一件像样的外套。在水上的玻璃屋餐厅内，旅馆提供着和往常一样糟糕的食物。孩子们手举还未点燃的烟花棒等待着，任何庆典都能让他们欣喜若狂。他们一手拿蛋糕，一手拿烟花。拉达沙负责安排烟花的摆放，此刻正在木筏上忙着将轮转烟火和一盒盒礼花摆列成行。迦米尼远远就瞥见了她的身影。

自两星期前一起喝过茶之后，他未曾再见到她。

待她来到他的身边，他看清了那对映着她深色肌肤的红耳环。那是她祖母留给她的，而她男孩一般的短发让他可以看清，小巧的红色宝石，仿佛瓢虫栖在耳垂上。“我不戴的时候，会把它们藏得严严实实。”她说。他们信步朝遗迹走去，远离旅馆的喧闹。告示牌上写着：*请勿入内，勿践踏岩画或拍照。*

在她身后，色彩纷呈的古老图案已支离破碎，他在月光下依旧能够看见岩石上红白相间的边缘。他们在海角这一边观看烟花表演开场。几次壮烈的爆炸突然中断，烟花过早地坠入海中，还有烟花惊险地掠过水面，如燃烧的石块射向旅馆。

他转身看着她。她带褶边的衬衫外披着他的外套。

她觉察到这个拒人于千里之外的陌生人如今真情流露。她必须步步后退，走出他俩在无意间误闯的这座迷宫。他因她的陪伴而心满意足，她美丽的耳朵和耳环，映衬着她另一侧的面庞，他喜欢月光就这样洒在他们身上，同时洒向水面，他也喜欢池水承载着睡莲和倒影的样子。他们置身亦真亦幻的梦境。

她拉过他的手按在她的额头。“感觉一下。感觉到了吗?”“是。”“那是我的大脑。我没你那么醉，所以我比你聪明。即便你没有醉，我或许也比你更清楚这一切。只清楚那么一点。”然后她微笑，他愿意为这个微笑而原谅她说过的所有的话。

她对他说话的语气，不同于手腕上那道伤疤流露的柔弱，也不同于弧形领口的娇羞。

“有些时候，你看着，就像我哥哥的妻子。”他大笑着说。

“那么，你就是我丈夫的弟弟。我将以此礼待你。这也是爱的一种。”

他倚靠在身后的石柱上，它曾是某人的神山，而她倾身向前，他以为她要拥抱自己，但她只是归还他的外套而已。

他记得那天晚上的情景，后来他去游泳，赤裸着投身漆黑的水中，然后爬上已被弃置不顾的水上烟火台。他看见水上的玻璃屋中几道隐约的身影。英格兰女王曾在多年前造访这座旅馆，彼时她还年轻。他坐在那里试图理清思绪，想要忘记她是怎样以精妙至极的姿态消失在人群之中。她又是怎样……

一年以后，他将回到科伦坡并遇到他未来的妻子。迦米尼吗？一个名叫克丽姗蒂的女子向他走来，这样问道。克丽姗蒂。他在学校时结识了她的哥哥。那是在另一场化装舞会上。两人谁也没有乔装，却都隐藏在彼此的过去中。

火车上有几个乘客带着捆好的行李和鸟笼，蹲在走道里。

我才是她该爱的人，迦米尼说。

安尼尔坐在他身边，以为自己将听到一番告解。性格无常的医生即将袒露心迹。引诱异性的惯常手段。但在剩下的旅程中——他正带她去参观之前说过的阿育吠陀医院——他不曾再有任何带挑逗的言语或行为。只有当火车决然地飞驰向隧道的黑暗时，他才将视线从双手转向玻璃窗上的倒影，慢悠悠地开口。他就是以这样的方式向她倾诉，低着头或看向别处，而她只能看着他摇曳的倒影，在重又回到日光下时消失不见。

我时常看到她。比我认识的绝大多数人都要频繁。因为她在电台工作，我的工作时间又不同常人。而且我们还"有关系"……并非恋人关系。恋人意味着两人可以共舞。好吧，或许在我的婚礼上确实算跳过一支舞。《我呼吸的空气》。你记得这首歌吗？浪漫的一刻。毕竟是场婚礼，人们可以互相拥抱。我要结婚了。她已经结婚。但我才是她该爱的人。当我遇见她的那些日子，已经开始嗑药。

迦米尼，你说的是谁？

我一刻不睡。工作得心应手。当她被送到迪恩街医院的时候，我在现场。她喝下了碱液。自杀者之所以选择这种死法是因为，它最为痛苦，所以可能会在中途停手。喉咙被灼烧殆尽，然后是五脏六腑。她已失去意识，即便恢复神志的时候也不知道自己身处何方。我和两个护士一起快速将她送进急救室。

一只手给她注射止痛剂，另一只手用嗅氨刺激她清醒过来。我必须和她说话。在这生命的最后时刻，我不想让她觉得孤独。我给她注射了过量的止痛剂，却又不希望她昏睡。这都出于我的私心。我本该让她昏迷，让她走。但我希望她因我的陪伴而感觉安心。在她身边的人是我，不是他，她的丈夫。

我用拇指撑开她的眼睑，不停摇晃她直到她看清我是谁。但她毫不关心。我在这里，我爱你，我说。她闭上眼睛，在我看来神情带着厌恶。随即她再次陷入疼痛。

我不能再帮你止痛了，我说，我要永远失去你了。她抬起手来做了个抹脖子的动作。

火车被隧道吞噬，他们随着车身晃动，在黑暗中颤动。

她是谁，迦米尼？她看不见他的脸。她触碰他的肩膀，感觉到他朝自己转过头来。他把脸凑近来。她什么都看不清楚，只有模糊的光，明灭不定。

你知道名字又能如何呢？他忿恨地说，但却没有向她提问的意思。

火车在阳光下行驶了几秒钟，随即又驶入另一条漆黑的隧道。

那晚上所有的病区都很忙碌，他继续说道。枪伤患者，还有其他需要动手术的病人。战争期间总是有很多人自杀。起初感到奇怪，但你会逐渐理解。至于她，我想是因为再无法承受。护士留下我陪着她，后来我也被叫去处理伤患。她注射了太多吗啡，昏睡过去。我到大厅里找了个男孩照看她。如果她醒来，他会到D号楼找我。那时是凌晨三点，我不希望他睡着，所以掰开一片安非他明，给了他半片。后来他来找我，说她醒了。但我已经救不了她。

有一扇车窗开着，所以火车的轰鸣愈加震耳欲聋。她能感觉到狂风扑面而来。

你知道她的名字又能怎样呢？去告诉我哥哥吗？

有人踢到她的脚踝，她疼得倒抽一口冷气。

丽芙离开亚利桑那之后，安尼尔有六个多月时间没有她的消息。尽管她曾在道别的那刻保证会写信来。丽芙，她最亲近的朋友。一次，寄来张图案是不锈钢柱子的明信片。邮戳隐约可见是新墨西哥州的克马多市，却没写回邮地址。安尼尔只好认为丽芙已将她抛弃，为着全新的生活，新的朋友。小姐，当心犰狳阿！不过，安尼尔依旧在冰箱上保留了她们在某次聚会上共舞的快照，这个女人，曾与她心心相印，曾与她一起在后院里看电影。她们在吊床里晃悠，她们大口吃着大黄派，她们在凌晨三点醒来，手臂交缠，然后安尼尔驾车经过空空荡荡的街道回家去。

第二张明信片上是锅状天线。依旧没有只字片语也没留地址。安尼尔愤怒地把它扔了。几个月后，当她在欧洲工作时，接到了电话。她不知道丽芙是怎么找到她的。

“这是通非法电话，所以不要提我的名字。我盗用了别人的电话线路。”

（少年时代，丽芙曾盗用小桑米·戴维斯的号码打长途电话。）

“噢，安吉，你在哪呢？你说过要写信给我。”

“我很抱歉。你下次休假是什么时候？”

“一月份。会休息几个月。之后我可能会去斯里兰卡。”

“如果我寄机票给你，你愿意来看我吗？我在新墨西哥州。”

“愿意。嗯，愿意的……”

于是安尼尔回到美国。和丽芙一起坐在新墨西哥州索科罗的甜甜圈店里，这儿距离“巨型望远镜阵”只有一小时车程，它们一刻不停地接收着来自外太空的讯息，聆听亿万年前、亿万里之外的那些存在。而此刻，在此处，她们将彼此生命中的真相直言相告。

原本丽芙说她患了哮喘，因此才搬去沙漠居住一年，从安尼尔的生命里消失。她参与了“地景艺术”项目，住在克马多附近的“电光原野”上。一九七七年，艺术家沃尔特·德·玛利亚在沙漠中一块平原上安装了四百根不锈钢柱子，巍然耸立，绵延一英里。丽芙的首份工作是看护这块场地，强风从荒漠席卷而来，她必须监察暴风雨的情况，因为在夏季，这些柱子会将闪电导向平原。她站在那些柱子间，响雷阵阵。她一心只想化身牛仔。她热爱着西部。

此刻，丽芙在“巨型望远镜阵”附近与安尼尔相遇——林立的天线接收着来自荒漠上方那片外太空的字节信号。她在这些巨大的天穹历史接受器旁栖身。是谁生活在太空的彼端？信号来自多远的远方？是谁居无定所，时日无多？

呵，原来是丽芙。

她们每天都一起去皮廓德披萨店吃饭，面对面坐着。安尼尔觉得空旷的荒漠中那些庞大的望远镜和丽芙挚爱的汽车影院有异曲同工之妙。她们互相倾诉聆听。她爱安尼尔，也知道安尼尔爱她。情同姐妹。但丽芙罹患顽疾。病况日趋恶化。

“你的意思是？”

“我只是不停地……忘事。你瞧，我对自己的病情很清楚。我得了阿兹海默症。我知道自己还不到得这个病的年纪，但我小时候患过脑炎。”

在亚利桑那工作时，没人留意到她的病情。情同姐妹。她却没有在离去时告诉安尼尔真正的缘由。凭借孤注一掷的勇气，她向东前往新墨西哥沙漠。是哮喘，她谎称。彼时她已开始失去记忆，正开始为求生而战。

她们坐在索科罗的皮廓德餐厅，午后的轻声细语。

“丽芙，听我说。你还记得吗？是谁杀了切瑞·瓦伦斯？”

“你说什么？”

安尼尔语速缓慢地重复了一遍问题。

“切瑞·瓦伦斯，”丽芙说，“我……”

“是约翰·韦恩开枪击中了他。记得吗？”

“我以前知道这事吗？”

“那你知道约翰·韦恩吗？”

“不知道，亲爱的。”

居然称她亲爱的！

“你觉得它们能听到我们的谈话吗？”丽芙问，“那些沙漠里的巨型顺风耳。它们也在监听我们的讯息吗？我只是无关紧要的小人物而已啊。”

记忆的某个片段闪回，她语带苦涩地加了一句：“哎，你总是认为切瑞·瓦伦斯会死。”

她死了吗？当安尼尔和塞拉斯说起她的朋友丽芙时，他曾这样问道。

“没有。我发烧那天她给我打了电话，就是我们在南部的那次。我们总是互相打电话，有时哭有时笑，交换彼此的故事，一直说到睡着。她没死，她的妹妹照顾她，就住在新墨西哥州离那些望远镜不远的地方。”

亲爱的约翰·保曼，

我没有您的地址，承蒙费伯—费伯出版社沃尔特·唐纳修先生好意，代为转交此信。我谨代表我本人与同事丽芙·尼尔德克，特来信向您询问您的早期作品《步步惊魂》中的一个场景。

电影开头，也就是序幕部分，李·马文从远处被击中，目测距离为四或五英尺。他向后倒进一间牢房，我们以为他可能没命了。但最终，他成功逃离恶魔岛并那个叫什么来着的海峡到达旧金山。

我们是法医学家，并一直就马文先生何处被击中争执不下。我的朋友认为是击中肋骨，除了肋骨骨折外，只是轻微的皮肉伤。我则感觉伤势要更为严重。我知道时日久远，但或许您能试着回忆下，并就子弹贯穿的位置指点一二，也请回想下，有关马文先生的角色在影片后段中逐渐康复时的反应和动作，您是怎么指导他的。

安尼尔·提瑟拉

敬上

雨夜，在农庄的交谈。

“塞拉斯，你喜欢语焉不详，对吗？即便对你自己也是如此。”

“我觉得清晰明确也未必就代表真相。那不过是单纯的想法，不是吗？”

“我需要知道你的真实想法。我需要拆解分析，弄清来龙去脉。这也是接纳复杂的一种方式。如果能开诚布公，秘密将变得毫无威力。”

“无论以何种方式示人，政治机密都不可能没有杀伤力。”他说。

“但可以消解它周围那种紧张和危险的气氛。你是个考古学家。你知道秘密终将曝光。它就藏在骨骼和沉积物中。”

“它还存在于性格、表情和情绪之中。”

“这是操纵我们人生的因素，不属于真相。”

“对于生命来说，这就是真相。”他静静地说。

“你怎么会干这个行当的？”

“我喜欢历史，喜欢与那些背景融为一体的感觉。如同置身梦境。有人移开一块石头，一个故事随之破土而出。”

“一个秘密。”

“对，一个秘密……我被选中前往中国学习。在那里住了一年。我在中国的活动范围就一块牧场大小。我没有去过其他地方。我在那里生活工作。村民们清理一处山丘时发现了颜色不同的土壤。只是看似简单的发现，但考古学家们组队前往。在颜色各异的灰土下，他们发现了石板，石板下是木板——这种尺寸硕大的木板切割后会被铺在像古代皇宫殿堂那种地方。只不过，这次它们被用作天花板。

“情况就是如此，如我所说，如同置身梦境的一场历练，你的任务是往深广处挖掘。他们派来起重机将木板吊走，并在下方发现了水——一座水墓。三方规模宏大的池塘。漂浮其上的是一位古代君王的漆木棺椁。水上还有二十具棺材，里面是二十位女乐官和她们的乐器。她们为他殉葬，明白吗？演奏着筝、笛、笙、鼓与编钟，她们送他前往先祖的行列。当他们将骨骸从棺材中移出后一一摆放开，发现骨骼上毫无损伤的痕迹因而无法判断这些乐官的死因，没有一根断骨。”

“那她们就是被勒死的。”安尼尔说。

“对，他们是这么告诉我们的。”

“或者窒息而死。也可能被下毒。通过研究骨骼能发现真相。我不知道那时候的中国有无下毒的习俗。那是什么朝代？”

“公元前五世纪。”

“那就是了，他们已经懂得用毒。”

“我们把涂漆的棺材浸泡在高分子溶液中，这样它们就不会散架。漆料由漆树液混合颜料调制而成。来回涂抹了数百层。然后他们发现了乐器。有打击乐器，还有葫芦做成的吹奏乐器，以及中国的古琴！数量最多的则是——编钟。

“这时候历史学家们也来了。道家学派与儒家学派的学者们，还有研究乐器的专家们。我们从水中打捞出六十四口钟。在此之前，还没有发现过来自这个时代的乐器，但大家都知道礼乐是最能代表中国古代文明的仪式和理念。正因为如此，随你下葬的不是你拥有的财富，而是音乐。后来得知，水里发现的巨大编钟以最复杂的工艺制作而成。根据研究，这个国家的不同地区掌握着各自的制造工艺。在那些地区，曾发生过礼乐征伐的故事……

“没有什么可与之相提并论。音乐并非消遣，它是维系世代绵延的纽带，它还具有道德和精神的力量。而打破由岩石、木材与水构成的层层壁垒，发现深埋地下的女子乐队，这经历中隐藏着与之类似的神秘逻辑，你明白吗？你必须理解她们为何会接受这样的一种死亡。通过洗脑，我们这个时代的恐怖分子也相信他们可以为他们的主子献身，从而获得永生。

“在我回国之前，他们举行了一个仪式，所有在当地参与工作的人一起听编钟再次被敲响。当时我派驻的一年即将期满。仪式在晚上进行，当我们聆听的时候，我们的身体可以真切感受到它的存在，飘飘欲仙。每只悬钟都有两个音阶，代表灵魂的两面，相生相克。或许是那些编钟让我成为了考古学家。”

“以二十个女人的生命为代价。”

“浮出水面的，是持有另一种价值观的世界。”

“爱我，就得爱我的乐队。你可以予取予夺。不仅仅是边缘文明，所有文明体系的深处都埋藏着这样疯癫的价值观。你们这些长不大的男人最容易多愁善感。慷慨赴死、无上荣光。我认识一个男人，他因为我的笑声爱上了我。我们甚至没有见过面，也不曾共处一室，他只在磁带上听到过我的声音。”

“后来呢？”

“噢，他是有妇之夫却依旧被我迷得晕头转向，让我深陷爱河。你对这种故事应该不陌生。聪明的女人如何沦为傻瓜，对本应知晓的一切视而不见。到最后我几乎笑不出来了。再没有编钟的仙乐飘飘。”

“你认为，他在还没有遇到你之前，就已经爱上了你？”

“是啊，很有意思。或许是爱上了我的声音。我想他大概把磁带来回听了两三遍。他是个作家。作家啊。他们有足够多的闲工夫给自己惹麻烦。我被邀请主持一位导师举办的论坛，导师是拉里·安吉尔。他是个讨喜风趣的人，他的思路，以及他旁征博引的发散性思维确实让我频频大笑。我们一起坐在台上的长桌前，我介绍他出场，我的麦克风大概没有关，在他演讲时我还一直笑个不停。我和这位前辈一直相处融洽。他就像我最亲密的叔伯，气氛有些暧昧，但绝对柏拉图式。

“我猜这位作家，就是最终成为我朋友的那位，也是个思维发散的人，所以听懂了那些笑话。他之所以订购那些磁带，是因为他对研究地下墓穴什么的很感兴趣，这是个非常严肃的学科，他需要获取资讯，事无巨细。这就是我们的相逢。以磁带为媒。浩瀚宇宙中微不足道的瞬间……我们相恋，度过了三年提心吊胆的时光。”

*

在他们的第一场探险中，安尼尔驾驶着她散发着霉味且好久没洗的白色座驾，前往一家斯里兰卡餐厅。距离库里斯在磁带上听到她的声音，不过几个月时间。他们行驶在傍晚的车流中。

“那么，你很有名吗？”

“并不。”他笑着说。

“略有名气？”

“我得说，除了亲友之外，大概有七十个人认得我。”

“这种地方也有？”

“不确定。谁知道呢。这是什么地方，马斯维尔山?”

“阿奇威。”

她打开车窗大声喊叫起来。

“嘿，大家听着——科学小说作家库里斯·莱特在我车里！还是叫库里斯·错误[①]来着？反正，就是他了！他今天和我在一起！”

“多谢。”

她摇上车窗。“明天我们再看下八卦杂志，看看你有没有被抓个正着。”她又把车窗摇下，这次按着喇叭吸引各方关注。反正他们陷在车流中无处可去。或许从远处看，会误以为两人发生了争执。一个怒气冲冲的女人把半边身子探出窗外，一边对着车内的什么人不停比划，一边试图引起身侧那些过路人的注意。

他气定神闲地安坐在副驾驶座上，看着她挥洒过剩的精力，毫不拘束地将裙子撩至膝上，嘟囔着拉上手刹后又再次将身体探出车窗。此刻她正挥舞双手，大声拍打着脏兮兮的车顶。

后来还有很多相似的时刻值得他铭记——当她尝试卸下他的谨小慎微，当她试图解开他忧心忡忡的愁眉。她将小小的随身听按在他耳朵上，硬要他在欧洲的某条暗巷里起舞。《巴西》。别忘了这首歌。在巴黎的街道上，他和她一起高唱着这句歌词，沿着画在地上的犬形图案起舞。

他坐在那儿，靠着椅背，置身车流，注视她探身车外，一边高喊一边敲打车顶。感觉自己被禁锢于寒冰或铁箱，而她正敲打着边缘表层，试图接近他，想要助他脱困。她的衣衫猎猎飞扬，她回到车内时狂野地笑着，然后亲吻他——她本可以还他自由。但作为一个已婚男人，他早

---

① 库里斯的姓莱特（Wright）与 right 同音，意为正确，所以安尼尔以“错误”这个姓调侃他。

已经将他的真心典当。

最终她还是在布莱格温泉的棕榈汽车旅馆离他而去。除了和她发色一样深的血迹，以及和她肤色一样暗的房间，没有留下任何与她相关的东西供他凭吊。

他躺在昏暗的房间里看着凶器随手臂肌肉的抽搐而颤动。他像丢了桨的小船，飘荡在半梦半醒之间。整个夜晚他都能听见旅馆闹钟的指针不停走动，发出细微的声响。他害怕自己血液中的脉动从此止息，他害怕她敲打车顶试图接近他的声响就此停下。时不时有卡车呼啸而过，车灯胡乱照进房间。他努力抵抗着睡意。平常他更喜欢随波逐流。当他写信的时候，他陷进纸页之间如同踩在水中，不停翻滚。作家就是翻跟头的小丑。(他会记得这句话吗?）如果不是小丑，那就是个锅匠，随身带着上百只锅啊盆啊，还有小块的油布、铁丝、放鹰人的兜帽和铅笔什么的……你背负它们多年，逐一将它们编排到一本小巧得体的书里面。这是收纳的艺术。然后他将再次出发，寻找另一处沼泽。安尼尔，如何才能写一本书。你居然问我怎么写，你这不等于在问什么才是你最需要的东西吗？安尼尔，我想要告诉你……

但她已坐上驶出山谷的夜行巴士，躲在她灰色的法兰绒盔甲中取暖——那件半像斗篷半像披肩的外套。她的双眼贴在车窗边，看着被车灯点亮的树丛掠过窗外。哦，他对她的这个神情再了解不过，争吵之后试图恢复理智的样子。但这已是最后一次。再没有重来的机会。她很清楚，而他也一样心知肚明。当巴士蜿蜒驶进迷雾，经过群山间的一个个村镇，他们之间你来我往的情感角逐，彼此试探性的疏远冷淡，那些最坏和最好的时光，与这段恋情相关的所有回忆，如同被放置在俄克拉荷马州那张灯光明亮的解剖台上，一一得到了清算。

气温下降时安尼尔蜷起身体。但她的眼睛依旧一眨不眨，不想错失与他共度的这最后一晚的每一个时刻。她决意要着重回顾那些施之于彼此的伤害，他们的失败。这是她唯一想要确认的事，尽管她也知道，他们毁灭性的苦恋终将在回忆中走样。

除了司机以外，她是唯一保持警觉的哨兵。她看见野兔跑过。她听见一只夜间出没的鸟砰然撞在车上。这艘漂游的船只内一片黑暗。她将花五天的时间清理自己的办公桌，然后前往斯里兰卡。她在背包的什么地方放了张单子，上面罗列着接下来两个月内所有他能在斯里兰卡找到她的联系电话和传真。她原本想把纸条给他。她绕着他一团糟糕的生活流连不去，他紧抓不放的恐惧，他没有勇气从她那里获取的爱与慰藉。然而，对她来说，他依旧如同一幢美妙的房子，满是不同寻常的暗室，藏着无数种可能，莫名就令她心跳加速。

巴士驶出山谷。她和他一样无法入睡。她和他一样，将维系战局。那些她的名字萦绕在他和他妻子之间的夜晚，他是如何安然入睡的？即便是夫妻间最温柔的关怀也不免牵扯进她的存在，如影随形。她不想再这样下去。如微尘似回声般存在着，像闲置的指南针只向他指示自己的行踪。

除了她，谁还会隔着七个时区在午夜和他说话？仿佛她是寺庙空地上供僧侣们忏悔的石像。好吧，此刻起他们不再受命运编排。他们唯有从过去脱身。

安尼尔不会唱歌，但她记得歌词和旋律。

哦，纽约州大树参天，

金秋时分它们闪闪发光……

来到这里时我不曾尝过忧愁滋味，
但在纽约州我和愁绪撞个满怀。

她低下头，对着心口轻声念出这几句歌词。金秋。忧愁。这旋律多么押韵。

命运之轮

塞拉斯和安尼尔在第三个石墨矿边的村庄里确认了“水手”的身份。他名叫鲁旺·库马拉，曾是采集托蒂酒原液的人，一次从树上摔下来跌断腿后就在当地的矿上工作。村民们记得外乡人前来带走他的那天。他们走进矿道抓捕他，当时正有十二个人在那里工作。他们带来一个“比拉”——某个头上套着麻袋的当地人，麻袋在眼睛部位开了两个口子——专门匿名揭发叛军的同情者。“比拉”就是魔鬼，是幽灵的化身，游戏里用他来吓唬孩子，而他选中鲁旺·库马拉后，鲁旺·库玛拉就被带走了。

现在他们已知道绑架发生的确切日期。回到农庄后他们计划下一步的行动。塞拉斯觉得他们应该继续保持谨慎，获取更多证据，否则他们的工作成果还是可能被否决。他提议由他回到科伦坡，查找下政府的异见分子名单中是否有鲁旺·库马拉的名字，他宣称自己可以获取此类文件。他要过两天回来。他会把手机留给她，但她很可能无法与他联系。所以由他联系她。

但五天后塞拉斯还没有回来。

她心里再次担忧他的安危——他那个担任部长的亲戚，还有他那些关于真相的危险性的观点。她独自一人，在农庄里心急如焚、坐立不安。终于熬到第六天。她设法让塞拉斯的手机恢复工作后给拉特纳普勒医院打电话，但安南达似乎已经出院，回家去了。没有人可以商量。除了她之外只有“水手”。

她拿起电话，走到水稻田边上。

“哪位？”

“先生，我是安尼尔·提瑟拉。”

“啊，不见了踪影的那个。”

“是的，那个游泳健将。”

“你一直没来看我。”

“先生，我有话跟您说。”

“说什么？”

“我有个报告不得不做，但我需要帮助。”

“为什么找我？”

“您认识我父亲。您曾和他共事。我需要找个可以信任的人。可能发生了政治谋杀。”

“你在用手机通话。不要提我的名字。”

“我被困在这里了。我必须回科伦坡。您能帮忙吗？”

“我可以试着安排下。你在哪？”

以前他曾问过同一个问题。她犹豫了片刻。

“先生，我在艾克奈利格达。那座农庄。”

“我认识。”

他挂了电话。

一天后安尼尔回到科伦坡，置身格里高利路反恐部办公楼内的礼堂。“水手”的骸骨已经不在她手里。一辆车到农庄去接她，但佩雷拉博士并不在车上。当她抵达科伦坡的医院时，他前来迎接，伸出手臂拥抱她。他俩在餐厅吃饭时，她向他说明了工作始末。他建议她就此停手。他认为她的工作颇有成绩，但会招惹祸端。“您曾就政治道义发表过演讲。”她说，“当时我听到的观点并非如此。”“那只是演讲。”他这么回答。他们再回到实验室时，“水手”已下落不明。

此刻，站在塞满各色官员的狭小礼堂内，面对人群中那些训练有素、专门镇压暴乱的军人和警察，她感觉自己如同困兽。她要在没有真凭实据的情况下给出报告。这是他们试图诋毁她整个调查项目的手段。安尼尔身边的桌子上摆放着一具古老的骷髅，可能是锅匠。尽管这可能不是她需要的骨骸，但她还是开始讲述各类骨骼分析和鉴定的方法，以及它们与死者职业和出生地区之间的关联。

塞拉斯坐在后排，藏在她视线之外，聆听着她平静的讲解，她的沉稳，她绝对的镇定，她拒绝意气用事的冷静。这是场律师的抗辩陈词，更重要的是，这是一位公民的亲身见证，她不再只是外国来的权威。他听到她说：“我认为，我们有数百位同胞遭到了你们的屠杀。”我们有数百位同胞。塞拉斯暗自思忖。去国十五年，如今她终于又成为我们。

但此刻危机四伏。他能感觉到礼堂内的敌意。只有他是她的同盟。现在他必须以某种方式自保。

在安尼尔和骷髅之间，偷偷藏着安尼尔的录音机，正一字不差地记录下来自官员们的看法和提问，目前为止，她一直彬彬有礼但毫不留情地回答着这些问题。但他能看见安尼尔无法看到的情况——闷热的礼堂内人们已纷纷侧目（他们一定在陈述开始后三十分钟就关掉了空调，这是干扰注意力的老花招），身边议论声四起。他毅然决然地从墙边站起身，走上前去。

"不好意思，请让一下。"

所有人都转头看他。她抬头来，因他突然现身并打断报告而满脸诧异。

"这具骸骨也是在班德勒韦勒的遗址上发现的吗？"

"是的。"她答。

"它上面覆盖着多厚的土？"

"大约三英尺。"

"你能说得更精确些吗？"

"不能。我也认为这与研究毫无关联。"

"这具骷髅被发现的墓穴外面的山体，已经被牲畜、来往人群以及雨水之类的因素破坏，对吗？有人能把这该死的空调打开吗？这么热，谁也没办法把问题想明白。大部分——事实上是几乎所有——十九世纪的古老坟地，无论藏尸所还是坟场，覆盖的土壤都不会超过两英尺厚，对吗？"

她开始情绪激动，但决定保持沉默。塞拉斯感觉到大家的注意力都放在了他身上，众人纷纷在座椅上朝着他的方向转过身来。

他走下阶梯，来到礼堂前面，官员默许他朝着安尼尔走去。此刻他和安尼尔隔桌相望，然后俯下身去，用镊子取出胸腔内的小石块。

“这块石子是在这具骸骨的胸腔内发现的。”

“对。”

“和我们说下古代习俗是怎么做的吧……想清楚再说，提瑟拉小姐，不要只是推论。”

她停顿了片刻。

“请不要以这种方式和我说话。装模作样的。”

“那就说吧。”

“通常，他们掩埋尸体后，会在泥土上摆一块石子。它等于是个标记，当肉身不在了，石子就会掉落。”

“不在？怎么会不在了呢？”

“等一下！”

“那需要多少时间？”

沉默。

“多久呢？”

沉默。

现在他的语速突然变得缓慢。

“一般起码需要九年，不是吗？要九年石子才会掉落，掉进胸腔。对吗？”

“对，但是……”

“对吗？”

“对。但不包括火化的尸体。被焚烧过的那些。”

“但我们连这都无法确认吧，因为上个世纪绝大多数死者都遭到焚烧，包括那些古墓中的尸体。你也知道，一八五六年这里发生过瘟疫。一八九零年再次发生瘟疫。许多死者都被用火烧过。就算你杰出的社会工作调查弄明白了他的职业、生活习惯和饮食偏好，你的这具骨骸看来也有一百年历史了……”

“能够作为证据的骸骨被没收了。”

“说得好像我们这里有很多尸体一样。难道这具就没有被没收的那具重要吗？”

“当然不是这个意思。但被没收的那具死亡时间不超过五年。”

“你口口声声说没收、没收……是谁没收的呢？”塞拉斯问。

“它是我在金赛路医院和佩雷拉博士见面时被带走的。它是在医院丢失的。”

“这么说，是你弄丢了。并非被没收。”

“我没有弄丢它。趁我在餐厅和博士说话的时候，它被拿走了。”

“也就是说你没把它放在可靠的地方。你认为佩雷拉博士会不会与此事有关？”

“我不知道。或许吧。后来我再没见过他。”

“而你本想要证明那具骸骨是新近死亡的。甚至在我们还未掌握证据的情况下？”

“迪亚瑟纳先生，我要提醒你，我是作为人权组织的一员来到这里的。身份是法医鉴识专家。我并不为你效命，也不是你的雇员。我为国际组织工作。”

他转过身去，面向听众慷慨陈词。

“这所谓的‘国际组织’正是受政府邀请前来的，对吗？是这样吗？”

“我们是独立机构。我们的报告不受任何势力左右。”

“你对我们做报告。对这里的政府做报告。这就意味着你是在为政府工作。”

“我希望报告的情况是，有些政府势力可能杀害了无辜百姓。这就是我现在想对你说的事。作为一名考古学家，你应该相信历史真相。”

“提瑟拉小姐，我相信社会应该稳定。而你提出的观点可能会导致政局动荡。你为什么就不能调查下政府官员被害事件呢？请问，可以把空调打开了吗？”

听众席里传来零零落落的掌声。

“我的那具骨骸是一种特定犯罪方式的证据。这才是真正重要的事。‘一个村庄的遭遇代表了许多的村庄，一个受害人可以为无数受害人代言。’记得这话吗？我认为你的立场超出了你的职责范围。”

“提瑟拉小姐……”

“称呼我博士。”

“好吧，‘博士’。我从另一处墓穴里带来了另一具骸骨，是一个世纪前的。为证明存在差异，我要你帮我对它进行法医分析。”

“这简直荒谬。”

“这怎么荒谬了呢？我需要掌握证据，证明确实能从两具尸体上看出不同来。索玛瑟纳！”

他朝着大厅后面的什么人做了个手势。那具骸骨被裹在塑料布里推了过来。

“两百年历史的尸体。”他大声说道，“不管怎么说，考古部的小家伙们是这么推断的。或许你有能力证明我们错了。”

他用铅笔敲击着她的桌子，仿佛一种嘲讽。

“我需要时间。”

“我们给你四十八小时。把你现在介绍的这具骸骨留下，跟索玛瑟纳去大堂，他会护送你的。我警告你，你必须在离开前上交所有研究成果。

二十分钟后，这具骨骸会在门口等你。”

她转身收拾文件。

“请把文件和录音机留下。”

她一下子怔住了，然后从口袋里掏出刚放进去的录音机，把它放在桌上。

“它是我的私人财物。”她低声说，“记得吗？”

“我们会归还的。”

她开始走上台阶，朝出口走去。那些官员连看都不看她一眼。

“提瑟拉博士！”

她在最高一层台阶上转过身来，面对他，确信这是她最后一次正眼看他。

“想回来拿这些东西都是徒劳。赶紧离开这幢大楼。如果需要你，我们会打电话的。”

她迈出大门。大门在她身后啪一声合拢。

塞拉斯留了下来，面对众人开始平静地讲述。

在古尼塞纳陪伴下，他将两具骨骸放上推车，从边门运出去。门后是黑暗的走道，直通停车场。他们一动不动地站了片刻。古尼塞纳什么都没有说。无论发生什么，塞拉斯都不愿再回到那间礼堂。他摸索着寻找开关。日光灯闪烁着亮起时发出噼啪声响，他曾见识过不少这样的大楼。

一排红色箭头将坡道点亮。他们推着载有两具骨骸的推车行进在昏暗中，经过箭头标识时手臂被照得猩红。他想象着安尼尔就在自己头顶上方，相距两层楼的距离，正恼怒地走着，用力甩上她经过的每一道门。塞拉斯知道他们会在每条走道上扣留她，一遍又一遍地检查她的文件，只为激怒和羞辱她。他知道她会被搜身，样品瓶和载玻片被从公文包和口袋里拿走，她被迫脱下再穿上衣物。她要耗费四十多分钟的时间才能通过层层盘查，逃离这幢大楼。他也知道，在这段征程结束的时候，她将一无所有，没有任何资料，甚至那天上午她可能犯傻带进这栋军事大楼的一张私人照片也不会留下。但她会安然离开，这是他全部的愿望。

妻子死后，塞拉斯再也没能找到那条重回这个世界的旧路。他和妻子家的亲戚断绝了来往。未开启过的吊唁信都留在她的书房里。确实，它们也是为她而写。他投身考古事业，在工作中寻求庇护。他组织了奇洛古城的挖掘工作。他亲手教导出来的年轻人们对他的人生际遇知之甚少，因此他和他们共处时最为自在。他演示如何在骨骼上涂抹湿石膏，如何收集云母土样并归档，何时该转移物料，何时又该将它们留在发掘现场。他和他们一同进餐，乐于回答和工作相关的任何问题。对研究领域内已掌握或可推测的理论知无不言。他在自己周围挖掘出鸿沟，将私人生活与外界隔绝开来，每个与他共事的人都对此表示尊重。结束了一整天的海岸挖掘工作，疲惫的他回到自己的帐篷。他四十五六岁，但在弟子们眼中却更为年长。他等到傍晚时分，等其他人都游完泳，才走进水中，投身它漆黑的怀抱。在这昏暗时分，在远离海岸的幽深水域，有时会遇上不让你返回的乱流，不断将你推离海岸。孤身漂浮在海浪之间，他会任凭自己随波逐流，身躯胡乱旋转，仿佛独自起舞，只有留在水面上的脑袋清醒地关注着四周的情况，当巨浪不动声色地席卷而至时，他会潜入水下躲避。

他从小就喜欢海。孩提时代在圣托马斯公学读书时，学校与大海之间只隔着一条铁路。无论他到哪个海岸工作——汉班托特、奇洛或者亭可马里——他会目送渔民们乘坐排筏在暮色中启程，消失于夜色，离开男孩的视线。仿佛离别也好，死亡也好，或者消失不见也好，都不过是去往旁观者目力所不能及的地方而已。

他周遭总是萦绕着各式各样的死亡。他的工作让他感觉自己是维系肉身的速朽与岩画的不朽之间的纽带；或许，更奇妙地，维系着信念与意念的不朽。所以一尊六世纪时代的睿智头像被搬走，或者辛苦举了数个世纪石雕手臂突然垂落，都关乎人类的命运。他曾怀抱有着两千年历史的雕像。也曾将手放置在雕刻成人形的古老而温暖的岩石上。岩石映衬着自己黝黑的肤色，这景象让他获得慰藉。这是他的欢愉之源。毋需来自他人或权贵的说教，而只要将手放置在岩石雕刻成的佛像上，这是拥有生命的岩像，体温随时辰变化，布满孔洞的面庞的面容因雨水或骤然降临的暮色而更改。

岩像的手或许就是他妻子的手。它有相似的肤色和陈旧感，以及熟悉的温柔。凭借她留在房间里的细枝末节，他可以轻易还原她的人生，他们共度的时光。两支铅笔和一条披肩已足够他勾勒并回忆起她的世界。但他俩的生活却依旧被掩埋。她之所以会离他而去的动机，他那些将她驱走的恶习、过错或者缺陷，塞拉斯统统未加探究。他是个仅仅路过一片荒野就能想象出六百年前曾有座议事厅在此处被付之一炬的人，他面向这片空旷之地，通过一道烟熏的痕迹，一个指纹，就可以复原出夜晚的典礼上灯光是如何布置、就座的人们是何种姿势。但他对莱威娜的内心一无所知。这不是因为对她心怀怨恨，他只是再也无法回到那个让他心碎的地方，他曾在黑暗中诉说，假装尚余一线光亮。但此刻，在这个下午，他带着扑朔迷离的真相重回错综复杂的公共世界。他的举止暴露在众目睽睽之下。他知道自己不会被原谅。

他和古尼塞纳将推车顶上斜坡。地道内几乎没有任何空气。塞拉斯拉开了手闸。

“古尼塞纳，去找些水来。”

古尼塞纳点了点头。塞拉斯一本正经的指示里带着恼怒意味。他走开了，将塞拉斯留在半明半昧的昏暗中。五分钟后他带回来一烧杯的水。

“煮过了吗?”

古尼塞纳依旧点了点头。塞拉斯坐在地上喝完水，然后站起身来。“对不起，刚才我觉得要晕倒了。”

“是啊，先生。我也喝了一大杯水才好。”

“干得好。”

他记得古尼塞纳曾如何喝下残留的烈酒，那天晚上他们在康提的公路上救起古尼塞纳，是安尼尔帮忙举着酒瓶。

这次他们坚持了更久的时间，将推车推出了双开的弹簧门，闯入阳光下。

噪声和光线让他差点想要倒退。他们来到了官员们的停车场。几个司机站在树荫下。其余的则留在车内，空调呼呼作响。塞拉斯朝主入口看去，却没有看到安尼尔。此时他已不再确信她能否安然脱身。卡车停在他们身边，准备运送那具要交给安尼尔的骸骨，在塞拉斯的监督下骸骨被装到车上。年轻的士兵们想知道正在发生的一切。这与猜疑无关，纯粹出于好奇。塞拉斯迫切需要片刻的休息和宁静，但也知道这没有可能。这些都是个人提出的问题，而非官方质询。这是从哪里挖掘出来的？它有多少年历史了……唯一可以脱身的办法就是一一作答。当他们开始询问推车上那具骸骨的情况时，他挥动双手挡住脸，把问题留给古尼塞纳。

她依旧没能从楼里出来。他知道，无论她遭遇了什么，自己都不能到楼里找她。她必须独自经历这重重的挑衅、屈辱和难堪。距离最后一次见到她差不多已过去一个小时。

他必须找点事情做。围墙外有个男人在兜售切片的菠萝，于是塞拉斯越过带刺的铁丝网买了几片，再撒上盐粒和胡椒粉混合成的调料。一卢比可以买两片。他可以走进大厅，避开日头，但他不确定是否能信任她的自制力，怕她大发雷霆，使自己陷入更危险的境地。

现在已过去一个半小时。当他第四次转身打探时，看到她出现在门口。只是站着，一动不动，茫然不知自己身处何方，又要去向哪里。

他向她走去，双拳紧握，思绪翻涌。

“你没事吧?”

她垂下双眼，避开他。

“安尼尔!”

她抽回被他握住的手臂。他留意到她手里没有提公文包。没有资料。没有实验器材。他将手探向她胸口摸索她放在外套内袋里的小试管，但已经不见了。她没有回应他的这个举动。尽管是在这样的状态下，她也明白他在找什么。

“我告诉过你，会回到农庄去的。”

“你没回来。”

“这里耳目众多。我弟弟和你说过吧。你一到科伦坡，所有人就都知道了。”

“去你的。”

“现在你必须离开。”

“不用，多谢你。不劳你再费心。”

“带着我给你的那具骸骨，上那辆卡车。和古尼塞纳回船上去。”

“我所有的文件都在这楼里。我必须去拿回来。”

“你永远都拿不回来的。明白吗? 别想了。你得重写一遍。你可以在欧洲购置新的仪器。几乎所有一切都可以重新来过。只有你，必须保住性命。”

“谢谢你的帮忙。那具该死的骷髅你就自己留着吧。”

“古尼塞纳，把卡车开过来。”

“听着……”她瞟了他一眼，“让他送我回家。我没办法走回去。我真的不需要你他妈的帮忙。但我没法走路。在这地方……我……”

“去实验室。”

“天啊，留着你——”

他猛然扇了她一记耳光。他留意到有人围观，她大声喘息，面色如高烧般泛红。

“带着骸骨走，好好研究它。你没有多少时间。不要给我打电话。连夜完成工作。他们两天后才要拿到报告，但你今天晚上就写好。”

她被他的举动惊呆了，慢吞吞地爬上停在她身边的货车。塞拉斯注视着她的一举一动。从车窗将通行证递给古尼塞纳。在货车转弯从他视线里消失前，他看见她低下了涨得通红的脸。

没有了代步的车。他步行走过门口的岗哨，来到街道上挥手拦一辆三轮出租车，把办公室的地址告诉司机。坐在三轮摩托车上你永远都无法觉得安稳放松，一旦注意力不集中就有摔出车外的危险。塞拉斯俯身向前，将脸埋在手掌中，当三轮摩托奋力穿梭于车流之间时，他却想要切断与身边这个世界的联系。

安尼尔爬上跳板，沿着上层甲板向前走去。下午的港口。她能听见哨声和号角声从码头的远处传来。她需要开阔的空间和新鲜空气，不想面对昏暗的船舱。她看见码头上有个带着相机的男人。安尼尔后退几步，躲开他的视线范围。

她知道自己不会在此停留很久，在她内心已毫无留下的念头。鲜血已浸透这里的每一寸土地。屠杀被等闲视之。她记得在纳德赛中心有个女人对她说："我退出民权运动的部分原因是，我已记不清一次次屠杀发生在何时何地……"

现在大约是五点钟。安尼尔找到烧酒瓶，给自己倒了一杯，然后顺着狭窄的阶梯走进船舱。

"一切都没问题吗，小姐?"

"谢谢你，古尼塞纳。你可以走了。"

"是，小姐。"然而她知道他会留下来陪她，藏在船上的某个地方。

她打开一盏灯。这里还有一套器械，归塞拉斯所有。她听到门在身后关上的声音。

她喝下更多烈酒，高声说话，只为能听见昏暗灯光中的回声，感觉不是孤身一人与指派给她的这具古老的骸骨为伴。她用手术刀割开塑料包装纸，将其扯开。她立即就认出了他。但为了确认，她将右手移向脚踝处，摸索数周前的切割在骨头上留下的凹痕。

他把“水手”找了回来。她缓缓将另一盏灯投射到骸骨上。肋骨的骨架如同船身的龙骨。她将手探进胸腔，碰到了藏在那里的录音机，无法置信，此刻还无法相信这一切，直到她按下播放键，话音开始在她周围的空间里回响。她重新掌握了记录在磁带上的证据。他们的质问。而且她又得到了“水手”。她再次将手伸进肋骨间，准备按下停止键，正当她要按的时候，他的声音响了起来，清晰而专注。他低声说话的时候一定是将录音机紧紧凑在唇边。

“我在军事大楼的地道内。只有一点点时间。你也知道了，这不是随便什么骸骨，正是‘水手’。这是你可以证明它来自二十世纪的证据，死亡时间为五年。抹掉这卷磁带。抹掉我说的话。完成报告后准备好在明天清晨五点离开。七点整有一趟航班。有人会开车送你去机场。我希望是我自己但很可能是古尼塞纳。不要离开实验室也不要给我打电话。”

安尼尔将磁带倒回去。她从骸骨边走开，来来回回在船舱内踱着步，再次聆听他的声音。

重新听清这一切。

在加勒费斯海滩，兄弟俩能够悠闲地交谈全都因为她在场。看似是在对她说话。时间过去很久之后，她才意识到他们其实只在跟彼此交谈，并且乐在其中。在他们内心都有重修旧好的迫切愿望，她只是掩饰与借口。那是发生在他们之间的对话，谈论着发生在他们国家的战争，以及他们各自在战争中的作为与今后的打算。回想往事，他们要比自己想象得更为亲近。

如果她现在回到另一种人生里去，回到那个她自己选择的寄养国度，迦米尼和关于塞拉斯的记忆会对她的生活产生多深的影响？她会和亲密的朋友说起科伦坡的这一对兄弟吗？而她就像夹在他们中间的姐妹，阻止他们肆意摧毁彼此的世界？不管她可能置身何处，她是否会想起他们？寻思着这对来自中产阶级的古怪兄弟，为何会在人生的中途踏足水深火热的另一种生活。

她记得那天晚上，他们提到多么深爱自己的国家。尽管身边发生着这一切。没有西方人会明白他们对这片土地的热爱。“但是，我永远都不会离开这里。”迦米尼轻声说。

“美国电影，英国小说——记得它们都是怎么结尾的吗？”那天晚上迦米尼这么问道，“美国人和英国佬坐上飞机离开。完事啦。镜头跟他们一起走。他透过窗户看着蒙巴萨或者越南或者雅加达，看向此刻出现在云层下的某个城市。心灰意懒的英雄。不忘对身边的姑娘说上几句。他要回家了。所以战争，无论它们出于什么缘由，都已终结。对西方世界来说，这点真相已经足够。这或许就是过去两百年间西方政治文学的撰写过程。回家去，写本书，出点名。”

民权组织的工作人员带来了周五的死难者报告——刚刚冲洗出来的黑白照片几乎还未干透，这周共有七人遇害。面容都已被覆盖。报告留在迦米尼窗边的桌上。交接班后他才开始处理这些照片。他打开录音机，开始描述伤口的情况以及伤口可能是如何造成的。当他翻到第三张照片时认出了熟悉的伤口，它们与死亡无关。他将报告留在原地，跑下楼梯，飞奔过走道，前往病房。门没有锁。他开始将覆在尸体上的白布一一扯下，直到看见预料中的面容。自他拿起第三张照片的那刻起，他能听到的声音唯有自己的心跳，怦怦作响。

迦米尼不知道自己在那里站了多久。房间里有七具尸体。他一定能做些什么。他只是还不知道而已。或许他还能做些什么。他看到了酸性液体造成的灼伤，扭曲的腿。他打开存放绷带、夹板和消毒剂的壁橱。他开始用消毒液清洗尸体上暗褐色的伤痕。他可以治愈他的兄长，修复左腿，仿佛他依旧健在般处理每一处伤口，好像经由治疗上百处细小的伤口最终可使他起死回生。

你手肘旁那道长而深的伤口是在康提山骑自行车时摔倒而留下的。而这道疤是我用板球棒打你后留下的。作为兄弟，我们落到了互相提防的地步。塞拉斯，你总是太像个兄长。不过，如果我那时已经是个医生，我还是会比皮查德医生更细致地为你缝合那道伤口。塞拉斯，如今三十年已经过去了。现在已是黄昏——所有人都已回家，只除了我，最不为你所爱的亲人。在这个人身边你从来不能放松，也无法觉得平静。我是你郁郁寡欢的影子。

他朝着尸体俯下身去，开始处理每一个伤口，傍晚的夕阳斜斜地照射进来，将他俩笼罩在一片宽阔的光晕之下。

圣殇像有各种版本。他记得曾见过一尊满含肉欲的圣殇像。一个男人和一个女人，男人已经抵达高潮，女人抚摩着他的脊背，无限包容地看待他身体的变化。那是塞拉斯和他的妻子，她抬起双眸仰视他，他已神魂颠倒，而她的双手一刻不停地轻抚着怀中的身躯。

还有别样的圣殇像。沙维特力[①]的故事中，她苦苦抗争，从死神手中救下自己的丈夫，所以在描述这个神话的骇人绘画作品中，你能看见她死死抱住自己的丈夫，满脸喜色，而他的神情看来惊魂未定，正深陷在死而复生的恐惧之中，这向着爱与生的回归。

但这一尊却是兄弟俩的圣殇像。迦米尼迟缓而纷乱的思绪只明白一件事，这可以是终结也可以是开始，开启他和塞拉斯之间一场永无止境的交谈。如果此刻不对他倾诉，不自我接纳，哥哥将永远从他生命中消失。所以，此刻的他，也是圣殇像的一部分。

他解开哥哥的衬衫，胸膛袒露出来。温柔的胸膛。不像他自己的那样坚硬桀骜。这是如迦尼萨[②]般慷慨的胸怀。以及亚洲人的肚腩。拥有这种胸膛的人该穿着他的纱笼，手拿茶和报纸，悠闲地步入花园或是走上阳台。因为自身性格的原因，塞拉斯向来不与暴力行径正面冲突，仿佛在他内心从未发生过角力与斗争。他让身边的人失去理智。如果迦米

---

① 沙维特力（Savitr）：婆罗门教中掌管太阳活动的天界女神。

② 迦尼萨（Ganesh）：即印度教中的象头神，为湿婆和雪山女生之子，掌管智慧，而他的坐骑正是一只小老鼠。

尼是只“鼠”，那他哥哥就是头“熊”。

迦米尼将温热的手放在塞拉斯沉寂的面容上。他从未担心过自己唯一的哥哥会有怎样的命运，从来都以为自己才会是死于非命的那个。或许他俩都曾各自认定，自己将孤身在亲手营造的暗无天日的生活里跌跌撞撞。他们的婚姻，他们的工作，都发生在政府组织、恐怖分子和叛军混战的这片土地上。他们面前从未有过一线光亮。相反，他们各分东西，另寻寄托。塞拉斯在烈日曝晒的荒野里寻找揭示命运的石头，迦米尼在中世纪般野蛮的急诊室里栖身。只有感觉不到彼此的存在时，两人才最觉自由自在。两人在本质上太过相似，所以永远都无法向对方低头。当有另一个人在场时，两人都拒绝流露丝毫的迟疑或恐惧，只愿展示各自的能力与愤怒。那个叫安尼尔的女人曾在加勒费斯海滩上说：“我永远都无法通过一个人的能力了解他。那什么都说明不了。我只能通过一个人的弱点了解他。”

塞拉斯的胸膛说明了一切。它曾是迦米尼抗争的目标。但此刻，这具身躯毫无防备地躺着。回复它本来的面目。不再是争执的对手，不复是迦米尼拒绝接受的观点。啊，这里似乎有一处长矛造成的伤口。一道小伤，并未割入胸口深处，迦米尼用消毒水清洗后，贴上胶布。

他曾见过一些案例，所有牙齿都被拔光，鼻腔被切开，双眼灌入液体，双耳塞入异物。当他飞奔过医院的走廊，最害怕的是看到哥哥的脸。有些迫害中他们会专门破坏面部。他们有各种卑劣手段让死者遭受侮辱。但他们没有碰塞拉斯的脸。

他们给塞拉斯穿的衬衫有异常宽大的袖子。迦米尼知道原因。他将整条袖管撕开。肘部以下的手臂有多处骨折。

现在天色已晚。房间里如同灌满灰色的水。他走到门口按下开关，七盏顶灯亮了起来。他回到哥哥身边，坐下来陪着他。

一个小时之后，城里某处发生爆炸，死者开始被送进医院。而他依旧留在那里。

卡图戛拉总统穿着白色的棉质衣物，看来十分苍老，和多年来全城张贴的用来美化他的巨幅画像一点都不像。当你看向他本人，看着日渐稀疏的白发下那张消瘦的脸，不管他曾做过些什么，你都会生出恻隐之心。他看来像疲惫至极的惊弓之鸟。过去几天内一直在惶恐中度过，仿佛他的内心已有某种不祥的预感，仿佛某部他无法操纵的机器已经开始运作。但今天是“国家英雄纪念日”。每个纪念日“银发总统”都会做的事就是外出会见民众。他不能放过拉拢民心的机会。

一个星期以前，军警部门的情报组织就曾发出警告，建议他不要出现在人流密集的地方。他确实也保证过不会这么做。但下午大约三点半的时候，人们发现总统已外出接见民众。卡图戛拉特别护卫队的负责人和几个官员跳上吉普车，前去找他。他们相当迅速地在科伦坡人潮拥挤的街道上确认了他的位置，走到他身边，刚在他身后站定，炸弹就在这个时候爆炸了。

卡图戛拉穿着宽松的白色长袖外套和纱笼。脚上穿着凉鞋。左手戴着手表。他在立顿广场停下，在防弹车内发表了简短演说。

名叫 R 什么的人则穿着牛仔短裤和宽松的衬衫。衬衫下面藏着一层炸药，两节金霸王电池和两个蓝色的启动装置。一个由左手控制，一个则由右手控制。第一个开关可以让炸弹待命。等待的时间长短完全由引爆炸弹的人决定。当另一个开关打开，炸弹引爆。要触发爆炸，两个开关都必须打开。按下第二个开关前，你等待多久都可以。或者你也可以关上第一个开关。R的上身穿了比较多的衣物，四道强力尼龙胶带将爆炸物捆在他身上，和炸药一起捆在身上的还有分量不轻的数千颗小钢珠。

卡图戛拉结束立顿广场的演讲之后，乘坐防弹的路虎揽胜前往加勒费斯区的盛大集会。一年前，有位算命先生曾说："他将像摔落地面的碟子般粉身碎骨。"此刻他的车正在双行道上缓缓前行。但他不停走下车来，向民众致意。R骑着自行车在拥挤的人潮中尾随他，他可能推着自行车步行。不管怎样，卡图戛拉此刻身处人民的汪洋。他再次停车，因为他看到一群挥动着标语的支持者正列队从小路走向大街。他想要帮忙指挥。而R，要取他性命的人，早已渗透进卡图戛拉的仆佣圈，被他们熟识。一会儿骑上一会儿推着自行车，R正缓缓向他接近。

全部被军方充公的照片中，有几张记录下了卡图戛拉生命里最后半个小时。有两张是由警方从一幢高楼上拍摄的，有些则是记者拍摄的，这些照片被没收后再未归还也不曾见报。照片中他身穿白色衣服，显得虚弱不堪，开始露出忧心忡忡的表情。大部分照片中他已显老态。过去几年里报章发表的所有照片都美化了他的形象。但在这些照片中，你最先留意到的就是他的衰老——尤其是经由背后那张庞大的硬纸板画像的衬托。在那张理想的画像里，他看来神采奕奕，银发茂密。在他身后，是他防弹的座驾，这是他最后一次从这辆车上走下来。

在人生的最后关头，卡图戛拉计划将来自他的选区的支持者队伍引导至加勒费斯的人群。他原本已开始向自己的座驾走去，但临时改变主意，再次回去指挥队伍。正因为如此，他和他的保镖才会被堵在两个阵营——他的支持者与庆祝英雄纪念日的普通民众之间。如果有人说总统正在他们中间，人潮中绝大多数人会深感意外。"总统在哪呢？"路面上的人群中，唯一能看到的总统形象是那张巨大的人形纸板宣传画，不断上下晃动。

没有人知道R是不是混在这个新的队伍过来的——这看似是最有可能的推测，还是站在方阵和人群相逢的路口。或许他在汽车附近等候。不管是哪种情况，那天他都一直伺机而动，确信自己会在街道上接近卡图戛拉。要携带着绑在他身上的爆炸物和钢珠进入总统府领域是毫无可能的事。保镖们不会手下留情。从没有刺杀者得手。每只口袋内的每根钢笔都会被检查。所以R不得不将所有装备和爆炸物牢牢固定在自己身上，在公众场合内接近他。他不仅是人肉炸弹，还是瞄准手。无论他面对的是谁，炸弹都能将其摧毁。他的眼睛和镜框就是十字瞄准线。他靠近卡图戛拉的时候已经打开了第一个开关。在他层层衣物的深处，蓝色小灯开始闪烁。距离卡图戛拉还有不到五码远的时候，他按下了第二个开关。

“国家英雄纪念日”那天下午四点，五十多人在瞬间殒命，其中包括总统。爆炸的威力将卡图戛拉撕成碎片。爆炸过后所有的问题围绕着最关键的疑问：总统究竟是否已被秘密带离现场，如果确实如此，那又是被警方和军方还是恐怖分子带走的？因为总统消失了。

“总统在哪呢？”

总统特别卫队的负责人，半个小时前被告知总统已外出与人群见面，他跳上吉普车奋力向“银发总统”所在的方位进发，当时他刚走到总统身边并坚持要他坐防弹车回到住处。当炸弹爆炸的时候他居然奇迹般毫发无伤。笔直弹射出去的钢珠射向卡图戛拉，有的停留在他体内，或者穿透他的身体散落在他身后几尺远的柏油路面上。但爆炸声掩盖了钢珠洒落的声响。对幸存者来说，这正是最让他们难以忍受的声音。

所以只剩下他独自站在爆炸的回声散尽后的岑寂之中。方圆二十码内，除了卡图戛拉那张格利佛般的画像，无人幸存。阳光透过纸板上的孔洞投射下来，因为钢珠也穿透了画像。

他身边全是死难者。有政见支持者们，一位占星师，三个警察。防弹的陆虎车就在几码开外。完好无损的车窗玻璃上染着血迹。坐在车内的司机除了耳膜被爆炸的声响震破外，没有受到其他伤害。

街道对面的大楼墙上发现了一些人的血肉，或许是投放炸弹的人的尸骸。卡图戛拉的右手兀自搁在一名已经死亡的警察的肚子上。炼乳罐的碎片洒满人行横道。下午四点。

到四点三十分的时候，所有能被找到的医生都已向科伦坡的急救医院报到待命。暗杀造成了附近一百多名人员受伤。很快，传言在每间病房内开始流传来开，说爆炸发生时总统也在人群中。所以每家医院都严阵以待，准备接收他伤痕累累的遗体。但遗体从未抵达，很久之后，发现了尸体的残骸。

当电话纷纷开始从英国和澳大利亚打来，公众这才知道发生了总统刺杀案，电话那头说卡图戛拉被证实已经送命。不出一个小时，真相传遍全城。

在远方

这尊一百二十英尺高的佛像已在布杜拉瓦格拉矗立数个世纪。半英里开外是更为著名的岩壁菩萨像。你赤足走过正午的炙热，仰望群像。这一区域农耕无望，最近的村庄尚在四英里之遥。这些石塑之躯拔地而起，面容高居云端，白天时成为农夫目力所及之处唯一可见的人类痕迹。它们凝望这片死寂，凝望着枯草中肉眼不可见的喧嚣蝉鸣。为潦草浮生带来一丝恒久之意。

经过漫长暗夜，初升的朝阳将最先为菩萨群像与这尊佛像的头颅染上色彩，随即移向它们石刻的袍裾，并最终掠过树林，扫向沙砾、枯草和石块，照在赤足走向这些神像的人们身上。

这三人抬着细长的竹梯连夜穿过旷野。只有几句轻声交谈，生怕被人发觉。那天下午刚做好的梯子，此刻架在佛像之上。其中一人点了支卷烟塞进嘴里，接着开始沿梯子攀爬。他将炸药塞进石刻的衣褶之间，用卷烟点燃引信。随即他纵身跃下，三人奔跑着，因巨响转过身之后，佛像开始坍塌，他们手拉手低头蹲下，菩萨意味深长的巍峨法相倒向地面，坠入土中。

盗贼用铁杆撬开腹腔却没有发现金银财宝的踪迹，于是他们扬长而去。这不过是破损的石块。并非血肉之躯。这也不是政治行动，或是一种信仰对另一种信仰犯下的罪行。这些人不过是为求果腹，或为他们分崩离析的生活寻求出路。佛像与崖刻周围这片“与世无争”、“洁净无瑕”

之地或许正是实施虐待与毁尸灭迹的场所。因为这里是人迹最为罕至之处，只有寥寥几个农夫与朝圣者出没，于是受害者的尸首被装车后运至此处，焚烧掩埋。在这片旷野之上，佛教及其教义与二十世纪残酷的政治事件正面相逢。

被请来尝试修复佛像的工匠来自南方。他出生于擅长石雕的村落，曾是一位点睛画匠。据考古部门的资料显示——由该部门监督此项工程——他是个酗酒之徒，但要到下午才开始喝。工作和酗酒之间有些许重叠时刻，不过只有在夜晚他才变得不可接近。几年前他失去了妻子。她正是数千失踪者之一。

安南达·乌度伽玛清晨时分就已抵达现场，将施工图钉在地上，向协同工作的七个人指派任务。工人们已经挖出了底座，那里曾放置着佛像的小腿和大腿。它们未遭损坏，被拖出来安置到蜂群飞舞的原野中，等待身躯的其余部位被修复。巨大的受损佛像重建之时，四分之一英里外正在建造另一尊佛像——用来替代被毁坏的神祇。

安南达理应在外国专家们的督导下工作，但这些名家们自始至终不曾露面。有太多政治动乱，也不安全。毗邻的田野中，每天都有尸体被发现，有些甚至不曾掩埋——为它们做好标记，联系有关当局。远至卡普特勒地区发现的遇害者被带到这里，远离家园。安南达目不转睛地监督着一切。他派团队的两个成员负责处理尸骸。雨季到来时，屠杀已经平息，至少这块区域已不再是屠宰场与埋尸所。

安南达的工作方式逐渐显现其复杂与创新。季节变换，暑热交替，雨季的狂风暴雨中，他在壕沟内监督着工作，那就像一具细长的棺椁。找到的石块都放进其中。壕沟内部的栅格被划分成无数一尺见方的格子，石块一旦由负责分类的工头辨别出可能来自佛像的哪个部位，就会被放置到恰当的区域。这一切都是摸索的过程，尽可能精确。他们找到的石块有卵石大小的，也有指关节尺寸的碎片。甄别工作在五月雨季最为肆虐之时进行，石块被投进水洼之中。

安南达带来一些村民参加工作，新来的是十个男人，被人看到从事这样的工作更为安全，否则会被征兵也可能被当成间谍遭到逮捕。他让更多村民参与进来，有男有女。如果他们自告奋勇，他就派活给他们。必须清晨五点抵达，下午两点收工，那之后安南达·乌度伽玛自有他的安排。

女人们分拣石块，石块湿漉漉地从她们手中滑入方格内。雨下了一个多月。雨水停歇的时候，周遭的草丛水汽蒸腾，终于可以听清彼此声音的人们交谈起来，他们的衣服不出十五分钟就已晾干。随后雨水还会再次降临，拥挤的工地上，他们重新栖身于它的声响、静谧与孤独，狂风大声拍击拉扯一块瓦楞板，试图将其卷下棚屋。分拣辨别石块的工作进行了数周，待旱季到来时大部分四肢已组装完毕。现在有一条手臂，五十五英尺长，一只耳朵。双腿依旧安然无恙地放在野蜂飞舞的原野。荒草之中，他们开始将各个部位归拢。工程师前来用二十英尺长的电钻在双足的脚底钻孔，并使肢体就位，直到髋部与躯干之间，肩颈与佛首之间都钻孔打通，以便金属骨骼能够注入其中。

组装的那几个月里，安南达绝大部分时间都花费在头部。他与另外两个人使用了一种熔岩技术。若凑近细看会发现面部有缀补的痕迹。他们原本打算将岩石打磨均匀，让脸部浑然一体，但当安南达看到它的样貌，决定让它保留原样。他转而致力于表现面容的沉着与精美。

地平线上，另一尊佛像逐步伸人天际。而安南达的修复工程则散落在沙土路上。小路向下倾斜，佛首放在整个身躯中最低的地方——这是最后一道组合程序的关键所在。

细雨中五口煮着铁水的大锅嘶嘶作响。男人们拿出事先准备好的波纹管并将铁水注入其中，紧盯着它消失在佛像的脚底。血红的金属熔液在佛身内的管道中流淌而过——巨大绵长的血脉贯通百尺。当它凝固，它将扣住所有肢节。随即又下起雨来，这次连下两天，村里的工人被遣散回家。所有人都离开了工地。

安南达坐在佛首边的椅子里，仰头望天，望向暴雨所来之处。工人们搭建了离地十英尺高的竹制鹰架。现在这个四十五岁的男人站起身来，爬上鹰架俯瞰佛像的面容与身躯，血红色铁水正在内里冷却。

次日清晨他再次到来。雨依旧下着，随即又骤然停歇，热气开始从泥土与佛像中吸取水汽。安南达不断停下来，擦拭他用铁丝固定的眼镜。如今他大部分时间都留在这平台上，身穿塞拉斯数年前送他的印度棉衬衫。纱笼因雨水而沉重黯淡。

他俯视着他们尽力修复的面孔。长久以来他都坚信工匠的创造力。年轻时曾与几位结识。你栖身的艺术旧眠床，他们也曾安睡其上。那里蕴藏某种慰藉。你见证他们的富贵荣华，也目睹他们流离失所。但他始终对他们青睐有加，并更偏爱他们潦倒岁月中的创作。他自己不再设计创造佛像的面孔。创造事关细枝末节。而他在组织这尊佛像的重建工作中花费的努力也无非如此。这张面孔。千百块碎石残片归拢而来，聚集成形，竹子的投影落在它面容之上。终其一生，这尊佛像还不曾感受过人影的投射，直到此刻。它曾俯视炙热的旷野向着遥远北方的绿色梯田蔓延而去。它曾目睹战争，脚下垂死的人们因它的存在而感觉安然或讽刺。此刻阳光照进面容的缝隙中，仿佛它是被粗糙地缝补而成。安南达不会对此加以掩藏。他曾看着别人在另一个世纪里刻下的眼眸，低垂的偌大灰色双眼，无限包容里含着忧愁。此刻他再次接近这双眼睛，它近在咫尺，自己仿佛枯山水庭院中的动物，某个闯入未来的老者。几天之后这张面孔就将高入云端，不再如此屈居他之下：当他在鹰架上走动，身影可以掠过这张面孔。佛眼凹陷处积了雨水，他可以俯身掬水而饮，如珍馐，似珍宝。他注视着曾属于过神灵的眼眸。这即是他的开示。身为工匠的他如今不再敬奉信仰的不可思量。但他知道如若不坚持当一名工匠，就将成魔。周遭的战争就是恶魔的行径，那些复仇的冤魂。

新佛像开光仪式的前夜，供奉之物从邻近村庄送来。佛像耸立，高高越过火光，好似正向黑暗倾过身去。凌晨三时，吟唱转为颂祷，伴随着低回的鼓声。安南达能听见佛赞偈颂，也能听见夜晚出没的昆虫在佛像反射的几道光晕处鸣叫，就像驶进原野的轮辐，光晕洒向篝火，孩童与母亲或坐或眠等待破晓。鼓手们演出归来，在寒夜中大汗淋漓，当他们沿小径而行，双足被油灯的光芒照亮。

佛像完工的日子只有数天之隔，仿佛转瞬就有了两尊雕像——一座是伤痕累累的灰色岩像，一座则是雪白的石膏像——它们正站立在开阔的山谷内隔着半英里的距离相望。

安南达坐在木椅中，人们为他盛装敷粉。他将为新佛像施点睛礼。笼罩在他四周的黑暗抹去了数个世纪的光阴。在国王们的古老岁月中，比如帕拉克拉玛①的朝代，只有君主可以施行这种仪式，那时还会有寺

① 帕拉克拉玛国王（Parakrama Bahu）：1153至1186年间统治斯里兰卡的君主，他兴修水利，规范佛教仪式，大力发展艺术。

庙的舞者边舞边唱，恍若仙境。

差不多四点三十分时，男人们从漆黑的空地上拖来两架长梯，将它们靠在篝火围绕的佛像上。待太阳升起，会看清他们是将梯子搭在伟岸佛像的双肩上。安南达·乌度伽玛和他的侄子已向着夜色攀爬。两人都身穿长袍，安南达还缠着上好丝绸做的头巾。两人都背着布袋。

半空中，置身尘世的微寒，似乎脚下的火光是他与地面之间的唯一关联。再往黑暗看去，能看见曙光正冲破地平线，在树林后升起。阳光照亮绿竹做成的梯子。他能感觉到被阳光温暖的那部分手臂，也能看见它正点亮罩在塞拉斯衬衫之外的锦缎华服——他曾向自己许诺要在清晨的盛典上穿着这件衬衫。他和那名叫安尼尔的女子将永生永世背负塞拉斯·迪亚瑟纳的魂灵。

他比点睛仪式的吉时早几分钟来到佛首面前，他的侄子已经在那里，等待他。安南达曾在一天前爬过这架梯子，所以他知道最得心应手的位置是从上往下数第二级。他用一条缠腰布将自己绑在梯子上，侄子递上凿子与画笔。下方的鼓声已经停息。男孩举起铜镜，映照出佛像空洞的目光。双眸尚未成形，无力洞见。直到它开眼——这向来都是最后描绘或雕凿的部位——它才算成佛。

安南达开始雕刻。用一片椰子壳清除刻下的巨大凹痕里的碎屑，在下方的人们看来，那不过是一道勾勒表情的精妙弧度。他时不时将身体靠在梯子上，放下手臂让血液回流。但两人进展快速，因为阳光很快就会变得毒辣。

他开始凿刻第二只眼睛，尽管还是清晨的温度，织锦华服下已是汗水淋漓。只有绑在梯子上的缠腰带维系他的安危。石膏的粉末四处飞扬——落在佛像的脸颊与肩头，落在安南达身上，落在男孩身上。安南达疲惫已极。仿佛他的血液奇迹般注入这具塑像体内。然而，很快即是佛像脱胎换骨的时刻，当双眼映入镜中，将看见安南达正深深凝视他。第一次也是最后一次如此贴近地瞥见一个凡人。待时辰过去，佛像将只能远远地打量众生。

男孩注视着他。安南达向他点了点头，示意一切都好。他们依旧没有交谈。大概还需要一个钟头的时间。

他凿击的声音停止了，只有风声将他们包裹。狂风呼啸撕扯。他将工具递给侄子，然后从布袋里掏出描画眼睛的颜料。他越过脸颊陡直的轮廓看向地平线。浅淡的绿，浓重的绿，鸟雀骚动带出声响。这将是佛像以后永久凝望的景象：无论下雨还是晴天，都不带人类痕迹且变化无常的险峻世界。

佛像的眼睛，正如此刻他的眼睛，永远看向北方。半英里之外那副斑驳的巍峨法相也是同样，那张他用碎石块缝补起来的面孔，一具不再为神的雕像，已失去庄严身形，安南达发现它的凝望中只余哀伤。

此刻，通过凡人的肉眼他看见四周纤毫毕现的自然变迁。他能看清小鸟一点点接近，看清羽翼的每次扇动，或是一百英里外的风暴正从冈纳高拉附近的山峦滚滚而下，包围整个平原。他能感觉到风中的每一丝颤动，云朵投下的每一道方形绿影。有个女孩正在树林中穿行。数英里之外的大雨如蓝色烟尘向他席卷而来。烧焦的草丛，竹子，汽油与手榴弹的气味。碎裂的声响，仿佛他手臂上的一层石头在高温下片片脱落。佛像在五六月的暴风雨中睁开双眼。这气候成形于温和的森林与海洋之间，在他身后东南方的灌木林里，在树木茂盛的山间，接着移向巴度拉附近的炙热草原，然后去往红树林丛生的海岸、礁湖与河岸三角洲。大地之上气象壮阔万千。

安南达从这个角度匆匆瞥了一眼尘世。其间生出某种诱惑。是他继承自父亲的那双凿子刻画的双眸向他展示了这一切。鸟群正向着树木的间隙俯冲！它们飞越层层热浪。体内如此微小的心脏猛烈而迅疾地跳动，赛丽莎正是这样死去的——在失去她的无尽虚空之中，他为她的死编排了这样一个故事。一颗小巧而无畏的心，穿行在她曾挚爱的高空与惧怕的黑暗之中。

他感觉男孩的手关切地落在他手背上。来自人间的温柔触碰。

致 谢

谨此感谢在斯里兰卡和世界其他角落遇见的医生、护士、考古学家、法医人类学家，以及人权组织、民权组织成员。如果没有他们慷慨无私的帮助，在考古发掘现场的丰富经验，在嘈杂医院内的全力奉献，对苦难的一一记录，本书无法完成。这本书是为这些人与这些组织而写。尤其是要献给安迦兰德拉，还有塞奈克和伊恩·古内特莱克。

*

感谢以下各位在我进行调查以及撰写此书过程中提供的帮助：吉莲与艾尔文·莱特纳亚克，K. H. R. 卡如纳莱特内，N. P. 苏玛莱维拉，马奈尔·丰塞卡，苏芮亚·维克瑞玛辛格，克莱德·斯诺，维多利亚·塞福特，K. A. R. 肯尼迪，迦米尼·古内特莱克，安迦兰德拉·C，塞奈克·班达兰纳雅科，兰迪卡·库玛拉斯瓦米，蒂萨·阿贝塞卡拉，让·佩雷拉，奈尔·丰塞卡，L. K. 卡如纳莱特内，R. L. 汤布盖尔，迪安·古纳塞卡拉，拉文德兰·福南度，罗兰·席尔瓦，安南达·萨玛班度，贾娜卡·维拉图戛，迪鲁尼·维拉塞纳，D. S. 利亚纳莱赫奇，贾娜卡·坎丹穆比，多米尼克·塞索尼，凯瑟琳·尼克森，唐娅·派罗夫，H. 罗索奥，萨拉·豪威斯，米洛·比奇，大卫·杨以及路易斯·戴尼斯。

以及：金赛路医院，波隆纳鲁沃后方医院，卡拉皮提亚综合医院，纳德赛中心，斯里兰卡民权运动协会，国际特赦组织和由科伦坡医学院举办的人权会议，以及科伦坡大学中心于1996年5月所做的《人权调查报告》。

*

下列著作对于此书的撰写意义非凡：《斯里兰卡国家地图集》（调研部，1988年）；《阿姆斯特丹国家博物馆的亚洲小史艺术》，宝琳·舒利尔编（阿姆斯特丹国家博物馆，1985年）；纪录片《青铜时代之钟》，《考古杂志》出品；《中世纪僧伽罗语》，安南达·库玛拉斯瓦米著（万神殿书局，1956年），尤其是他关于“点睛仪式”的描写；《以骨骼还原生命》，穆罕默德·亚瑟·伊司坎与肯尼斯 A. R. 肯尼迪编（威立出版社，1989年），尤其是肯尼迪有关职业承重对骨骼影响的研究；《斯里兰卡上更新世人类化石研究》，肯尼迪，迪兰尼亚戛拉，罗尔特吉恩，切蒙特与迪索特尔撰写，刊登于《美国体质人类学杂志》（1987年）；《岩石，骨骼，古城》，劳伦斯 H. 罗宾斯著（圣马丁出版社，1990年）；G. 古内特莱克撰写的《战时外科手术》，尤其是有关“斯里兰卡境内杀伤性地雷造成的伤害”部分；《作为梵语历史小说作家的瑟纳莱特·帕莱纳维特塔纳》，安南达 W. P. 古鲁格著，刊登于《社会科学真言杂志》（斯里贾亚瓦德纳普拉科特大学出版社）；《来自坟墓的证人：遗骨讲述的故事》，克里斯托弗·乔伊斯与艾里克·斯多弗著（利特尔与布朗出版社，1991年）；《斯里兰卡古代医疗机构记述》（考古部）；《在丹比果达修复遭损坏的佛像》，罗兰·席尔瓦，迦米尼·维贾苏利亚与马丁·威兹著（《库诺斯信息报》1990年3月）；R. C. 彼得森医生描写斯里兰卡行医生涯的回忆录:《光辉岁月！ 1918年，一名官方医务人员的回忆录》，马奈尔·丰塞卡整理编辑；以及国际特赦组织、亚洲观察、人权委员会的工作报告。

*

感谢大卫·汤姆森对美国西部英雄谱系的挖掘研究。

特别鸣谢马奈尔·丰塞卡。

在俄克拉荷马与危地马拉对克莱德·斯诺进行的采访，在斯里兰卡对迦米尼·古内特莱克进行的采访，在纽约州伊萨卡对K. A. R. 肯尼迪的采访，为我提供了法医学与医学方面的诸多资料，谨此向以上诸位致谢。

*

感谢Jet Fuel咖啡馆。感谢马车出版社的里克·西蒙，戴伦·维什勒—亨利，以及斯坦·比文顿。感谢凯瑟琳·豪瑞甘，安娜·贾迪恩，黛博拉·海尔凡以及蕾拉·艾克。同样感谢艾伦·莱文，格莱柴恩·穆林和图林·瓦莱利。

最后，感谢艾伦·赛利曼，桑尼·曼塔，丽兹·卡尔德，以及琳达，格利芬和艾斯塔。

无明最苦（代译后记）

如果遇到翁达杰，我的第一个问题可能会是：为什么你的故事里这么多的离散。他曾在《英国病人》中这样写：The sea of night sky, hawks in rows until they are released at dusk, arcing towards the last colour of the desert. A unison of performance like a handful of thrown seed.

“夜色似海，列队以待的猎鹰在暮色降临时分获得自由，疾速射向荒漠中最后的光亮。如一把种子，整齐划一，脱掌而去。”每每回想他故事里的众多人物，就记起这句话。他们留下很多离去的背影给我这个读者，这些远离故土的浪子们，如一把种子迎风飞扬。

但《安尼尔的鬼魂》是不同的。Honey I’m home. 当法医安尼尔跪在受害人身边，这样轻声说的时候，我好像终于找到等了多年、好几本书的那句话。

在这么多离去之后，终于有人归返。Honey I’m home.

从西方整饬的虚无踏进故土染着血色的混沌。安尼尔要放弃自由，重新学会如何对待暴力、对待信仰、对待苦难、对待隔阂。我想这就是《安尼尔的鬼魂》与翁达杰的其他作品最大的不同。

和很多中国读者一样，我因为《英国病人》知晓并爱上了翁达杰。他曾被誉为“无国界作家”的代表人物，从隆美尔的埃及战场到奥尔良的爵士酒吧，从意大利乡间的教堂到安大略湖底的隧道：国家疆界只是地图上的标示而已。关于故土斯里兰卡，翁达杰则在两部作品中重点提及——如果说少年往事萦怀的《猫桌》是皎洁的月球表面，满布名字优美的月海，那么《安尼尔的鬼魂》是沉沉不可示人的月球背面，满是冰冷的死火山和陨石坑。

二十世纪八十年代中期，斯里兰卡爆发内战。毫无解释的逮捕与秘密审讯，不计其数的失踪与死亡，让无可名状的恐惧如无见底的黑暗笼罩着这个国度。佛教中说：无明最苦。

最终，因内战引发的人口失踪问题使斯里兰卡处于国际舆论的风口浪尖，主人公安尼尔受大赦国际委托前往斯里兰卡调查在考古遗迹中发现的“古尸”的身份。安尼尔之所以获得这个工作多少与其身世有关：她是斯里兰卡裔，在美国求学成长，从事法医鉴证。她从检验第一具尸骸起，就找到了与官方说法相悖的证据：这些尸体并不古老，死亡时间在近年，考古保护区只是为掩盖真相而精心挑选的抛尸地点。她将这具尸骸命名为“水手”，它是大批无名尸骸中的一具，也是她解开谜题的钥匙。

这个名字将为所有受难者命名。

翁达杰的书里最迷人的人物往往是离经叛道的叛逆浪子。除了去国度多年、行事果敢的安尼尔，书中其他两位重要人物塞拉斯与迦米尼也是同样。他们出自翁达杰笔下，当然有与其他作品中的男性角色相同之处，比如对世俗规章的不屑一顾，至于塞拉斯的恩师帕利帕纳，他就像翁达杰最为人所知的角色艾尔马西一样，可以在现实中找到原型。他的故事在本书里是一个故事中的故事，可以单独作为一个短篇存在，一个典型的翁达杰式的隐士：对权威和制度抱有嘲讽的态度，觉得它们无聊且荒唐，对世界有更细微透彻的感知，智慧超群，掌握看似无用却精深的学识。

但他们也有不同以往书中角色的特质，其中最大的不同，是他们的承担。男主人公塞拉斯似乎是个更符合“儒”的人物，在政府部门工作的考古学家，有人脉关系，知晓官场机巧，却愿意为了带着偏见与优越感回国的安尼尔铤而走险不惜生命代价。他的弟弟，外科医生迦米尼则近乎“道”，失去妻子之后以急诊室为家，人为的恶果一次次送到他面前，让他处在崩溃的边缘，但他依旧依靠药物支撑在地狱般的急诊室里缝合伤口，因为如果他放弃，他的兄弟姐妹将承受更多痛苦。甚至是隐居密林并逐渐失明的帕利帕纳，依旧孜孜不倦地照顾着自己在内战中失去双亲的侄女，并将关于斯里兰卡古文字的知识传授于她。

游离的浪子们，在这本书里伸出手来，触碰这个世界。

他们都因心存良知而担负道义，并愿意为信仰殉道。他们的信仰，就是为“鬼魂”守灵：那些无辜惨死无处申冤的鬼魂，那些痛失至亲至爱而在人世踯躅的鬼魂。这也是书名的来历：*Anil's Ghost*，我最终选择直译为《安尼尔的鬼魂》。骸骨“水手”代表的那些无法安息的鬼魂，是安尼尔要担负的责任，是她的鬼魂。她将在塞拉斯的帮助下，为他们查明死因，确认身份，获得真正的安息。

简单来看，这是一个“正名”的故事：在斯里兰卡内战中遇害的无名氏们因为身份不明而成为无法安息的孤魂野鬼，安尼尔将利用自己的专业知识查明他们的身份，揭开内战中当权者与反对派犯下的血腥罪恶。

“名”在各种宗教中都是重要的概念。《道德经》的开篇就说：无名天地之始；有名万物之母。《圣经》中上帝让亚当为飞禽走兽命名。阴阳术相信，说中即是解脱，施咒与解咒的关键就在一个“名”。无名则无明。

中国的神话故事和这个故事的内涵也有奇妙的关联。仓颉造字，鬼魂哀哭于野：万物将拥有自己的名字，人将从此走出混沌，它们再无晦暗之处可以藏身。

书中人名字的翻译，也像是一个“正名”的过程。

安尼尔，Anil，一个她费尽波折从哥哥那里买来的名字，原本专属于男性。在女主角看来它带着男性的潇洒，读音和形状都有简洁流畅的魅力，是她挣脱女性桎梏的出口，她的第一场反抗，也是她漫长而艰难的觉醒的开端。后来她将离开故土，经历痛苦的婚姻，没有希望的爱情，受疾病摧残的友谊，并积累起足够的阅历、学识和勇气来解答最开始的问题：你是谁，来自哪里。为着女主人公最初选择这个名字的理由，我选择用笔画最简单的文字音译“安尼尔”这个名字。

安南达，Ananda，在佛教典籍中译作阿难，是悉达多的堂弟。我选择这个更世俗化的翻译首要考虑是与全书的时代感统一，另一个更潜在的原因是这个人物一直沉浸在无明的苦痛之中，要到最后才因为男主角塞拉斯无言和无条件的守护与支撑才走出泥沼，如果一开始就叫他阿难，似乎太早了。

翻译也可以看作是为一种文字找到另一个名字吧。这绝对不是轻易的差使。翁达杰的另一个身份是诗人，再加上他在东西方文化下成长的独特身世，使他的写作风格独树一帜。翁达杰文字里有太多东方式的幽微含蓄，但本质精准犀利，这些是他的魅力，也是对译者极大的挑战。要尽善尽美地翻译翁达杰，大概需要一双会画工笔的手，轻、巧、稳、准，通识布局之后，层层渲染，我常常觉得力有不逮。

翁达杰对英语的简洁与直接的特性同样熟稔，比如他对这个词的使用：citizened。

寄生在彼此的黑暗中的四个人，我们观众以上帝视角看他们如何冲破个体误解与文化藩篱成为彼此的依靠。当安尼尔跪在安南达的鲜血中，

citizened by their friendship——她这样形容安南达和塞拉斯给她的感觉，这个词的意义不仅仅是归属感，还有为人的理性，在屠杀事件与不义之战频发的国度，这个词如同修罗场中的庙宇。在那一刻安尼尔终于明白：安南达——她眼中一无是处的酒鬼；还有塞拉斯——在她看来人浮于事、官僚作派的考古学家，却原来是这块多难的土地上珍贵的“为人”的标准，是她和这个世界之间的纽带。

因为《英国病人》而折服于翁达杰文笔的魅力，这本书让我对他的敬重与喜爱更进一步。我想，这对于翁达杰来说，也是一本意义不同于其他的作品。

安尼尔对斯里兰卡的复杂情绪，几乎是翁达杰的自白。自十一岁那年随母亲离开斯里兰卡，直到二十多年后翁达杰才重新踏上故土。这本书里的世界是他用自己的回忆想象建立起来的一座坚不可摧的城池，这城池的坚固来自大量的资料搜集整理，更脱胎于他对笔下人物的爱和对故土命运的关怀。翁达杰将自己对暴政的愤怒控诉藏在了哀而不伤的笔调下面，他标志性的诗意之下，血色尽染。我用了大半年时间准备，阅读资料，去斯里兰卡探访书中提及的地方，观看岩画与石刻文字。对斯里兰卡这个国度有了更多了解之后，再来回通读全文，尽管对这个故事早已熟稔，但半年多时间的翻译过程中依旧时常对翁达杰的叙事方式和文字的处理有惊艳之感。

写尽走的背影的翁达杰，在这本书里终于开始写回归，写伸手的触碰。翁达杰的故事里，曾有很多独自坐在暗中的人。在《安尼尔的鬼魂》里，他们不再独自摸索，而是以自己的方式，默默做着保护的手势，这份关怀虽藏在暗中，却最终让历尽苦难的人看见了光亮。当你最终看清它的存在时，一定像我一样感动。

在书的结尾，当安南达穿着塞拉斯的衬衫登上竹梯为佛像开光，塞拉斯以他的方式完成了他的使命，遵守了他从未明说的誓言：塑一个代表千万死者的面目，来帮助生者重新找回自己在这个世界上的位置。塞拉斯这样一个忍辱负重胸怀宽广的兄长，也是翁达杰能给斯里兰卡，他多难而美丽的故土，他善良而坚韧的同胞，最郑重的祝福。

翁达杰用书写的方式告诉我，对我们深爱的那些事物，仅仅观看是不够的，我们还要伸出手去，无比郑重地触碰，感受它的苦痛并给予支撑。

这是一篇译者手记，编辑说我可以写一些比较个人的感受。我想对翁达杰说：如果有什么人曾教化过我冥顽不灵的灵魂，抚慰过我平静外表下的暴戾与躁动，那大概只有你。

还有，写作者对这个世界的爱有很多种，你的细致与克制，这正是我要读到的。

感谢编辑彭伦给我这个机会翻译翁达杰，也感谢责任编辑索马里的悉心编辑。如果有什么事比相逢更幸福，那就是了解。

陶立夏